U0800933

千古华章 万古情

中外经典爱情诗歌赏析

刘淑青 ◎ 著

中国戏剧出版社
CHINA THEATRE PRESS

图书在版编目（CIP）数据

千古华章万古情：中外经典爱情诗歌赏析 / 刘淑青著. — 北京：中国戏剧出版社，2020. 10
ISBN 978-7-104-05041-4

Ⅰ. ①千… Ⅱ. ①刘… Ⅲ. ①爱情诗-诗歌欣赏-世界 Ⅳ. ①I106. 2

中国版本图书馆 CIP 数据核字（2020）第 203935 号

千古华章万古情——中外经典爱情诗歌赏析

责任编辑：邢俊华
责任印制：冯志强

出版发行：中国戏剧出版社
出 版 人：樊国宾
社　　址：北京市西城区天宁寺前街 2 号国家音乐产业基地 L 座
邮　　编：100055
网　　址：www. theatrebook. cn
电　　话：010-63385980（总编室）
传　　真：010-63383910（发行部）

读者服务：010-63381560
邮购地址：北京市西城区天宁寺前街 2 号国家音乐产业基地 L 座

印　　刷：北京九州迅驰传媒文化有限公司
开　　本：787mm×1092mm 1/16
印　　张：16
字　　数：262 千字
版　　次：2020 年 10 月　北京第 1 版第 1 次印刷
书　　号：ISBN 978-7-104-05041-4
定　　价：96. 00 元

版权专有，违者必究；如有质量问题，请与出版社联系调换。

德州学院学术著作出版基金资助。

山东省社科联社科普及重点项目“中外经典爱情诗歌赏析”（项目编号：2013 - KPZZ - 13）结项成果。

序

800 多年前，金代诗人元好问问了一个人们难以回答的问题："问世间，情是何物，直教生死相许？"他是在看到一只殉情的大雁后悲伤地提出这样一个问题的。

这是一个难以回答的问题。因为它涉及人性的、生理的、心理的、历史的、社会的、道德的、审美的诸多问题，丰富而复杂，纠缠而朦胧，梳理起来相当困难。本书的著者刘淑青以她女性的敏锐视角，以爱情诗歌为对象，对此做了深入探讨，在她撰写的导言中有相当全面的解析，我不再赘述。

爱情是文学永恒的主题，诗歌是感情首选的载体。古人说"诗无达诂"，在古今中外浩瀚如银河中星星一样繁多的爱情诗歌中挑选经典、精准解读，实在是一件吃力却不易做好的事情。本书就做了这样的工作。

刘淑青是我的学生，也是与我畅谈诗歌、文学以及各种闲言碎语的多年"文友"。前年她遇到我，谈及自己开设了一门通识课——《中外经典爱情诗歌赏析》，学生喜欢，她自己也觉得"越上越有意思，越深入进去越有兴趣"，已经有了相关专著《在诗里遇见爱情》出版。对中外爱情诗歌情有独钟的她，仍感意犹未尽，现在又有了本书的诞生。书中有教师辛勤的扬榷剔发，也有学生热情的互动参与，是教学相长之作。这本书在梳理中外爱情诗歌的历史发展和艺术特征之后，精选经典名篇根据主题内容分类进行了赏析举隅。该书对诗歌的阐释采取一种汇集广引、博采众长的开放态度，有宏观的脉络梳理、比较，也有具体细致的赏析、解读，是久久为功之作。

爱情除了有她欢爱、愉悦、陶醉的一面以外，还关乎生命的延续，人性的完美，价值的选择和信念情操的锤炼。所以赏读爱情诗歌既是一种赏心悦目的审美，又是一种怡情养性的修为。

让我们怀着虔诚的心情，像小泽征尔聆听《二泉映月》一样来回答元好问的提问，阅读这些经典吧。（注：日本著名音乐指挥家小泽征尔在第一次听到华彦钧的二胡曲《二泉映月》时，曾流着泪说，这样的音乐应该跪下来听。）

是为序。

宋遂良

2020 年 10 月 3 日

导 言

经历了几千年的沧海桑田、风云跌宕，爱情在千转百回中步入了21世纪。在科技高速发展、日新月异的新世纪，爱情依旧是人类的难解之谜。

一

《系辞传下》说“天地氤氲，万物化醇；男女构精，万物化生”，《礼记·礼运》说“饮食男女，人之大欲存焉”，就连宋代理学大师朱熹也说“男女者，三纲之本，万事之先也”（《诗集传》卷七）。可见，爱情是源于人的本性。正所谓“江山易改，本性难移”，这源于本性的爱情除非“大海干涸水流尽”，否则它永远不会改变或消失。

爱情源于人的自然生命本能，葆有人的自然性；它又超越肉体的欲望，着力于人性的提高和文明的发展，是人精神高贵的体现。爱情本身是充满多重矛盾的多元综合体，包括本能的、生理的、心理的、道德的、审美的、社会的、文化的诸多方面的内容。它是理性和非理性的双生体：有理性的规约、抑制，也有本能的冲动、破坏；有理性的自觉、宁静，也有非理性的自发、疯狂；有理性的宽容、慈悲，也有非理性的狭隘、残忍。爱情把种种矛盾的情感体验集中于心灵世界，就使人的内心变成了一个永恒冲突、没有硝烟的战场。因爱情而生喜怒哀乐，爱恨情愁杂芜共生、永不可解，便催开了人类最美的爱的花朵——爱情诗歌。

袁枚在他的《小仓山房文集》中说“诗者，由情生者也。有必不可解之情，而后有必不可朽之诗，情所最先，莫如男女”，可见，爱情诗歌是对爱情这一“不可解之情”的言说，其种种言说也成就了自身的“不可朽”。

爱情诗歌是人类文化长河中的一叶小舟，装载着两样最珍贵的财富——爱情和诗歌，并将两者熔铸为一体，珠联璧合，相辅相成。诗歌用智慧、闪光的语言为爱情打开思想情感的天窗，它的形塑与加持让爱情更加光彩照人并焕发出思辨和人性之美；诗歌因为有了爱情的滋养而生机蓬发，并在爱的传递与延续中得以永生。某种程度上，爱情与诗歌就是一对门当户对的才子佳人，两者的遇合也就有了“金风玉露一相逢，便胜却人间无数”的妙不可言和美不胜收。

诗人作为人类灵魂之音的倾听者与弹奏者，他们以自己的情感体验为根基，以诗意、睿智的眼光对爱情这一重大人生命题进行着审视、观照与探寻。这些源自杰出心灵深处的、渗透着他们真切体悟的优秀爱情诗篇，自然蕴含着无穷的情感能量和人生智慧。因此，这些经典爱情诗歌中的爱情，既有不可遏抑的生命渴望、蓬勃生命力，又有人类心灵特有的崇高与庄严，是真善美的结晶，具有了终极关怀的意义和功能。

二

何谓“经典”，历来也是众说纷纭、莫衷一是。至少我们可以明确这样几个判断：经久不衰，文化精髓，滋养人性。经典都是经历了漫长时间的淘洗和沉淀，是历史选择的结果，是最有价值、最有意义的典范之作。它们承载着历史文化的精华，传递出的是人类共通的精神价值、思想理念，是滋养一个国家、一个民族精神气质的资源宝库。

不仅如此，在人类历史上每当文化危机来临的时候，经典都义无反顾地承担起了启蒙与救赎的大任。它们以其超越性的价值追求，成为指引人类社会发展的灯火。就个体而言，经典能够以其丰厚的人文力量鼓舞我们的生命，为我们的人生提供真善美的价值坐标，让我们的心灵健康而纯粹，生活丰富而积极。

在人类浩瀚的历史长河中，爱情诗歌在社会与个体、物质与精神、肉体与灵魂、科技与人性的对立、斗争、转化中逶迤而行，在恩恩怨怨、是是非非的碰撞纠缠中曲折发展，蔚为大观。这些优秀的名篇佳作，纵然面对诸如宗教神学和“存天理，灭人欲”的封建礼教的压制，面对金钱、物欲的驱逐，依然熠熠生辉，昭示着人类文明的不朽和永恒光彩。

大浪淘沙，沉者为金。经历了历史风云考验的这些经典爱情诗歌，是时代精神的产物，是民族文化的精粹，是人类心灵的吟哦，是文明前行的旌旗，是人性中的至洁至纯，值得我们永远珍藏。

当下，科技飞速发展，财富与物质极大丰富的背后，是人类日益严峻的精神危机，人们比任何时代更加渴念“诗意的栖居”，而对经典的捡拾重读，则意味着一种文化寻根，一种对失落的精神家园的寻觅。因此，品读这些中西经典爱情诗歌，可以帮助我们打捞那些美好的爱情记忆，帮助我们的心灵返璞归真、寻找归依。

三

爱情，这个崇高、伟大的字眼，她曾令多少多情女子脸红心跳，她曾令多少青春男儿激情澎湃！千百年来，人类生生不息、繁衍变迁，演绎了多少动人的千古绝唱，谱写了多少不朽的美丽篇章！

爱情是人间的至情，诗歌是语言的精粹，爱情诗歌是情与思的激荡，是爱与美的高扬，蕴藏着人类永恒的、不竭的情感宝藏。诗人们笔下的爱情，或表现拥有爱情的甜蜜喜悦，或传达爱情不可得的痛苦失落，或描写相思等待的煎熬焦虑，如此摇曳多姿、回肠荡气又撼人魂魄！

歌德说：“青年男子谁个不善钟情？妙龄女人谁个不善怀春？这是我们人性中的至洁至纯。”

裴多菲说：“生命诚可贵，爱情价更高！”

雨果说：“人出生两次吗？是的。头一次是在人开始生活的那一天；第二次则是在萌发爱情的那一天。”

温庭筠说：“玲珑骰子安红豆，入骨相思知不知。”

艾青说：“这个世界，什么都古老，只有爱情，却永远年轻。”

爱情，她是人间最美妙、最缠绵、最说不清、最道不明、最亘古不变的情怀，实在是人们梦寐以求的人间尤物。为了爱情，一切艰难险阻都可以冲决掉。

卢照邻说：“得成比目何辞死，愿作鸳鸯不羡仙。”

白居易说：“在天愿作比翼鸟，在地愿为连理枝。”

李商隐说："春蚕到死丝方尽，蜡炬成灰泪始干。"

柳永说："衣带渐宽终不悔，为伊消得人憔悴。"

白朗宁夫人说："假如上帝愿意，请为我作主和见证：在我死后，我必将爱你更深，更深！"

在他们的爱的吟咏中，希望与失望，痛苦与愉悦，疑虑与率真，失落与追求，共同交织成了一曲曲生命的华美乐章。这些心灵恋歌，情感真挚、纯洁、浓烈，体味透彻、深沉、隽永，因而具有了超越时空的吸引力、感染力、震撼力，激荡着无数为爱而痴狂的心灵，激励着他们去开启人生的爱情之旅，为爱寻寻觅觅、上下求索，至死不渝。

诗为心声，诗亦载道，爱情诗作为中西文学中最具生命力的文学样式，记载着人类的爱情关系、爱情方式，洋溢着人类在爱情中的浪漫与智慧，建构着人性的和谐与美好，值得我们永远珍存、反复品咂。

爱情诗歌，一朵永不凋谢的花朵，一曲悲欢离合的长歌。

最后，以十九世纪德国著名诗人约翰·乌兰德的一首爱情诗《幸福的死亡》作结：

爱情的喜悦
竟使我丧生；
我就在她的
怀抱里葬身；
由于她的吻，
又使我还阳；
我从她眼中
看到了天堂。

（钱春绮　译）

但愿，我们能从这些经典爱情诗歌里看到天堂。

Contents
目录

下编　赏析篇

上编　概述篇

古今中外的爱情诗歌，犹如人类文化灿烂星空中的银河，浩瀚而璀璨，又如百花园中的玫瑰，娇媚而馨香，惹人心醉神迷，遐思无限。自人类诞生之日起，沧海桑田，世事变迁，多少人与事都已随风飘散，而这些从中西诗人们的伟大心灵深处涌动出来的爱情诗歌，却穿越历史的烟尘，熠熠生辉，一直照耀着人类生命的长河，展示着自己永恒的魅力，召唤着我们走进这个深邃而瑰丽的世界，去触摸人类温暖有力的爱的脉动，去获取爱情的滋养和力量。

普列汉诺夫在《没有地址的信》里说："任何一个民族的艺术都是由它的心理所决定的，它的心理是由它的境况所造成的。"对于中外爱情诗歌，我们自然应该将其放置到其产生的具体社会的"境况"即产生的历史文化语境中加以解读、赏析。

第一章

中国古典爱情诗

纵观中国诗歌史可以发现，古典爱情诗歌的创作大致可以分为五个阶段：先秦时期的初育阶段，秦汉时期的肇基阶段，魏晋南北朝时期的兴发阶段，唐宋时期的全盛阶段，元明清时期是式微阶段。尤其到了明清时期，爱情文学样式悄然转型，爱情诗歌总体成就未能超越前代，走向衰微。

一　先秦时期的热烈浪漫

先秦时期是我国爱情诗歌初育阶段，《诗经》和《楚辞》中的爱情诗歌作为源头，开启了中国古典爱情诗歌之先河。

作为我国现实主义诗歌的开山之作，《诗经》中的爱情诗歌真实记录了礼制完善之初西周初年至春秋中叶（前11世纪至前6世纪）人们的爱情生活。其产生地域以黄河流域为中心，南到长江北岸，属于辽阔的北方中原地区，主要是劳动人民创作的民歌。而作为浪漫主义诗歌源头的《楚辞》，产生于战国后期江汉流域巫风盛行的楚国，虽然也杂糅了民歌，本质上属于文人创作，是迥异于《诗经》的一种新诗体。两者虽然有清新素朴与华美精致之别，但同样记载了华夏民族先民的爱情生活及情感体验，同样浪漫而热烈。

（一）

《诗经》中的爱情诗歌大多数集中在“国风”当中，所以主要是民歌。从初恋到热恋到婚姻，各个阶段爱情情感体验在作品中都有所涉及，基本上涵盖了后代爱情诗歌的所有的题材内容，所以《诗经》被称为我们华夏民族青春时期的情爱宝典，具有极高的史学价值和美学价值。

先秦时代较之于之后封建礼教完备的封建社会，两性关系自由开放，所以这一时期人们的爱情生活清纯本色，纵情而任性。《周礼·媒氏》上说："仲春之月，于是时也，奔者不禁。若无故而不用令者，罚之。司男女之无夫家者而会之。"每年农历二月，政府专门给青年男女搭建了自由恋爱的平台，男女可以自由择偶交欢，适龄未嫁者，会受到惩处。青年男女们还有自己的"情人节"，《郑风·溱洧》写道："溱与洧，浏其清矣。士与女，殷其盈兮。女曰：'观乎？'士曰：'既且。''且往观乎？'洧之外，洵讦且乐。维士与女，伊其将谑，赠之以勺药。"郑国三月三上巳日，大地回春万物复苏，青年男女齐集溱水、洧水岸边，沐浴祭祖，招魂续魄，拂除不祥，然后踏青赏春，结伴游乐。心意相通的情侣们在熙熙攘攘的人群中穿行，边走边畅谈、调笑，并互赠芍药以定情，他们尽情地享受春天的气息和爱情的甜蜜，无比惬意、欢欣。《郑风·野有蔓草》也写到了在这样的情境中一对青年男女不期而遇产生爱情的情形与心境：

> 野有蔓草，零露漙兮。有美一人，清扬婉兮。邂逅相遇，适我愿兮。
> 野有蔓草，零露瀼瀼。有美一人，婉如清扬。邂逅相遇，与子偕臧。

在风景秀丽、幽静的郊野，春草挂着露珠，葳蕤而鲜润。在仲春时节欢会之时，不期其然而然地遇到一位美丽的姑娘，她含情不语，眼波顾盼，妩媚动人。于是小伙子爱悦之情喷涌而出，"邂逅相遇，适我愿兮"：她正是理想的恋人，是我梦中的那个她啊！无需絮絮长谈，无需父母之命、媒妁之言，更无需繁文缛节，"邂逅相遇，与子偕臧"，只要你情我愿，便可结百年之好，共度美好人生。诗中的青年男女邂逅相遇，原本互不相识，只因气质和形象的吸引，便自然而然地相互亲近，走到了一起。而促成他们爱情的因素单纯而直接，就是生命本身对异性的吸引和构建完满幸福人生的渴望。这种爱情，没有封建礼教和贞洁观念的束缚，没有世俗功利考虑的掺杂，何其纯真而美好！可见，《诗经》时期的人类爱情，遵循着天地精神，与自然万物相谐和，是自然人性活泼泼的自由成长的体现。

《诗经》中的爱情诗，风格素朴自然，率直大胆，热烈而纵情，洋溢着人性的光辉和永恒的魅力。《诗经》开篇《周南·关雎》，就是这样一首真挚感人的爱情诗，诗中写道：

> 关关雎鸠，在河之洲。窈窕淑女，君子好逑。
> 参差荇菜，左右流之。窈窕淑女，寤寐求之。
> 求之不得，寤寐思服。悠哉悠哉，辗转反侧。
> 参差荇菜，左右采之。窈窕淑女，琴瑟友之。
> 参差荇菜，左右芼之。窈窕淑女，钟鼓乐之。

成双成对的雎鸠鸟在沙洲上嬉戏觅食，一只鸟儿叫了一声“关”，另一只鸟儿马上应和一声“关”，一呼一应，一唱一和，就如同人类相知相和的夫妻、情侣。诗作由雎鸠鸟起兴，接着诉说着青年男子的渴念：“窈窕淑女，寤寐求之。求之不得，寤寐思服。悠哉悠哉，辗转反侧。”男子渴慕之情如此之强烈，以致精神恍惚中出现了幻觉，仿佛和那个姑娘结成了伴侣，幸福相处，共享生活的欢愉。男子的情感是坦率的、大胆的——那个身姿窈窕、性情贤淑的女子是我的好配偶，我要把她娶回家。他毫不掩饰自己的愿望，这种真情的表白，正是生命欲望和人性本能的自然流露。孔子曾叹“吾未见好德如好色者”，男女之间的欲望源于人的天性，生而有之，无需教化，无师自通，而《关雎》将男女之欲表达得如此理性高雅又如此专注深情，也就拥有了永恒的审美价值和意义。

《诗经》中的爱情诗，真实呈现了人类追求爱情过程中的人生百态和各种滋味。比如《邶风·静女》写出了青年男女约会中的趣事和心理体验：

> 静女其姝，俟我于城隅。爱而不见，搔首踟蹰。
> 静女其娈，贻我彤管。彤管有炜，说怿女美。
> 自牧归荑，洵美且异。匪女之为美，美人之贻。

美丽的姑娘大胆、俏皮，约男孩到角楼相见却躲起来让男孩寻找。男孩急急赴约，等了好久，盼了好久，却不见心上人的影子，他抓耳挠腮、坐立不安。当他看到自己手上握着心上人给自己的定情物的彤管之后，立刻又喜不自禁，所有的疑虑、担心一扫而空。当心上人姗姗而至并将亲手采来的荑草赠予他时，男子由衷地大加赞叹，说它“洵美且异”，并且爱意越发浓厚、越发强烈了。

恋爱过程是不同性格、个性的男女互相磨合逐渐走向互相包容、接纳的过程，恋爱相处时难免会发生点小误会、闹点小别扭，这是恋爱的小插曲，也是情感的调味剂，《郑风·狡童》就写了这种恋爱情形：

彼狡童兮，不与我言兮！维子之故，使我不能餐兮！
彼狡童兮，不与我食兮！维子之故，使我不能息兮！

狡，即姣也。这首诗写一个女子爱上了一个年轻俊美小伙子，其间因为一点点误会，小伙子开始闹情绪，故意冷淡姑娘。姑娘有所觉察，于是有了这种因爱而生怨、怨中带爱、寻求和解的歌咏："心上的美少年啊，因为一点点小误会，你就不肯和我说话。为这，我茶饭不思，食之无味。心上的美少年啊，你不肯和我一道吃饭，害得我连睡也睡不安！"多么情真意切的表达，充斥着生活气息和恋爱的鲜活味道！

《诗经》中的爱情主人公总是毫不掩饰自己的爱的欲求，真诚袒露自己的生命欲望和天性本能，情感浓烈而大胆。比如，当月出东山之时，痴情的人儿望月抒怀，"月出皎兮，佼人僚兮，舒窈纠兮，劳心悄兮"（《陈风·月出》）：皎洁的月亮升上了天空啊，明亮亮的月光照见你娇美的脸庞，照见你娴雅苗条的倩影，都是那么令人神颠魄荡！在这里，我们很容易感受到痴情的男子心中熊熊燃烧的相思之火。再比如，先秦时代也有我们现代社会的"恨嫁一族"，《召南·摽有梅》中一位急于嫁人女孩，她对所爱之人发出了焦灼的吁请：

摽有梅，其实七兮。求我庶士，迨其吉兮！
摽有梅，其实三兮。求我庶士，迨其今兮！
摽有梅，顷筐塈之。求我庶士，迨其谓兮！

梅子是女子青春时光象征。时光荏苒，青春易逝，自己正值青春韶华，但爱情还没有归宿，心急如焚的她发出爱的呼唤："树上梅子还有七分，心仪于我的小伙子啊，这正是追求我的好时辰！梅子成熟纷纷落地，树上只剩三成了啊。心仪于我的小伙子啊，就在今朝别再推迟！梅子成熟全部落地，我只能收到我的篮子中。我的青春越剩越少了，心仪于我的小伙子啊，你若开口我马上就答应你。”这种爱的大声呼唤是勇敢，是气魄，当然也是智慧。其爱情追求的大胆、真诚绝不逊色于现代女孩，颇具一种动人心魄的力量！

恋情之后，便是婚姻。婚姻中的爱情是更高层次和更为复杂的爱情，它在《诗经》中同样有着多元的形态呈现和细腻的情感表达，并且还有着更为深刻的思考，《周南·桃夭》就提出了男孩选择配偶的标准问题。

> 桃之夭夭，灼灼其华。之子于归，宜其室家。
> 桃之夭夭，有蕡其实。之子于归，宜其家室。
> 桃之夭夭，其叶蓁蓁。之子于归，宜其家人。

这是一首新婚贺词，是婚礼上演唱的祝福语，类似于现代的喜歌。诗作先写“花”，再写“实”，最后写“叶”。“灼灼其华”说女子拥有如桃花般光彩照人的外貌，明媚而艳丽，含羞带怯，是一个纯净美好的女子。她从此将跟随一个男子去做他的贤惠的妻子，繁衍子孙后人，如一场明艳的花事过后，果实累累，枝繁叶茂。诗人借此来预祝这个女子将使整个家庭兴旺发达，无限美好。诗作很明显地告诉我们，好妻子的标准除了有外在的姿容之美，更要有内在之美，品行端良，能使家庭和睦。女子只有具备了真善美的品德，才会“宜其室家”。

婚姻中的爱情，除了两情相悦，还需要共同面对人世的沧桑、世俗的纷扰，需要一份执着和坚守，所以“生死契阔，与子成说。执子之手，与子偕老”被无数人视作爱情箴言，世世代代流传至今。这句话出自《邶风·击鼓》篇，是说国家发生了战争，大批的兵士阵亡了，主人公自己也在生与死的边缘，能否活下来也是未知数。此时他遗憾的不是自己的生死，而是不能兑现对妻子的承诺。这是一种死不瞑目的悲情爱情，是一种从生到死的刻骨相思，是让人生死相依、义无反顾的爱的铮铮誓约。

“愿得一心人，白首不相离”，是爱情中人儿共同的心愿。然而，“相爱容易相处太难”的铁律总是让婚姻中的爱情波折迭起，而人性复杂易变更是让婚姻中的爱情充满变数，《诗经》中“痴心女子负心汉”的主题也有表现，最典型的就是《卫风·氓》。诗中男子婚前追求女子热烈迫切、信誓旦旦，得到之后，日渐冷淡，以至暴力相向。诗中女子善解人意、勤劳聪慧，却识人不清，以至遇人不淑，婚姻无望，回到娘家。痛定思痛，诗作中痴心女子做出了沉痛的反思，“士之耽兮，犹可说也；女之耽兮，不可说也”，自古男儿多薄幸，男人会沉溺于爱情，但也很容易自我解脱出来，而女子一旦堕入爱河，则投入真情与深情，无法挣离！这发自弱女子切身领悟，至今读来仍能让人产生一种彻骨之痛。

综上所述，《诗经》中的爱情，既是一种自发的源自生命本身的欲望冲动，也是一种自觉的对人性自身的张扬与反思；既是自然人性的一种活泼泼的体现，也是对美好人性的建构与完善；既是一种真正意义上的对天地精神的遵从，也是对幸福社会生活的着力追求。《诗经》中的爱情诗歌散发着愉快与天真的气息，热烈而浪漫，清新而纯净，是心与心的交流，是情与情的碰撞，它们犹如文学原野中不败的鲜花，充满着野性与旺盛的生命力，明媚灿烂，张扬着、塑造着人类蓬勃向上的生命力。另外，《诗经》爱情诗中赋比兴手法的娴熟运用和情景交融的意境构成方式，对中国爱情诗兴寄遥深、含蓄蕴藉的独特风貌的形成起到了重要作用。总而言之，它们不愧为我国优秀传统文化的瑰宝和爱情诗歌的宝藏，值得我们永远珍藏、探寻。

（二）

《楚辞》是我国最早的浪漫主义诗歌总集，也是我国浪漫主义文学的源头。《楚辞》由屈原及后学所作，也是我国第一部有作者的诗集，包括《离骚》《九歌》《天问》《九章》等十七篇，爱情诗大部分集中在《九歌》中。

战国时期，由于战乱频繁，民间诗歌的采集工作被迫中断，所以其中大量的爱情诗歌都被湮没。值得庆幸的是偏居一隅的南方楚国，巫风盛行，在娱神歌舞时常常伴随着一些描写神与神或神与人之间相爱的歌咏。伟大的浪漫主义诗人屈原在这种民歌基础上整理润色而写成《九歌》，其中的《东君》《云中君》《湘君》《湘夫人》《大司命》《少司命》《河伯》《山鬼》八篇长诗，书写了一段又一段凄美感人的爱情故事。《湘君》《湘夫人》《山鬼》都是其中的爱情诗名篇。

湘水是楚国境内最大的河流，哺育了世世代代的楚国人民。楚人对湘水也寄予深切的爱。湘君、湘夫人都是湘水之神，是一对配偶神。人们在祭湘君时以女巫扮演思念湘君的湘夫人，祭湘夫人时以男巫扮演湘君，各致以爱慕之情。他们借神的恋情来寄托人间淳朴真挚的爱情。《湘君》《湘夫人》两首诗以舜与二妃（娥皇、女英）的传说为原型来摹写爱情中的悲欢离合，表达的是一种上下求索却求而不得的爱情。《湘君》中的主人公是湘夫人。作品中美丽的湘夫人在作了一番精心的打扮后，在急流中乘上了轻快的桂舟，“美要眇兮宜修，沛吾乘兮桂舟”，她兴致勃勃地早早赶到约会的地点，静静守候。为了尽快与湘君相见，命令沅湘不要掀起波浪，“令沅湘兮无波，使江水兮安流”。可见，她非常看重这次约会，内心充满真诚和对湘君的爱恋，也充分表现出了她追求幸福的满腔热情。然而望穿秋水不见人影，于是湘夫人便驾着轻舟向北往洞庭湖去寻找，忙碌地奔波在湖中江岸，结果依然不见湘君的踪影。为了排遣忧伤，她吹起排箫，箫音悠悠，连侍女都为之叹息，然而伊人始终没有出现。“横流涕兮潺湲，隐思君兮陫侧”，她内心备受煎熬，有痛切的思念，又有猜度不安，以致泪流满面。“采薜荔兮水中，搴芙蓉兮木末。心不同兮媒劳，恩不甚兮轻绝”，她因爱而生怨，并开始怀疑他们的情感，两人是心思不同的人，有媒人也走不到一起，如同水中摘取薜荔、树上采芙蓉般难以实现结合，枉费了自己的一片痴情。于是她心生气愤，把定情的玉环抛入江中，把佩饰留在岸边。但气愤之后，虽然她心有怨艾，但仍然对心上人一往情深，“时不可兮再得，聊逍遥兮容与！”美好的时光不可再得啊，愿湘君优游、欢乐度此良辰！《湘夫人》中的主人公是湘君。“帝子降兮北渚，目眇眇兮愁予”，北渚（北洲）是两人约会的地点，然而当他到来时不见对方的影子，于是心中忧愁万分。在忧戚的湘君眼中，周围都是令人神伤的凄清景色，“嫋嫋兮秋风，洞庭波兮木叶下”，秋风萧瑟、落叶纷飞、水波荡漾，一如他满腹的凄凉四溢，心绪茫然、惆怅满怀，眼前景与心中情，妙合无间。湘君带着热切的期盼，长时间地徘徊在洞庭湖的岸边，等候湘夫人的到来。“沅有芷兮澧有兰，思公子兮未敢言”，诗作以水边泽畔的香草起兴，表达主人公对心上人的无比珍爱、默默思念。他神思恍惚，“荒忽兮远望”，在急切的候盼中疑虑不安，以致心生幻觉——他与湘夫人在建在水中央的华美庭堂中如愿相见。诗作对庭堂的描述极尽铺张之能事，罗列了荷、荪、椒、桂、兰、辛夷、薜荔、蕙、石兰、芷、杜衡等十多种奇花异草、香木，极力渲染其色彩之缤纷、香味之浓烈，以此来烘托主人公内心的欢乐和幸福。梦幻中醒来，他重新陷入相思的痛苦之中。然而他并不灰心丧气，“搴汀洲兮杜若，将以遗兮远者”，从汀洲上采来芳香的杜若，准备把它赠送给远来的湘夫人。“时不可兮骤得，聊逍遥兮容与”，在优容平静中等待心上人的到来。《湘夫人》《湘君》书写了这对配偶神追求真挚爱情却无缘相见的悲剧主题，表现出了人们对幸福爱情的向往之情。

《九歌》中写爱情写得最动人的是《山鬼》。主人公山鬼是一位温柔婉丽、美丽多情的山中女神，她与思慕的人相约却未能相见，以致自己遗恨绵绵、忧虑重重。诗中写道：

> 若有人兮山之阿，被薜荔兮带女萝。既含睇兮又宜笑，子慕予兮善窈窕。乘赤豹兮从文狸，辛夷车兮结桂旗。被石兰兮带杜衡，折芳馨兮遗所思。
>
> 余处幽篁兮终不见天，路险难兮独后来。表独立兮山之上，云容容兮而在下。杳冥冥兮羌昼晦，东风飘兮神灵雨。留灵修兮憺忘归，岁既晏兮孰华予？
>
> 采三秀兮于山间，石磊磊兮葛蔓蔓。怨公子兮怅忘归，君思我兮不得闲。山中人兮芳杜若，饮石泉兮荫松柏，君思我兮然疑作。雷填填兮雨冥冥，猿啾啾兮狖夜鸣。风飒飒兮木萧萧，思公子兮徒离忧。

神女满怀柔情盛装赴约，她站在山的弯曲处，身上披着薜荔和石兰，以女萝和杜衡作为腰带，“既含睇兮又宜笑，子慕予兮善窈窕”，她娇媚的容颜，温和的性情，得到了公子的爱慕，她也热恋着心中的爱人。赤豹是她的坐骑，文狸是他的随从，她乘坐带有桂花旗子的车子登上高山之巅，采摘香花，等着心上人的到来。然而，天不遂人愿，神女跋山涉水却等不到所爱之人，“留灵兮修檐忘归”，为等候情人到来，她甘愿顶风冒雨不忍离去。然而情人终于没有到来。天色晚了，她回到住所，在风雨交加、猿狖齐鸣中，倍感伤心、哀怨。“岁既晏兮孰华予?”：年华易逝，青春不再，谁能让我永艳如花？于是“怨公子兮怅忘归”，对心上人生出了哀怨；转眼却又怨意全消，“君思我兮不得闲”反去为对方的不临辩解起来：“他也想我只是因为没有空闲。”“君思我兮然疑作”，她对对方的爽约既思念又疑惑，自然地迸发出哀切呼告之语：“思公子兮徒离忧!”“思念公子啊，让我烦恼丛生!”这是神女内心痛切呼号。可见，诗中的女神的身份虽然是山中精灵，身上却有着与世间女子相同的喜怒哀乐。她青春勃发，渴望爱情，勇于追求爱情，甘愿把自己忠贞的爱情奉献给心上人，这样的爱情炽热而纯粹，令人向往。

无论是山鬼与恋人的爱情寻而不遇、无缘聚首，还是湘君、湘夫人的爱情彼此心意相通却难逢，都从不同层面描述出了各种在爱情道路上上下求索的爱情形态和情感体验：有缘聚首也好，无缘相见也罢，无奈的分别背后都是无穷无尽的思念和哀怨。这种悲情美在引发读者共鸣的同时，也能够激发出读者追求美好爱情和幸福生活的积极愿望，影响深远。

《九歌》中的爱情是一种宗教般的神圣化了的爱情，主人公们矢志不渝地坚守着爱情的诺言，心无旁骛地追寻着爱人的足迹，大胆热情，义无反顾。这种爱情借助美丽的神话传说表达出来，却贯穿着人世间爱情的清纯的品性和执着的精神，这就使得《楚辞》中的爱情别具一格，具有了一种神秘浪漫而又动人心魄的艺术感染力。

众所周知，屈原开创了“香草美人”这一中国文学史独有的光辉传统。《离骚》中的爱情诗歌中，有着众多种类繁多、充满灵性的香草以及与之密切相关的美人意象。用“香草美人”作为爱情理想与情感表达的载体，不仅能够传达诗人对理想恋人以及美好爱情生活的渴慕与追求，而且在寄托情感的同时使得诗歌本身含蓄蕴藉、巧妙生动，富有诗意。《离骚》“香草美人”意象的运用，不仅引领了一代诗风，而且深刻影响了后世的爱情诗歌创作。

《楚辞》和《诗经》一起，成为我国爱情诗歌史上影响深远的两座丰碑。如果说《诗经》富有生活气息、具有质朴淳厚之美的话，那么屈原的骚体诗中的爱情诗则具有一种奇幻绮丽之美，它直接影响了六朝爱情诗歌的创作风格以及后代诸多诗人的诗艺追求。《楚辞》首开文人爱情诗创作之滥觞，开启了诗人独立创作的新纪元。从《楚辞》开始，我国由诗人创作的爱情诗开始登上了历史舞台，集体歌咏之外开始出现了文人的个人独唱。

二　秦汉时期的悲情幽怨

秦汉时期是我国爱情诗的肇基阶段。以汉乐府和《古诗十九首》中的爱情诗为代表，这一时期的爱情诗在继承前代爱情诗歌传统的基础上，为中国爱情诗各种诗体的发展奠定了基础。

秦统一之后，封建宗法制度、压迫妇女的封建礼教逐步形成。到了汉代，随着国家归于一统，封建统治者进一步巩固和加强了宗法与礼教统治，封建制度建立健全起来，尤其是汉武帝时实行“罢黜百家，独尊儒术”的思想统治政策后，思想归于一统，以孔孟之道为理论基础的封建伦理纲常逐渐形成。这一时期，加在妇女身上的思想枷锁更加沉重，她们的社会地位更加低下，不仅要恪守“三从”“四德”的礼制，还要受更为苛严的“七出”等条规的规约，男女之间的伦理束缚以及男尊女卑的意识也逐步加深。女性在爱情婚姻中完全丧失了决定自己命运的权力。因此，她们不可能像《诗经》时代的女性那样敢于追求自己的爱情和婚姻幸福，只能在被玩弄和遗弃之后发出悲凄的哀诉，爱情诗的风格逐渐变得悲情幽怨。简言之，由于秦汉以来封建制度的强化和儒家思想正统地位的巩固，与《诗经》相比，汉代爱情诗中少有欢娱之辞，更多的是悲怨之音。

（一）

两汉爱情诗中，最有价值的是乐府诗。“乐府”是汉武帝时开始设立的掌管音乐的政府机构，负责搜集各地民间歌谣，配乐演唱，以观风俗、娱声乐，后来人们把乐府收集的歌诗也叫作“乐府”或“乐府诗”。乐府爱情诗歌中，我们也可以读到像《诗经·国风》中常见的那种男女嬉戏求爱的快乐爱情歌谣，比如《江南》：

> 江南可采莲，
> 莲叶何田田。
> 鱼戏莲叶间。
> 鱼戏莲叶东，
> 鱼戏莲叶西，
> 鱼戏莲叶南，
> 鱼戏莲叶北。

莲与“怜”谐音，怜是爱的意思，莲在汉乐府中是爱情的象征。诗作借鱼儿戏水于莲叶间来暗喻青年男女互相爱恋的欢乐，描写出了恋人们在劳动之余尽享爱情欢愉的情景，风格清新活泼、自然有趣，让人能充分领略到自由爱恋的惬意与欢愉。在乐府诗中，我们还能读到情意绵绵的离别相思之作，比如这首《饮马长城窟行》：

青青河畔草，绵绵思远道。
远道不可思，夙昔梦见之。
梦见在我傍，忽觉在他乡。
他乡各异县，展转不相见。
枯桑知天风，海水知天寒。
入门各自媚，谁肯相为言？
客从远方来，遗我双鲤鱼。
呼儿烹鲤鱼，中有尺素书。
长跪读素书，书中竟何如？
上言加餐食，下言长相忆。

这首相思题材的爱情诗开篇由青青河畔草起兴，青草绵延不绝引发思妇“思远道”之人产生的绵长情思。紧接着却说“远道不可思”，由于路途的遥远，思念也是徒然的，只好在梦中求得相会。然而才在梦中实现的愿望，醒过来后又是遥远的空间隔绝，依旧是“他乡各异县”，彼此无法相见。诗歌的笔法完全随着抒情主人公飘忽不定的思绪而曲折回旋，将女主人公情思恍惚而多变、情意缠绵而殷切的情感状态表现得细致入微，委曲多致。这首诗成为后代众多游子思妇题材爱情诗歌的典范之作。

然而，汉乐府民歌中的爱情诗歌虽然继承了《诗经》的现实主义传统，但总体而言却失去了《诗经》里那种自由欢快的气氛，而加重了女子方面的幽怨之情的表达，比如这首人们耳熟能详的《上邪》，诗中写道：

上邪！
我欲与君相知，
长命无绝衰。
山无陵，
江水为竭，
冬雷震震，
夏雨雪，
天地合，
乃敢与君绝！

“上邪”就是“天哪”，为了表达对心爱的人的忠贞不渝，女子在呼天为誓，直率地表明自己“与君相知，长命无绝衰”的心迹。直白热切的表白还不足以展示其真诚热切，又连用五件不可能的事情来表明自己的决绝与无怨无悔，将自己的爱情情感之热烈忠贞强调到无以复加的地步，足见其痴情与坚决。然而透过女子的爱的呼号我们可以想见，女子之所以呼天鸣誓，正是因为自由的爱情受到了巨大的阻力，这炽热的爱情里面有着种种的不得已与困厄在里面。这首诗与其说是爱的起誓词，不如说是爱的宣战书，语言铿锵有力，气势豪迈雄奇，自带一种震撼人心的力量。《上邪》对后世的影响很大，敦煌曲子词《菩萨蛮》“枕前发尽千般愿，要休且待青山烂。水面上秤锤浮，直待黄河彻底枯。白日参辰现，北斗回南面，休即未能休，且待三更见日头”，就是它的直接承袭。

痴心女子负心汉是众多爱情题材作品的主题，汉乐府中有不少情人或弃妇对薄情负心男子的责怨之辞，比如这首《上山采靡芜》：

上山采靡芜，下山逢故夫。长跪问故夫，新人复何如？
新人虽言好，未若故人姝。颜色类相似，手爪不相如。
新人从门入，故人从閤去。新人工织缣，故人工织素。
织缣日一匹，织素五丈余。将缣来比素，新人不如故。

作者选取了夫妻离异后不期而遇的一个场面，情节也很简单：被抛弃的女主人公下山路上遇到了前夫，便问前夫新娶的妻子怎么样。前夫从容貌和劳作两个方面进行了比较，结论是新人不如故。诗中的女子美丽温柔、勤劳能干，只是因丈夫喜新厌旧，便被逐出家门，揭露了男权社会对女性的迫害。

汉代的女子，社会地位卑下，只被看作男性的附属物，她们所能依靠的常常是自身的“颜色”，然而青春、美貌岂能常驻，所以人老色衰而爱驰常常是她们最担心的。比如《怨歌行》：

新裂齐纨素，皎洁如霜雪。
裁作合欢扇，团团似明月。
出入君怀袖，动摇微风发。
常恐秋节至，凉飚夺炎热。

弃捐箧笥中，恩情中道绝。

该诗也称《团扇歌》，全诗通体作比，前四句用团扇的精致美观来比喻女子的外貌出众，心性高洁。“合欢”“明月”之语表明了女子对于美好爱情的向往。接下来两句写团扇之盛，所受恩宠之深。后四句以团扇夏宠秋弃来比喻自己受人玩弄最终遭人遗弃的悲惨命运。诗作欲抑先扬，在两相映照中抒发了失宠女子的内心痛苦，控诉了封建社会中女性被玩弄被遗弃的悲剧命运。在后代诗词中，团扇就成为红颜薄命、佳人失势的代名词。

汉乐府弃妇题材最著名的当属长篇叙事诗《孔雀东南飞》。这首诗共350余句，1700余字，讲述了封建家长制造成的一桩婚姻悲剧。女主人公刘兰芝美丽温柔、能干孝顺，却无辜地被婆母逐出家门，回到娘家又遭母兄逼嫁，忍无可忍，只能以死抗争，投水而亡。丈夫焦仲卿闻讯后也自挂庭树，追随而去。本诗通过这一悲剧，沉痛控诉了封建家长制的罪恶，热情歌颂了刘兰芝、焦仲卿之间的真挚爱情以及他们追求爱情自由的反抗精神。作为古典爱情诗史上最长的一部叙事诗，《孔雀东南飞》叙事脉络分明，长而有序，详略得当，张弛有度，成功地塑造出了刘兰芝、焦仲卿夫妇心心相印、坚贞不屈的艺术形象。诗作所涉人物之多、情节之曲折多变，都反映了中国古典爱情诗叙事艺术的成熟。不仅如此，这首现实主义叙事诗中，作者除了按照生活的本来面貌展示了这个爱情悲剧全过程，还巧妙地运用了浪漫主义的手法，比如在诗的最后出现了这样的浪漫主义描写：“两家求合葬，合葬华山傍。东西植松柏，左右种梧桐。枝枝相覆盖，叶叶相交通。中有双飞鸟，自名为鸳鸯，仰头相向鸣，夜夜达五更。行人驻足听，寡妇起彷徨。多谢后世人戒之慎勿忘。”诗中的鸳鸯鸟无疑是这对殉情夫妻的化身，诗人用这种结局来象征他们肉身虽死但爱心永存、爱情永恒。这种手法也为后世众多诗人、小说家、戏剧家所模拟、仿效。

汉乐府中的爱情诗忠实地记录了汉代社会人们的爱情生活现实，在继承《诗经》中的现实主义精神的同时，又有所创新和拓展。仅就弃妇题材而言，《诗经》往往就事论事，控诉往往止于男子的个人品性，很少触及社会伦理道德等因素。而汉乐府的民歌中的弃妇诗就不仅把矛头指向男子本身的薄情和喜新厌旧，而且更是把矛头直接指向了造成这种人生悲剧的社会伦理和封建纲常等社会因素，从而丰厚、拓展了作品的思想内涵和社会意义。

（二）

东汉末年，大汉王朝早已失去了昔日的帝国辉煌，战乱天灾连绵不绝，社会处在崩溃的边缘。当时，在儒家思想指引下，文人们历来把“学而优则仕”看作人生孜孜以求的目标和实现人生价值的康庄大道，但是到了东汉末期，“上品无寒门，下品无庶士”的严格等级门第制度却将他们完全排除在官场仕途之外，他们所身处的现实变成了学而优却仕不成。所以，身处乱世之末又在政治上失去作为机会的文士们，处境凄惨、窘迫，不得已将“兼济天下”的目光收回，进而转向自身，开始了对人个体价值的思索。从文化层面上说，这一时期，人的个体的生命意识开始走向自觉。

汉代知识分子的进身之路是选举征辟。文人们特别是中下层知识分子为了能被选举和征辟，必须背井离乡，抛妻别子，到处游学以获取名望。但到了东汉末年，特别是汉桓帝、汉灵帝时，国家政治极端腐败，外戚、宦官交替把持政权，卖官鬻爵的现象很严重，选举征辟的政策遭到了严重的破坏。知识分子正常的进身之路被堵塞了，他们处在极度的苦闷彷徨之中，《古诗十九首》正是那些背井离乡、游学流亡的知识分子苦闷痛苦的悲歌。

《古诗十九首》是我国文学史上第一批文人创作的具有高度艺术成就的五言诗集，刘勰在《文心雕龙》中将其誉为“五言冠冕”，钟嵘在《诗品》中将其置于“上品”第一之位，后世诗人对之推崇备至，争相模仿，“学者当以此等诗常自涵养，自然笔下高妙”［（宋）何汶《竹庄诗话》］。所以，它是中国古典爱情诗歌史上当之无愧的重要的肇基之作。

《古诗十九首》中的爱情诗有十一首之多，数量过半，离别相思是其歌咏的重要主题，《迢迢牵牛星》《行行重行行》《冉冉孤生竹》《涉江采芙蓉》等都是其中的名篇。而表达独守空闺的女性的相思之苦又是这些名篇中的重中之重，比如这首《行行重行行》：

行行重行行，与君生别离。
相去万余里，各在天一涯。
道路阻且长，会面安可知？
胡马依北风，越鸟巢南枝。
相去日已远，衣带日已缓。

浮云蔽白日，游子不顾返。
思君令人老，岁月忽已晚。
弃捐勿复道，努力加餐饭。

走啊走啊，游子不断行进，乃至双方“相去万余里，各在天一涯”，重逢团聚之日遥遥无期，于是思妇发出了“道路阻且长，会面安可知”的感叹。时空距离的不断加大更加重了思妇的相思之苦，“相去日已远，衣带日已缓”，就这样日复一日，年复一年，她只能在等待中慢慢地消逝美好的年华。诗人叙述久别的相思之痛并没有直接描述，而是通过“衣带日已缓”让读者从思妇身体日渐消瘦的变化中去体味思妇的彻骨之痛，措辞明白浅显，但内涵却异常丰富而深厚。她愁肠百结，却又无可奈何，唯有在“思君令人老”的慨叹中打发空虚寂寞的岁月，在“弃捐勿复道，努力加餐饭”中自我安慰而已。全诗是思妇内心的真情告白，语言平白朴实却字字含情，将其痛苦忧伤又自我劝勉、故作豁达之状表现得细腻幽微，令人叹息不已。

因为总是与别离相伴而生，所以《古诗十九首》爱情诗中的爱情总是那样感伤、哀怨，富于悲情美，比如这首《庭中有奇树》：

庭中有奇树，绿叶发华滋。
攀条折其荣，将以遗所思。
馨香盈怀袖，路远莫致之。
此物何足贵？但感别经时。

女子见到庭树开花，便想到了远方的心上人，很自然的要折花相送，与他分享这种美好，但是两人路途遥远，美好的愿望无法实现，于是感伤之情油然而生。再看这首《涉江采芙蓉》：

涉江采芙蓉，兰泽多芳草。
采之欲遗谁？所思在远道。
还顾望旧乡，长路漫浩浩。
同心而离居，忧伤以终老。

真的是“一种相思两处闲愁”。在这首诗中，折花相送主角是客居他乡的游子。游子与思妇，幽居两地，却是同样的心意，同样的哀伤，同样的牵挂。诗作中双方情意的深厚忠贞与团聚的茫茫无期两相映衬，让他们的爱情蒙上一层浓重的悲情色彩，令人慨叹万千。

《古诗十九首》中的爱情诗特别擅长借景抒情。诗人往往不直抒胸臆，而是把自己所要表达的思想感情，借助具体、形象的艺术画面自然而然地表达出来，比如这首《明月何皎皎》：

明月何皎皎，照我罗床帏。
忧愁不能寐，揽衣起徘徊。
客行虽云乐，不如早旋归。
出户独彷徨，愁思当告谁？
引领还入房，泪下沾裳衣。

丈夫远游不归，夜深人静，月光皎洁，思妇独守空闺，孤寂难捱。她孤枕难眠，月光皎洁，撩人心绪，不免忧从中来，难以成寐。于是她揽衣起床，在闺房中徘徊，念及丈夫客居在外，纵然有快乐之处，但总不比在家好，所以愿他早日归来。她在屋中久久徘徊，愁绪愈加厚重，便步出屋门在月下彷徨游走，但其愁苦心绪仍无从排遣，于是翘首期盼，结果仍是不见归人的身影。她只得再入房中，失望之余不觉泪湿衣衫。全篇由皎皎明月起兴，从对月思远到揽衣徘徊到出户彷徨，终而失望而归，入房泣涕。诗作情由景生，情景交融，意味深远，感人肺腑。借明月寄相思在《古诗十九首》中已经运用得极为娴熟，也成为后代望月思远的典范之作。

另外《古诗十九首》中的爱情诗还常常通过大量叠韵词的运用来增加诗歌音韵方面的音乐美，使得诗歌情趣盎然，具有浓郁的抒情性意味，如这首《迢迢牵牛星》：

迢迢牵牛星，皎皎河汉女。
纤纤擢素手，札札弄机杼。
终日不成章，泣涕零如雨。
河汉清且浅，相去复几许？

盈盈一水间，脉脉不得语。

诗作用浪漫主义手法，借牛郎织女的神话故事来比喻现实生活中不得已的别离，借织女的离愁别恨来表达恋人团聚之难以及自己爱而不得之痛。“一切景语皆情语”，全诗句句在写景，也句句在写情。不论写景还是抒情，诗作用语都十分精练准确，在短短的十句诗中就有六句用到了叠韵词，“迢迢”“皎皎”“纤纤”“札札”“盈盈”“脉脉”等前后勾连呼应，读来音韵婉转、清新流丽，韵味悠远，妙不可言。由此可见，与《诗经》中的爱情诗相比，《古诗十九首》作为文人诗歌，文饰性的自我抒情的特征较为明显。

很值得一提的是，《古诗十九首》中的这些爱情诗在继承《诗经·国风》精神、抒写离愁别恨之外，其思想意蕴又有所拓展，增加了对生命短暂、青春易逝的感悟与惆怅。在诗人看来，这种男女离别的痛苦不但在于相思，而且还在于光阴流逝，青春不再，比如《行行重行行》中有“思君令人老，岁月忽已晚”的感伤，《冉冉孤生竹》的女子有“伤彼蕙兰花，含英扬光辉。过时而不采，将随秋草萎”的哀叹，等等。在这些诗作中，诗人们的使命直指个体生命的情感体验，直接切入对人性的终极关怀，从而具有了极高的人文价值。也就是说，《古诗十九首》中的这些相思离别之作，正因为有了这种生命的感伤，从而具有了更深的人文内蕴。

总之，《古诗十九首》中爱情诗写景如描似画、自然清丽，抒情委婉含蓄、细腻入微，情景交融，妙合无痕，极善于营造优美动人的意境美、深刻幽微的内蕴美，把中国古典爱情诗的文学品位、思想内涵与艺术造诣都推进到了一个新的高度，对后世爱情诗歌的创作影响深远。

三　魏晋南北朝时期的雅俗并茂

魏晋南北朝时期是我国爱情诗的兴发阶段，“情”的自觉与爱情意识的复苏催发了爱情诗的勃兴。这一时期，社会动乱，战争频繁，封建礼教有所松动，士族阶层普遍吸取了庄子的思想，放浪形骸，不拘小节，强调人生的乐趣，享乐主义的人生观盛行。人们任情而动，追求人性的放纵与自由，人的意识趋于开放、洒脱。人们长期被礼教制约的爱情观得以改变，倍受压抑的情感和人性得到了暂时的释放，再加上“诗缘情”逐渐成为诗人们的诗学观念，所以人自身的觉醒和文学的觉醒促使爱情意识再次在魏晋诗歌中复苏。

这一时期足以为爱情诗歌生色的仍为乐府民歌。南朝民歌产生于长江流域，这里气候湿润宜人，物产丰饶，四季山川明媚，花木繁荣。这无疑是爱情诗歌产生的沃土。这一方水土最易于陶养居民热烈而浪漫的情思和对享乐生活的追求以及以艳丽优美为特征的艺术趣味。南朝乐府民歌主要产生于城市，吴歌是流行于京城建业为中心的江南一带，西曲则主要产生于长江中游和汉水两岸的荆（今湖北江陵）、郢（今湖北武昌）、樊（今湖北襄樊）、邓（今河南邓州市）等城市之间。南朝时期，江南相对比较安定，经济也比较繁荣，商业经济发达的城市，居民生活比较安定富裕，比较追求声色的享受，所以南朝乐府民歌中绝大部分都是爱情诗歌。《西洲曲》是南朝民歌爱情诗中最优美、最具代表性的篇章。

> 忆梅下西洲，折梅寄江北。单衫杏子红，双鬓鸦雏色。
> 西洲在何处？两桨桥头渡。日暮伯劳飞，风吹乌臼树。
> 树下即门前，门中露翠钿。开门郎不至，出门采红莲。
> 采莲南塘秋，莲花过人头。低头弄莲子，莲子清如水。
> 置莲怀袖中，莲心彻底红。忆郎郎不至，仰首望飞鸿。
> 鸿飞满西洲，望郎上青楼。楼高望不见，尽日栏杆头。
> 栏杆十二曲，垂手明如玉。卷帘天自高，海水摇空绿。
> 海水梦悠悠，君愁我亦愁。南风知我意，吹梦到西洲。

诗的内容是写一对情人分别后男子对心上人的忆念和相思。西洲梅花残落的时节，身在江南的男子折了一枝梅寄给江北（西洲）的心上人，思念之情随之产生。他首先回忆起她“单衫杏子红，双鬓鸦雏色”，身着杏子红的单衫，有着满头乌黑发亮的头发。简单两句，一位朴素、美丽、青春洋溢的少女形象便跃然纸上，这是多么深情、多情的深刻记忆。然后他又回忆起住所以及曾经的爱情生活的场景：她曾以出门采红莲为借口偷偷出门去与他约会。少女采红莲的场景描绘，寓意丰富情感丰沛：一是以采红莲来寄托她的相思。“莲”为双关语，通“怜”，即怜爱之意；“低头弄莲子”表达了她情思的专一；二是“置莲怀袖中，莲心彻底红”，表明了她爱心的深挚。这几句足可见她对他相爱之深。接下来描述女子“忆郎郎不至”而产生的一系列动作细节，表现了她尽日凝神眺望的痴情。而“卷帘”六句又将姑娘的所见所感表现得如梦似幻，令人陶醉。“君愁我亦愁”是男子的自我表白之辞，言两心同为相思煎熬。最后他希望有情的南风把自己在江南对她的相思之情吹到江北的西洲，以慰藉“君愁我亦愁”的爱人。全诗音节婉转悠扬，声情旖旎动人，营造出一种梦幻般飘逸悠远的意境，回荡着悠悠不尽的情思，令人遐思无限。

南朝乐府爱情诗内容大致可分为三类：一是真诚热情地歌颂爱情，抒写爱的欢愉的，如：

> 气清明月朗，夜与君共嬉。郎歌妙意曲，侬亦吐芳词。（《子夜歌》）
>
> 光风流月初，新林锦花舒。情人戏春月，窈窕曳罗裾。（《子夜四时歌·春歌》）
>
> 青荷盖渌水，芙蓉葩红鲜，郎见欲采我，我心欲怀莲。（《子夜四时歌·夏歌》）

这是沉浸在爱情甜蜜中的青年男女的爱的欢歌，洋溢着青春爱情的美好与生机，感情沉挚、热烈而不流于轻薄。

二是关于相思离别的歌咏。其中西曲中反映恋人间离别之苦的较多，如《西洲曲》中的“忆郎郎不至，仰首望飞鸿。鸿飞满西洲，望郎上青楼。楼高望不见，尽日栏杆头”，情景交融，具有强烈的艺术感染力。再比如这首《子夜歌》：

> 夜长不得眠，明月何灼灼。
> 想闻散唤声，虚应空中诺。

思妇夜长不眠，乃是思念心上人之故，思而不得，辗转反侧，却转而怨月光撩人，令人难安。意绪朦胧中，忽然似乎听到心上人呼唤之声，她欣喜若狂地随声而应，清醒之后却发现屋子里空空荡荡，依然不见心上人的身影。全诗极具情境感，女子“虚应空中诺”的举动，奇妙传神，将一位热切思恋情人的女性形象刻画得呼之欲出。

三是对男子负心背约的责怨，如《子夜歌》中有这样的诗句：

> 常虑有贰意，欢今果不齐。

枯鱼就浊水，长与清流乖。

诗作机巧而严厉地斥责了薄情郎：“平日里总担心你三心二意，结果恶梦成真了，但是你如枯鱼，只配浊水，怎配得上我这清流？”女子对负情之人表达了极大的轻蔑，勇敢而自尊。《吴歌》里也有一些痴心女子对负心汉的谴责之词，她们用巧妙的语言表达了自己对爱情的忠贞，婉曲地谴责了所爱男子的用情不专、负心背约，也反映了封建社会妇女处在男子附属地位的可悲境地。

南朝乐府民歌的最显著特点是大量运用双关隐语，表意曲折巧妙，比如这首《子夜歌》：

始欲识郎时，两心望如一。
理丝入残机，何悟不成匹。

布匹之“匹”曲指匹配之“匹”，“不成匹”，借织布不能成匹来说二人不能走到一起。

北朝民歌中的爱情诗虽然不多，却与南朝乐府诗中的爱情诗有着近乎截然不同的风格，诗中的女性毫无扭捏羞涩之情态，比如《折杨柳歌辞》之二中写女子愿与心上人相依相伴，写道：

腹中愁不乐，愿作郎马鞭。
出入擐郎臂，蹀座郎膝边。

女子态度直截了当，毫不掩饰。北歌中一些老女求嫁的民歌直接就是露骨的告白、直白的呼号：

门前一株枣，岁岁不知老。
阿婆不嫁女，那得孙儿抱。（《折杨柳枝歌》）
驱羊入谷，白羊在前。
老女不嫁，蹋地唤天。（《地驱乐歌》）

北朝乐府与南朝乐府情歌比起来，显然有刚与柔、率直干脆与婉转缠绵、含蓄雅致与直白通俗之别。

这一段时期的爱情诗作家即文人们，大都出身豪门士族，在两性情感上缺乏真情实感，诗作过多地注意了雕琢字句和堆砌典故，因而无论是反映现实的深度还是艺术高度，较之汉魏都有所逊色。到了梁陈时代，士大夫生活进一步腐朽堕落，出现了形式主义的“宫体诗”，专以描写女性情态为内容，有的还有很浓的色情意味。而这一时期作为清音存在的，是潘岳及其代表作《悼亡诗》。

荏苒冬春谢，寒暑忽流易。
之子归穷泉，重壤永幽隔。
私怀谁克从？淹留亦何益。
黾勉恭朝命，回心反初役。
望庐思其人，入室想所历。
帏屏无仿佛，翰墨有余迹。
流芳未及歇，遗挂犹在壁。
怅恍如或存，回遑忡惊惕。
如彼翰林鸟，双栖一朝只。
如彼游川鱼，比目中路析。
春风缘隙来，晨霤承檐滴。
寝息何时忘，沉忧日盈积。
庶几有时衰，庄缶犹可击。（之一）

魏晋时代重情任情思潮下，潘岳的《悼亡诗》以朴实无华的笔调抒写对亡妻的悼念之情。“望庐思其人，入室想所历。帏屏无仿佛，翰墨有余迹”：看着我们共同居住过的房子就想到了你，走进房间就想到了和你的种种经历，可是罗帐、屏风之间再也见不到你的身影。“遗挂犹在壁，怅恍如或存，回遑忡惊惕”：恍惚间，你还在我身边，直到看到你的遗像在墙上挂着，才想到你已经离开我了，心中怅然若失，还有点惊惧，等等，都表现了对亡妻深切、真挚的爱。这些悼亡诗是潘岳用真情和才华写就的一束忧郁之花，是祭献亡妻的花束，是百结断肠缠绕而成，和着血泪，代表着文人雅士情诗的最高成就，意蕴深沉，哀感绵远。

四　唐宋时期的高峰迭起

隋代虽有不少的情诗，但没有超越魏晋南北朝以来的窠臼，几乎没有自己的特色与建树。而唐宋是我国文学艺术发展的高峰时期，也是诗词发展的高峰时期，与之相应，爱情诗创作也随之高峰迭起，走向繁荣昌盛。

（一）

唐朝是中国历史上空前强大统一的帝国，国力强盛，经济繁荣。国家政治的安定、经济的繁荣带来了文化的自信以及兼容并包的博大襟怀，整个社会思想开放，文化艺术的发展自由、繁荣而富有活力。作为中华文化发展的高峰时期，唐代诗歌发展进入了高度成熟的黄金时代。大唐王朝，文禁较松弛，社会文化思想较活跃，国家又施行了一些较为开明的政策，更为重要的是，在男女关系上唐代没有像宋代及以后那么严格，所以唐代爱情诗进入了一个空前繁荣的时期，并成为中国爱情诗歌史上一座巍峨耸立的高峰。

唐王朝统一了全国之后，经济繁荣，人民安定，诗人的创作环境比较宽松、自由。初唐爱情诗创作也逐渐趋向于色彩明丽，节奏轻快，并开始着力于畅快地传达诗人独特的爱情理想。“初唐四杰”之一的卢照邻在他的七言《长安古意》中发出了追求恋爱自由的铿锵之音——“得成比目何辞死，愿作鸳鸯不羡仙”：只要能和心爱的人像比目鱼一样厮守在一起，即便死了也心甘情愿！长生不老的神仙有什么可羡慕的，忠贞不渝、相依相随的鸳鸯才值得人们仿效啊。这是捍卫恋爱自由的决绝誓言，是爱情热烈到极致的表达。诗句大气洒脱、明快清朗，跳脱出了齐梁以来宫廷艳情诗的靡靡之音，能够激发出人们内心的恋爱情愫，并使爱情诗由宫廷走向了民间，为唐代爱情诗开拓出了一条健康积极的发展道路。随后，唐代的爱情诗歌佳作频出，张若虚《春江花月夜》首当其冲，是其中的翘楚之作。

江畔何人初见月？江月何年初照人？
人生代代无穷已，江月年年望相似。
不知江月照何人，但见长江送流水。

白云一片去悠悠，青枫浦上不胜愁。
谁家今夜扁舟子？何处相思明月楼？
可怜楼上月徘徊，应照离人妆镜台。（节选）

在诗人笔下，爱情与宇宙、生命、青春融为一体，气势澎湃，繁华绮丽，盛唐气象一览无余。诗作在对人生、对宇宙奥秘的探询中表达对青春爱情的渴求，情随景转，情景妙合无垠，意境高远，闻一多先生称之为“诗中的诗，顶峰上的顶峰”。这首诗自然也是爱情诗中的超拔之作。

在这些初唐杰出诗人的引导下，盛唐时期的爱情诗歌自然有着对爱情的健康表达和真诚向往，古典爱情诗歌走上了一条健康的发展道路。这一时期，士大夫文人热情高涨，爱情诗创作空前繁荣，张九龄、王昌龄、王维、李白、杜甫等著名诗人，都有优秀的爱情诗作问世，诗坛洋溢着积极向上、青春昂扬的氛围。诗人们在题材、风格方面都有所拓展和创新，爱情在诗人们的笔下也就有了更多的表现方式。我们看崔颢的《长干行》：

君家何处住？妾住在横塘。
停船暂借问，或恐是同乡。（其一）

家临九江水，来去九江侧。
同是长干人，自小不相识。（其二）

诗作在青年男女的问答中展开，语言平实，富有生活气息。短短八句，生动地描绘出了一个优美的爱情故事，诗中传达出的那种朦朦胧胧的美好的爱情情愫，令人陶醉其中，回味无穷。再比如李白的《长干行》中的“妾发初覆额，折花门前剧。郎骑竹马来，绕床弄青梅。同居长干里，两小无嫌猜”。“绕床弄青梅”“两小无嫌猜”，描绘出一种美妙单纯的爱情场景，读之令人怦然心动。还有大家耳熟能详的崔护的《题都城南庄》，“去年今日此门中，人面桃花相映红。人面不知何处去，桃花依旧笑春风”，等等。诗人们在爱情诗歌中尽情地表达各种各样细腻、美妙的爱情感受，诗作中蕴藏着一种积极向上的心态和青春的力量，与盛世大唐气象气脉相通。

中晚唐时期，刘禹锡、白居易、元稹、杜牧、李商隐、温庭筠、韦庄等人把古典爱情诗创作推向了高峰，他们创作手法不断创新，佳作迭出，整个诗坛可谓花团锦簇、争妍斗艳。

这期间不少文人尝试借鉴民歌体诗表达爱情，表现自己的爱情理想和感受。其中最值得一提的是刘禹锡的《竹枝词》。“竹枝词”又名巴渝辞，本来是一种流传于渝东一带的民歌，古已有之，盛行在土家族的先民——巴人的部落里。到了唐代，大诗人刘禹锡对之加以发掘、加工和创新，“竹枝词”得以广为传播并大放异彩。“竹枝词”中有不少是表达青年男女的情爱的，保持了民歌的淳朴真诚，流露着最为真挚动人的感情。刘禹锡的《竹枝词》继承了《诗经》《乐府》的优良传统，广泛采用比兴、谐音、双关的手法来描绘巴山蜀地男女青年的纯朴情感，语言通俗自然、清新活泼，富有浓郁的乡土气息，又有文人诗的典雅清丽，在唐代爱情诗歌中独树一帜。我们看他的两首流传最广的《竹枝词》：

杨柳青青江水平，闻郎江上踏歌声。
东边日出西边雨，道是无晴却有晴。

山桃红花满上头，蜀江春水拍山流。
花红易衰似郎意，水流无限似侬愁。

这两首诗都写出了沉浸在恋爱中的少女对爱情既抱有希望憧憬又疑虑重重、既满心欢喜又满腹担忧的微妙而复杂的情感，书写了山野姑娘情窦初开时的纯真情怀和生活情趣，饶有风味，格外灵巧动人。

白居易在爱情诗歌方面的重大贡献要数他创作的七言歌行体叙事长诗《长恨歌》：

汉皇重色思倾国，御宇多年求不得。
杨家有女初长成，养在深闺人未识。
天生丽质难自弃，一朝选在君王侧。
回眸一笑百媚生，六宫粉黛无颜色。
春寒赐浴华清池，温泉水滑洗凝脂。
侍儿扶起娇无力，始是新承恩泽时。

云鬓花颜金步摇，芙蓉帐暖度春宵。
春宵苦短日高起，从此君王不早朝。
承欢侍宴无闲暇，春从春游夜专夜。
后宫佳丽三千人，三千宠爱在一身。
金屋妆成娇侍夜，玉楼宴罢醉和春。
姊妹弟兄皆列土，可怜光彩生门户。
遂令天下父母心，不重生男重生女。
骊宫高处入青云，仙乐风飘处处闻。
缓歌慢舞凝丝竹，尽日君王看不足。
渔阳鼙鼓动地来，惊破霓裳羽衣曲。
九重城阙烟尘生，千乘万骑西南行。
翠华摇摇行复止，西出都门百余里。
六军不发无奈何，宛转蛾眉马前死。
花钿委地无人收，翠翘金雀玉搔头。
君王掩面救不得，回看血泪相和流。
黄埃散漫风萧索，云栈萦纡登剑阁。
峨嵋山下少人行，旌旗无光日色薄。
蜀江水碧蜀山青，圣主朝朝暮暮情。
行宫见月伤心色，夜雨闻铃肠断声。
天旋地转回龙驭，到此踌躇不能去。
马嵬坡下泥土中，不见玉颜空死处。
君臣相顾尽沾衣，东望都门信马归。
归来池苑皆依旧，太液芙蓉未央柳。
芙蓉如面柳如眉，对此如何不泪垂。
春风桃李花开日，秋雨梧桐叶落时。
西宫南苑多秋草，落叶满阶红不扫。
梨园弟子白发新，椒房阿监青娥老。
夕殿萤飞思悄然，孤灯挑尽未成眠。
迟迟钟鼓初长夜，耿耿星河欲曙天。
鸳鸯瓦冷霜华重，翡翠衾寒谁与共。
悠悠生死别经年，魂魄不曾来入梦。

临邛道士鸿都客，能以精诚致魂魄。
为感君王辗转思，遂教方士殷勤觅。
排空驭气奔如电，升天入地求之遍。
上穷碧落下黄泉，两处茫茫皆不见。
忽闻海上有仙山，山在虚无缥渺间。
楼阁玲珑五云起，其中绰约多仙子。
中有一人字太真，雪肤花貌参差是。
金阙西厢叩玉扃，转教小玉报双成。
闻道汉家天子使，九华帐里梦魂惊。
揽衣推枕起徘徊，珠箔银屏迤逦开。
云鬓半偏新睡觉，花冠不整下堂来。
风吹仙袂飘飖举，犹似霓裳羽衣舞。
玉容寂寞泪阑干，梨花一枝春带雨。
含情凝睇谢君王，一别音容两渺茫。
昭阳殿里恩爱绝，蓬莱宫中日月长。
回头下望人寰处，不见长安见尘雾。
惟将旧物表深情，钿合金钗寄将去。
钗留一股合一扇，钗擘黄金合分钿。
但教心似金钿坚，天上人间会相见。
临别殷勤重寄词，词中有誓两心知。
七月七日长生殿，夜半无人私语时。
在天愿作比翼鸟，在地愿为连理枝。
天长地久有时尽，此恨绵绵无绝期。

《长恨歌》以唐玄宗重色，终于求得“回眸一笑百媚生，六宫粉黛无颜色”的杨玉环为开端，叙述他们的“承欢侍宴无闲暇，春从春游夜专夜。后宫佳丽三千人，三千宠爱在一身”的沉溺爱情。接着叙述他们的爱情被自己酿成的安史之乱所断送，李隆基在马嵬驿被迫赐死杨贵妃，然后他陷入无尽的思念之中不能自拔。“蜀江水碧蜀山青，圣主朝朝暮暮情。行宫见月伤心色，夜雨闻铃肠断声”，“芙蓉如面柳如眉，对此如何不泪垂？春风桃李花开日，秋雨梧桐叶落时”，“夕殿萤飞思悄然，孤灯挑尽未成眠。迟迟钟鼓初长夜，耿耿星河欲曙天”，从黄埃散漫到蜀山青青，从行宫雨到奏凯回归，从白日到黑夜，从春天到秋天，处处触物伤情，时时睹物思人，现实生活中找不到，到梦中去找，梦中找不到，又到仙境中去找，终于以精诚之心获得了美满的结局——“七月七日长生殿，夜半无人私语时”的重逢约定。诗人借助丰沛的想象，为他们的爱情构筑了一个美好神话归宿，把悲剧故事的情节推向高潮。全诗叙事与抒情完美结合，故事回环曲折，起伏跌宕，同时把“长恨”之“恨”写得婉转深沉、动人心魄。诗中的唐明皇笃情而执着，杨贵妃楚楚动人，他们的爱情故事美丽而神奇，其爱情情感真挚而绵长，“在天愿为比翼鸟，在地愿为连理枝。天长地久有时尽，此恨绵绵无绝期”，相爱之人以永永远远在一起为所求。天长地久，总还会有终了之时，而这种此生不能相守的遗恨，却永远没有尽期，借以昭示世人——纯真美好的爱情是天经地义和不可扼杀的！全诗一百二十句，行文流畅自然，回环往复，辞采华美，有声有情，声情并茂，汪洋肆恣又缠绵悱恻，堪称绝妙之诗、完璧之作。无疑，白居易的《长恨歌》将唐代爱情诗向前推进了一大步。

这一时期，悼亡诗也是爱情诗中成就比较高的一种形式。悼亡诗毫无艳情诗的“淫靡”之气，写夫妻生死离情，写的是现实生活中的真情实感往往感情深挚哀伤，令人动容。在唐代的悼亡诗中，元稹的诗作堪称楷模。其悼亡诗平易自然，感情诚挚，描写细腻生动，无论数量还是质量都首屈一指，尤其是他的《离思五首》中的“曾经沧海难为水，除却巫山不是云。取次花丛懒回顾，半缘修道半缘君”，表达了诗人对亡妻韦氏的思念，寄寓着人生至情，感人肺腑，广为传诵。

安史之乱使得大唐王朝的统治遭到了重创，诗歌创作也一度一蹶不振。中唐后期，藩镇割据、宦官专权、朋党之争、边疆战乱等各种社会危机使得大唐元气大伤、盛世不再。政治的腐败、社会的颓废、官场的黑暗，给人们的生活、心理造成了巨大压力，更令广大文人壮志难酬。面对着衰乱的时世，诗人们不再极力追求建功立业和集体价值，转而将生命的价值寄托于个体本身，于是个人的情感便受到了极大重视，爱情意识开始呈现出一种别样勃兴的态势。另外，许多文人济世无门，不免放荡堕落，到酒色之乡中去寻求解脱，把找寻官能刺激作为排遣内心苦闷的一种手段。这些颓唐的情绪反映到文学创作里，便使写男欢女爱、偷情密约的爱情诗歌甚为盛行。这些情绪也成为许多爱情诗歌萌生和广为传诵的催化剂。在这种风气的习染之下，这一时期的爱情诗多反映爱情的希望、失望以至绝望等种种复杂心情，风格秾艳婉曲、幽怨感伤。

步入晚唐，爱情诗呈现出日趋成熟和完善的局面，而将其推向最高峰的当属晚唐李商隐的“无题诗”。李商隐的爱情诗不但集中体现了晚唐共同的时代意识——对爱情的企盼和追求，而且将视角向内转，转向人深邃的内心世界，写出了相爱之人内心情感的波卷澜翻。人们所有与爱有关的感受、体悟，无论是相聚还是别离、得意还是失意，几乎都能从李商隐的情诗中找到共鸣。比如，“身无彩凤双飞翼，心有灵犀一点通”的默契相通，“相见时难别亦难，东风无力百花残”的难舍难分，“春蚕到死丝方尽，蜡炬成灰泪始干”的情深意笃，“此情可待成追忆，只是当时已惘然”的怅惘无奈，“春心莫共花争发，一寸相思一寸灰”的沉痛忧愤，“刘郎已恨蓬山远，更隔蓬山一万重”的幽怨怅惘，等等，都饱含着生活的气息，能够激荡起读者感情的脉动。他的爱情诗作中表现的爱情生活和心理感受，情深意挚，总是那么真切动人。另外，李商隐长于运用象征比兴的表现手法，高超的抒情技巧，使得他的爱情诗词藻瑰丽，意象迷离，深情绵邈，蕴藉含蓄，为读者营造了一种高雅而又朦胧惝恍的审美境界，具有极高的艺术价值。可以说，李商隐的“无题”诗，把古典爱情诗歌推向了高峰。

李商隐无疑是晚唐爱情诗的突出代表，而与他并称“温李”的温庭筠则开一代艳情诗风，别具风采，比如他这首爱情诗名篇《南歌子词二首·其二》：

井底点灯深烛伊，共郎长行莫围棋。
玲珑骰子安红豆，入骨相思知不知。

“井底点灯”即“深烛”，诗人以女子的口吻来言情达意，在临行前夜，女子曾深深地叮嘱心上人：“此次远行，我虽身不能至，但心却始终与你在一起，你千万不要忘了归期啊，要知道我在家里无时无刻不在思念着你啊！”全诗描写了一种刻骨的相思之情以及爱而不得的遗憾。最后两句直抒胸臆，尤其感人，“玲珑骰子安红豆，入骨相思知不知”：你看那小巧的骰子上面镶有无数颗红豆，这也正是和我一样，把对你的那份相思之情刻进了骨子里啊！诗人将刻骨的相思、感伤写得凄婉柔媚，销人魂魄。

温庭筠既是诗人，也可以说是第一位致力于填词的词人。晚唐时期，诗歌在言情方面的局限逐渐显露了出来。它四平八稳、整齐划一的体式，难以扣合波澜起伏的爱情情感；“发乎情，止乎礼义”的温柔敦厚的诗教规范，也束缚着绮情艳思的畅快传达。新的情感心境、审美情趣一旦兴起，就必定要寻找一种能够避免诗教责难和形式束缚更加自由地传达心曲的文学载体，词就是这种比律诗更适合表达男女之情的体裁样式。在这方面，温庭筠是成功的探索者。他采用了长短句这种富有新鲜活力的文体形式，打破了近体诗整齐、单一的格局，以灵巧多变、音律和谐的特质，契合了人们内心深处的感情涟漪，成为那个时代表达幽微隐约的爱情情感的最为“惬意”的文学形式。温庭筠的爱情词，抒情主人公往往为女性，诗作常常专注于她们对心上人的思念和对爱情的期待，情感基调忧伤凄迷、深挚幽婉，比如这首《菩萨蛮》：

小山重叠金明灭，鬓云欲度香腮雪。懒起画蛾眉，弄妆梳洗迟。照花前后镜，花面交相映。新帖绣罗襦，双双金鹧鸪

上阕写女子起床梳洗时的娇慵姿态，暗示女子一夜候人不至的惆怅、黯淡心境。下阕写女子打起精神重整妆容，忽见绣罗襦上成双成对的金鹧鸪，而伤怀自嗟。女子容貌的俏丽，服饰的华美，体态的娇柔，描绘得栩栩如生，给人以如在目前之感。最后，词作用鹧鸪双双来反衬女子内心的寂寞空虚，委婉而含蓄。全篇写得艳情而感伤、秾艳而精致，充分体现了作者的艺术风格和审美趣味。再比如这首脍炙人口的《望江南》：

梳洗罢，独倚望江楼。过尽千帆皆不是，斜晖脉脉水悠悠。肠断白苹洲。

词作写望夫盼归的思妇，其凝愁含恨之态如在目前，情感温婉幽深，动人心弦。

通过纵的梳理可以发现，唐代的爱情诗歌名家辈出，佳作迭现，如长江大河，汩汩滔滔，洪波涌起，涤荡了历史几千年。不仅如此，唐代爱情诗题材、内容相当广阔，对爱情生活的方方面面都有深刻的反映。归纳一下，主要集中在以下五个方面：

其一，闺怨诗。“闺怨”是六朝恋情诗的重要主题，而在唐代这一主题得

以延续并焕发出了新的生机。主要原因是在唐代，很多男子在外面征战或者经商，在家中留下了大量的征妇和商妇，她们独守空房，相思离别是一种非常普遍的情感状态。思妇爱而不得，文人雅士怀才不遇，两者自然遇合，文人雅士自觉不自觉地成了思妇的代言人，“闺怨”自然成了诗人们青睐的表达主题。首先是当时守边和拓边的战争频繁而产生的反映征夫戍妇的相思之作，比如李白代言体的《春思》：“燕草如碧丝，秦桑低绿枝。当君怀归日，是妾断肠时。春风不相识，何事入罗帏？”诗作既表达了思妇对戍边丈夫的断肠相思，又表达了自己对爱情的坚贞。其次，由于经济繁荣、商贸发达，男子外出经商而产生的反映商妇贾客离别相思之作也占有很大比重，比如张潮《江南行》，“茨菰叶烂别西湾，莲子花开不见还。妾梦不离江上水，人传郎在凤凰山”，写出了思妇既担心只身在外的丈夫的人身安危，又担心丈夫移情别恋的心境，将其种种担忧，表达得真实而妥帖。还有闺怨诗直接命名为《闺怨》，最著名的是王昌龄的“闺中少妇不知愁，春日凝妆上翠楼。忽见陌头杨柳色，悔教夫婿觅封侯”，文与题高度契合。

其二，展现美好爱情生活的爱情诗。比如王昌龄的《朝来曲》：“月昃鸣珂动，花连绣户春。盘龙玉台镜，唯待画眉人。”“画眉”一词自古便是夫妻感情深厚的一种象征，诗中所描写的爱情甜蜜之情溢于言表。再比如王昌龄的《采莲曲二首》之二：“荷叶罗裙一色裁，芙蓉向脸两边开。乱入池中看不见，闻歌始觉有人来。”诗人用采莲来表现爱情，表达了青年男女追求爱情时的欢乐与甜美。

其三，文人的悼亡诗。悼亡诗到了唐代也渐多起来，《全唐诗》中悼亡诗共有 60 首左右，最著名的是元稹《离思五首》《遣悲怀三首》等作品，其中的“曾经沧海难为水，除却巫山不是云”“诚知此恨人人有，贫贱夫妻百事哀”“唯将终夜长开眼，报答平生未展眉”，都成为千古名句，广为传颂。

其四，唐传奇中的爱情诗。由于唐代传奇小说的盛行，一些描写才子佳人爱情的小说中也出现了很多爱情诗歌，比如唐传奇《莺莺传》中的《崔莺莺答张生》和《崔莺莺寄诗》，“待月西厢下，迎风户半开。拂墙花影动，疑是玉人来 ”，“自从销瘦减容光，万转千回懒下床。不为傍人羞不起，为郎憔悴却羞郎”。它们既是小说的有机组成部分，起着塑造人物形象、推动情节发展的作用，又可以单独当作爱情诗来读，有着独立的审美价值。

其五，宫怨诗。唐代宫怨诗之多也为其他时代所罕见，约有 500 首之多且含蓄蕴藉，为古典爱情诗中含蓄美的典范。比如杜牧的《秋夕》："银烛秋光冷画屏，轻罗小扇扑流萤。天阶夜色凉如水，卧看牵牛织女星。"诗人先用清冷环境描写渲染出一种悲苦的基调，然后从"轻罗小扇扑流萤""卧看牵牛织女星"的细节呈现中突出了女子内心的无聊与孤寂，弥漫着浓烈的哀怨情绪。再看元稹的《行宫》："寥落古行宫，宫花寂寞红。白头宫女在，闲坐说玄宗。"当年的花容月貌，娇姿艳质，在寂寞幽怨中消耗殆尽；时光流逝，青春不再，红颜憔悴，闲坐无聊，只有谈论以往。此情此景，何等凄绝！

总之，唐代爱情诗是我国悠久的古典爱情诗歌史中的一道亮丽风景，在内容、题材、思想等方面极大地推动了中国爱情诗歌发展的步伐，将中国的古典爱情诗歌推向了最高峰。同时它也以美的艺术风姿在爱情的艺术园地中展示着自己的华采，召唤着人们去追求人生的幸福和美好的爱情，具有永恒的艺术魅力。

（二）

到了晚唐、五代，战事纷仍，朝代更迭，文人士子失去了唐诗时代的高昂激情，变得颓废消极起来。他们得过且过，躲在温柔乡里消磨人生，娱情的词便登堂入室，进入了古典文学的殿堂。于是，北宋文坛出现了"词代诗兴"的局面，词成长为"一代之文学"，成为中国古典文学皇冠的巨钻，代表着宋代文学的最高成就。而在词的阆苑里，爱情词则是一座充满奇花异卉的园圃。再加上前朝的花间词的表率和示范，由"花间"词人引发的爱情词波涛历经晚唐五代，终于在宋代形成了滚滚的浪潮，为古典爱情文学创作开辟了一片新天地。

爱情词的繁荣，首先与词体独有的美学特质相关。我国古代诗与文是正统的文学样式，文以载道，诗以言志，诗文功能决定了其意境追求浑厚宏大，不能尽如人意地去表现那种细腻纤微的爱情意绪。而词体质地更轻巧，笔触更灵活，抒情手法更细腻、含蓄和幽微曲折。对于爱情来说，词无疑是其更为妥帖的归宿。并且，词有音乐文学之称，是配乐歌唱的抒情歌辞，其配乐吟唱的功能，长短变化的句式，转换自如的意象，幽微朦胧的艺术境界追求等等，对于同样幽微细腻、复杂微妙的爱情情感，无疑是最为契合的形式。另一方面，词一向被文人们视为通俗文学样式，视为"艳科"，比起正统的诗文来只是一种难登大雅之堂的"小技"，文人们乐得在饮酒作乐、听曲观舞、纵情声色中用词去尽情表露自己的“花情柳思”，借以取得心理的平衡和精神的放松。

当然除了词本身最适宜抒写爱情之外，宋代词坛爱情之花肆意绽放还与当时的社会心理密切相关：一是文人对爱情和人生幸福的追逐。宋代统治者出于陈桥兵变的教训，抑武重文，文人在社会地位、经济收入等方面待遇优厚，他们本来就喜欢风花雪月，时代又赋予了他们诸多便利与合理合法性，所以，他们能够敞开胸怀去寻找生活的快乐、追逐人生的享受，爱情自然便成为文人们文学创作中趋之若鹜的目标。二是整个社会享乐之风的盛行。宋代城市经济繁荣昌盛，市民阶级大量出现，与此相适应的娱乐场所诸如酒楼、瓦舍、青楼教坊大量存在。正如宋太祖对群臣们所倡导的“歌儿舞女，以终天年”，及时行乐、享受人生蔚然成风，人们的生活观、爱情观也发生了转变，渴望大胆而真挚的爱情。并且，歌舞享乐恰恰是词生长的乐土。宫廷深院或青楼教坊之内，填词的是那些文人雅士，唱词的是那些歌妓舞女，秦楼宴饮、游春踏青、听歌观舞，在各种娱乐活动中青年男女交往比较频繁，爱情词便在怡情遣怀中感发而出。

大宋王朝，宫廷、官场和社会追求声色享受成为风尚，达官贵人们过着蓄养声妓、寻欢作乐的生活。都城汴京经济极为繁荣，商贾云集，人口超百万，青楼歌馆林立，自是繁华热闹。所以，北宋前期词坛，吟咏爱情的花间音响不绝如缕，甚至成为词坛的主旋律，其婉约、艳情的品格得以传承，几乎全是卿卿我我的浅斟低唱。宋代的著名词人大都是当时的政坛名流，他们一方面为完成治国平天下政治伟业而壮怀激烈，另一方面在私生活上十分注重个体享受。他们饮酒作乐、听曲观舞、纵情声色，借以取得心灵的慰藉和放松。除了个别人如王安石之外，多数人如一代名相寇准、太平宰相晏殊、文坛元老欧阳修、文坛巨擘苏轼等等，概莫能外。在“彩袖殷勤捧玉盅”的妙龄女性面前，多情的文人们被缠缠绵绵的情意弄得心荡神驰，他们压抑不住自己的创作冲动，大量酒边花前难以忘怀的情爱、相思之作随之诞生。但是，在当时的文人雅士的心目中，“词为艳科”，是闲暇时的消遣，是不值一提的雕虫小技，爱情词更是有损于他们高雅端正的形象，难以示之于人。而这一时期爱情词创作最值得一提的是风流才子柳永。他放下读书人的清高，跻身社会最底层，歌咏青楼女子的可爱与温柔，用市井语言唱出世俗的爱情心理和露骨的情欲，轰动了词坛，也借着歌儿舞女的吟唱，让爱情词传遍到了大江南北，影响深远。

北宋后期的爱情词艺术上更为成熟，词人们逐渐形成了自己的创作个性，比如秦观的深挚动情、贺铸的凝重厚实、周邦彦的老成凝练，等等。他们各自以自己鲜明的艺术风格来抒写爱情的欢乐、愁苦。靖康之变，金人入主中原，大宋朝廷被迫南迁，国运衰微，灾难打破了词人们温柔乡中的美梦，爱国词崛起对爱情词产生了极大的冲击，但是爱情的歌唱并未在词坛绝迹，“少年情事老来伤”代替了风流旖旎的艳情，清苦幽冷的感伤弥漫在南宋的爱情词中，李清照是其中最重要的代表。李清照是中国古典诗词星空中的一轮明月，爱情词几乎可以看作其艺术生命的全部。南渡之前，她与赵明诚婚姻美满、感情甚笃，她为此而写的爱情词几乎都表现出她对爱情的歌咏与渴求。但南渡之后，经历了国破、家亡、夫死的一系列苦难，只剩下对亡人永远的追悼和对往昔幸福生活的永不能忘怀的回忆，情感伤感甚至沉痛入骨，爱情词作中的情感更是令人痛彻心扉。中国古典爱情诗常常是“男子作闺音”，清照作为女子，她的笔触伸向了更深层次的一个鲜为人触及的知识女性的内心世界。她为人不隐忍，为文亦不隐晦，真诚地表达自己的爱情感受与感悟，并凭着极高的艺术天赋，将爱情表达得穷形尽相、摇曳多姿。李清照的爱情词清婉流丽、冠绝古今，为我们开辟了一个情感审美领域的新天地。到了南宋后期，爱情词开始雅化，姜白石和吴梦窗的情词，或者以幽韵冷香见长，或者以绵绵长恨动人，都显得高雅而悠远。

词以抒情为其“当行本色”，专主情致尤其长于抒发细腻、微妙的儿女之情，无论闺怨相思还是离愁别恨，尽可曲折深婉或清新流丽地表达出来。宋词中的爱情词写尽了爱情的百般滋味，有对美好爱情的渴望与坚守，有天各一方的相思与惆怅，有爱情失落后的苦闷与彷徨，等等，都是纯真性情之自然流露，展示了人性中的真挚情怀。就爱情双方的身份来分，宋代大致可以分为两大类：夫或妻抒写夫妻情之作；才子或才女抒写恋情之作。

表达夫妻情的爱情词主要是悼亡诗或记录夫妻间互敬互爱美好生活之作。前者最著名的是苏轼忆妻子的《江城子》（乙卯正月二十日夜记梦）：

十年生死两茫茫，不思量，自难忘。千里孤坟，无处话凄凉。纵使相逢应不识，尘满面，鬓如霜。

夜来幽梦忽还乡，小轩窗，正梳妆。相顾无言，惟有泪千行。料得年年肠断处，明月夜，短松冈。

抒写了夫妻二人生前相知相爱之深以及死后刻骨相思之切，成为千古名篇。可以与之相媲美的是贺铸的《鹧鸪天》：

重过阊门万事非，同来何事不同归？梧桐半死清霜后，头白鸳鸯失伴飞。

原上草，露初晞，旧栖新垅两依依。空床卧听南窗雨，谁复挑灯夜补衣！

一样的情思，一样的哀绪，一样地感人至深。除了悼亡之作，宋词中还出现了真实描绘夫妻之间真实生活场景和情意的词作，其中以李清照的作品最为典范。一代才女李清照以妻子的身份进行了爱的书写，比如她的这首《减字木兰花》：

卖花担上，买得一枝春欲放。泪染轻匀，犹带彤霞晓露痕。怕郎猜道，奴面不如花面好。云鬓斜簪，徒要教郎比并看。

词作真实呈现了沐浴在爱河中的李清照与丈夫逗趣撒娇的情态，写出了伉俪间的亲昵与甜蜜。当然还有"花自飘零水自流/一种相思/两处闲愁"（《一剪梅》）的相思难熬，"惟有楼前流水/应念我/终日凝眸/凝眸处/从今又添/一段新愁"（《凤凰台上忆吹箫》）的忧虑，抑或是"莫道不销魂/帘卷西风/人比黄花瘦"（《醉花阴》）的憔悴，都至真至诚，感人至深。

宋词中的才子或才女抒写恋情的恋情词可谓遍地开花。比如秦观的《鹊桥仙》：

纤云弄巧，飞星传恨，银汉迢迢暗度。金风玉露一相逢，便胜却人间无数。

柔情似水，佳期如梦，忍顾鹊桥归路。两情若是久长时，又岂在朝朝暮暮。

词人将自己对牛郎织女悲剧爱情故事的思考融入词中，没有凄楚的叹惋，有的是一种洞悉世间悲欢离合的通透和释然。“两情若是久长时，又岂在朝朝暮暮”两句揭示了爱情的真谛：爱情要经得起长久分离的考验，只要能彼此真诚相爱，即使终年天各一方，也比朝夕相伴的庸俗情趣可贵得多。这两句词，写出了世世代代相爱却难相厮守的恋人的心声和希冀，也成为爱情颂歌当中的千古绝唱，至今仍为人所津津乐道。完全可以与这两句相媲美的是柳永的“衣带渐宽终不悔，为伊消得人憔悴”。他在《凤栖梧》中写道：

伫倚危楼风细细，望极春愁，黯黯生天际。草色烟光残照里，无言谁会凭阑意？

拟把疏狂图一醉，对酒当歌，强乐还无味。衣带渐宽终不悔，为伊消得人憔悴。

最后两句把思念恋人的感情推向了高潮：恋人痴心相爱却不能相见，以致相思成疾，形销骨立，但彼此的爱情始终不渝。这两句写出了真心相爱之人攻坚克难、锲而不舍的共同心声，其千百年来鼓舞人心的力量从没衰减过。同样具有这种力量的还有张先的《千秋岁》：

数声鶗鴂，又报芳菲歇。惜春更把残红折。雨轻风色暴，梅子青时节。永丰柳，无人尽日花飞雪。

莫把幺弦拨，怨极弦能说。天不老，情难绝。心似双丝网，中有千千结。夜过也，东窗未白孤灯灭。

两人的爱情遭到了巨大的阻碍和摧残，但两人矢志不渝，他们用各自的情丝织就了情网，而在这双情网中有千万个用情丝打成的结，把两颗心、两个人的命运紧紧地拴在了一起，不可拆解。足见其爱情之深而坚！

不仅男词人敞开了心扉，尽情歌咏爱情，宋代的才女也毫不逊色。除了李清照，朱淑真的爱情诗词也有“月上柳梢头，人约黄昏后”（《生查子·元夕》）、“但愿暂成人缱绻，不妨常任月朦胧”（《元夜》）、“娇痴不怕人猜，和衣睡倒人怀。最是分携时候，归来懒傍妆台”（《清平乐·夏日游湖》）等等缠绵之辞。女词人把她同恋人幽会的情景，写得有声有色，毫无隐晦之处，大胆表现了她在爱情追求中的痴情与执着，情真意切。

恋情词还包括才子们为歌妓代言或写给歌妓们的。此类词作数量庞大且有极高的艺术成就。究其原因，古来才子爱佳人，宋代才子们在与歌妓的交往中寻找情感的归宿，付出的是真情实感。宋代很多恃才傲物的才子在政治上往往郁郁不得志，于是他们便放浪形骸，浪迹于青楼教坊之间，以填词作曲为能事，其中最具代表性的就是“忍把浮名，换了浅斟低唱”的风流才子柳永。柳永生活的北宋前期词坛，全是卿卿我我的低唱。柳永在高雅之士故作雍容富贵之态时放开歌喉用市井语言唱出市俗的爱情心理和露骨的情欲，独树一帜，轰动了词坛，其朦胧的意境、婉约的风格和优雅的品味的确让人耳目一新。比如他的《定风波》：

自春来，惨绿愁红，芳心是事可可。日上花梢，莺穿柳带，犹压香衾卧。暖酥消，腻云亸，终日厌厌倦梳裹。无那，恨薄情一去，音书无个。

早知恁么，悔当初，不把雕鞍锁。向鸡窗，只与蛮笺象管，拘束教吟课。镇相随，莫抛躲，针线闲拈伴伊坐。和我，免使年少光阴虚过。

词人为歌妓代言，抒发女性的爱情理想，就是让心上人安安稳稳地吟诗诵书，自己一旁温存相伴，过一份静谧、温馨的正常人的生活。宋代著名词人晏几道、柳永、秦观、姜夔等，都曾有过与歌妓交往的经历，他们那些写与妓女聚会之欢、分离之苦的词句，如晏几道的“琵琶弦上说相思。当时明月在，曾照彩云归”（《临江仙》），“从别后，忆相逢，几回魂梦与君同。今宵剩把银釭照，犹恐相逢是梦中”（《鹧鸪天》），秦观的“销魂，当此际。香囊暗解，罗带轻分，谩赢得，青楼薄幸名存。此去何时见也，襟袖上，空惹啼痕。伤情处，高城望断，灯火已黄昏”（《满庭芳》），都是写真挚之情的名篇佳句。他们真心关爱或者爱恋那些青楼女子，并且发自内心地关心、尊重她们，以纯净之笔来抒写他们的满腔真情，所以这些诗词自带一种打动人心的力量。

正如王国维在《人间词话》中所说，“词之为体，要眇宜修。能言诗之不能言，而不能尽言之所能言。诗之境阔，词之言长”，即词体具有一种精微幽深的内在之美，很适合表现缠绵深长的男女情爱，它可以让文人尽情宣泄自己的内心世界。词正是凭借这种长于言情的优势，尽管容易有题材狭窄、格调不高的弱点，但它还是理所当然地成了文人学士驰骋爱情感情、表露内心的重要方式。总之，宋代的文人们自觉地恪守“诗庄词媚”的观念，用词体来曲尽人情，表现缠绵深长的男女情爱，开创出了中国古典爱情诗歌空前繁荣的局面。

五　元明清时期的由盛而衰

元明清时代，是中国爱情诗歌的转折期，爱情诗词悄然变身为“曲”，走向民间，走向世俗。同时，从元代开始，新型的更适合市民阶层口味的文学样式——戏曲和小说崛起并逐渐繁盛，爱情题材在更适合市民口味的叙事文学样式戏曲、小说等叙事文学中兴盛起来，逐渐替代了擅长抒情的诗词，爱情诗词逐渐走向衰微。所以，在元明清时期的抒情韵文当中，爱情题材除了在元曲中别具风味以外，在其他的诗词创作中始终没有跳出前代窠臼，总体成就不高。这一时期，古典爱情诗歌发展由盛而衰。

先说元曲当中的爱情作品。如果说，宋代诗人们用词掀起了爱情的春潮，那么到了元代，这股浪潮则涌到了新的天地——元曲中去了。南宋后期词因片面追求典雅而进入“象牙塔”之后，元曲在民间广为传唱的俚曲俗谣基础上发展而来。元曲特别适合世俗民众的口味，所以自它诞生之日起就自带一种浓郁的生活气息和活泼泼的风情意味。与爱情诗词相比，元曲具有泼辣大胆、鲜活生动、俏皮诙谐、粗犷俚俗的风格特色，这也使它在爱情诗歌史上独树一帜，令人耳目一新。

元朝是中国历史上第一个由少数民族建立的大一统政权，所以元曲所产生的社会环境和文化氛围都是极其特殊的。蒙古族人主中原之后，草原文化无情地冲击、践踏着中原文化，传承了几千年的封建道德伦理礼崩乐坏。然而儒学统治地位的削弱客观上却为元代文人提供了一个相对宽松自由的社会政治环境，文学可以从旧的思想和旧的束缚中解放出来，得到新的发展机会。以曲为代表的市民文学大大地发展起来，代替了正统文学的地位，逐渐成长为王国维先生所说“一代之文学”。另外，元朝科举基本上废而不行，文人仕途发达的道路被阻断，处于“八娼九儒十丐”的社会底层地位。很多文人不得不放下读书人的文化身份，以“浪子”自居，混迹于市井勾栏，在曲中或寻求恣意纵情或寻求立身养命。他们摘掉了虚伪的道学面具，自觉不自觉地投身于平民文学的创作，以大众喜闻乐见的方式来写符合大众趣味的内容，开始放开手脚用曲来写爱情。

元曲包括杂剧和散曲两种。元朝商业经济繁荣，城市市民阶层扩大，其娱乐需求日趋高涨。而文人地位急剧下降，立身养命的需要也促使其创作更加具有世俗性，更加注重市民的口味和欲求。在宋金以来的杂剧、院本和诸宫调的基础上，由于许多杰出作家的参与和创作，元杂剧率先异军突起。关汉卿、王实甫、马致远、白朴、郑光祖是元代最著名的剧作家。王实甫的《西厢记》、关汉卿的《拜月亭》、白朴的《墙头马上》、郑光祖的《倩女离魂》是当时颇负盛名的四大爱情杂剧。元杂剧的核心部分是唱词，每一折用同一宫调的一套曲子组成，并一韵到底；而杂剧的“韵白”则直接采用诗词或顺口溜式的韵文，所以爱情题材杂剧中的很多唱词，本身就是爱情诗歌，比如《西厢记》中“长亭送别”一折中莺莺的唱词，就化用范仲淹《苏幕遮》中的词句：“碧云天，黄花地，西风紧，北雁南飞。晓来谁染霜林醉？总是离人泪。”（《端正好》）这样的爱情诗歌在元杂剧中大量存在，是古典爱情诗歌的重要组成部分。

伴随着元杂剧的兴盛，散曲这一新的诗歌形式也在元代大放光芒，代表了元代诗歌创作的最高成就。这种新诗体被称为“词余”，是由词演化来的，但与词又有着明显的不同：曲在形式上更能尽长短变化之能事，短可以到一两个字，长可以到几十个字，还可以加衬字，形式自由；散曲的语言更自由轻灵，音律不板滞，所以更适合抒情达意，也更适宜于表达即兴的、活泼的爱情情感。散曲的作家大都是混迹下层、与青楼艺人相交甚密、生活放浪不拘的文人，所以，爱情题材散曲中反映妓女生活的作品非常多，并且在爱情描写和表现上十分大胆和直白，比如名伶珠帘秀在《正宫・醉西施・无题》中发出了“便是牡丹花下死，做鬼也风流”的惊世骇俗的呼喊，令人有石破天惊之感。中国文学史上最早的大戏剧家关汉卿就自称“普天下郎君领袖，盖世界浪子班头”，他的散曲描绘男女恋情的作品最多，尤其以刻画女子细腻微妙的心理活动见长，比如他的《双调・沉醉东风》：

咫尺的天南地北，霎时间月缺花飞。手执着饯行杯，眼阁着别离泪，刚道得声保重将息，痛煞煞教人舍不得。好去者望前程万里。

口头语“痛煞煞”“舍不得”将不舍之情表露无遗。离别在即，马上要天各一方，犹如月缺花落，手里捧着送行的酒杯，眼里含着分离的泪水，不忍与情人道别。这首诗将离情别绪写得哀婉动人，“保重将息”“好去者望前程万里”直接引用女主人公的话语，其体贴之态、关怀之情，溢于言表。再如他的《双调·大德歌·夏》：

俏冤家，在天涯，偏那里绿杨堪系马。闲坐南窗下，数对清风想念他。蛾眉淡了教谁画？瘦岩岩羞带石榴花。

此曲真率直白，质朴流丽，刻画入微。曲中生动刻画了女子对情人的思念，语言质朴，感情真挚，体现了作家自然本色的创作风格。

朱自清先生曾言，“中国缺少情诗，有的只是‘忆内’、‘寄内’，或曲喻隐指之作；坦率的告白恋爱者绝少，为爱情而歌咏爱情的更是没有”（《中国新文学大系·诗集导言》），这一论断起码对元曲中的爱情诗词是不适用的。元曲中存在着大量为爱情而歌咏爱情的作品，缱绻缠绵，大胆之至，率真之至，具有浓郁的生活气息和现场感，给人一种亲切俚俗、激情喷涌、坦率泼辣之感，所以其风格可用“俗”且“辣”来概括。

“俗”即通俗、俚俗。从元曲的曲牌有名称来看，如“叨叨令”“刮地风”“喜春来”“山坡羊”“红绣鞋”，等等，都很接地气。元曲里的爱情诗词，常以女子口吻行文，极富感情色彩；又常常以口语、俚语入诗，极具情境感。比如陈铎的《懒画眉·春怨》：

倚栏无语掐残花，蓦然间春色微烘上脸霞。相思薄幸那冤家，临风不敢高声骂，只叫我指定名儿暗咬牙。

把刻骨思念的郎君称作“冤家”，“冤家”这一情感定位和“掐残花”“暗咬牙”两个日常动作，把女子对心上人爱怨交加的初恋情怀表达得穷形尽相。再比如商挺的《双调·潘妃曲》：

带月披星担惊怕，久立纱窗下，等候他。蓦听得门外地皮儿踏，则道是冤家，原来风动荼蘼架。

少女月夜等待意中人的到来，星月明朗，担心被人看到，不免担惊受怕，却又久立于纱窗之下，不见心上人来，却又不忍离去，突然听得门外传来脚步声，一阵狂喜，以为是意中人，但哪里是什么脚步声，只不过是风吹动荼蘼花架声，于是又一次盼望成空。“等候他”这毫不掩饰的话道出了这位纯真少女的热恋之情，用“地皮儿踏”来说脚步声，不仅具体形象、通俗易懂而且颇具陌生化的美感。

“辣”即大胆、直露、泼辣。元曲中的爱情的表达与以往含蓄蕴藉的传统诗词不同，往往直抒胸臆、坦率直白，情感表现得更为自由、热烈、奔放，爱情的主体尤其是女性，往往敢爱敢恨、敢说敢做，富于生命的激情和活力，比如周文质的《越调·寨儿令·闺情》：

弹玉指，觑腰肢，想前生欠他憔悴死。锦帐琴瑟，罗帕胭脂，则落得害相思。

曾约在桃李开时，到今日杨柳垂丝，假题情绝句诗，虚写恨断肠词。嗤，扯作纸条儿。

女子性格刚烈，一旦发现对方辜负自己，就表现出决绝的态度，果断地斩断情丝，坚决与之决裂。再比如白朴的《中吕·阳春曲·题情》：

从来好事天生俭，自古瓜儿苦后甜。奶娘催逼紧拘钳，甚是严，越间阻，越情忺。

写出了女性主人公在爱情出现危机时的决绝果敢，对爱情的追求的决不妥协。元曲中对爱情感受的表达大胆真切，毫不矫情羞怯，看徐再思的《双调·折桂令·春情》：

平生不会相思，才会相思，便害相思。身似浮云，心如飞絮，气若游丝，空一缕馀香在此，盼千金游子何之。证候来时，正是何时？灯半昏时，月半明时。

女子袒露自己的真实情感，将相思之痛通过一系列比喻强调到无以复加的地步，令人感同身受！元曲中大胆地歌颂男欢女爱，比如贯云石的《中吕·红绣鞋·欢情》：

挨着靠着云窗同坐，偎着抱着月枕双歌，听着数着愁着怕着早四更过。四更过情未足，情未足夜如梭。天哪！更闰一更儿妨甚么！

曲中着意刻画了一对热恋中的情人聚短离长，相聚后怕分离而珍惜每一刻的欢爱以致彻夜不眠的一幅图景。曲子连用八个“着”字，真实地表达了恋人春宵一刻值千金的急切心情。最后两句是主人公从心底发出的呐喊，“天哪！更闰一更儿妨甚么！”生活中只有闰年闰月之说，女子“闰一更”的说法虽是痴人痴语，却是真情袒露，再加上前面诸多热烈动作，将恋情的火热与缠绵表露无遗。

元曲中出现了不少“辣女”形象，比如查德卿的《寄生草·间别》：

姻缘簿剪做鞋样，比翼鸟搏了翅翰。火烧残连理枝成炭，针签瞎比目鱼儿眼。手揉碎并头莲花瓣，掷金钗撷断凤凰头，绕池塘挼碎鸳鸯弹。

此曲向我们展示出一个断然向负心汉决裂的烈女形象。她失恋后愤恨至极，想象着把象征爱情的东西通通毁掉，以此来表达自己的愤怒和与负心汉决裂的决心，写出了女子珍视真情、自尊自立的刚烈性格。

明清时期，更为贴近市井人情、平民趣味的小说逐步成为文学的主流，而诗词发展相对薄弱，爱情诗歌自然比起前代来也逊色不少。清代著名词人纳兰性德的悼亡词可谓破空而起，将古典爱情诗推向了一个别样的小高峰。词人将对妻子的一片真心、痴情诉诸笔端，我们仅看一下他的第一首悼亡诗《青衫湿遍·悼亡》：

青衫湿遍，凭伊慰我，忍便相忘。半月前头扶病，剪刀声、犹在银釭。忆生来、小胆怯空房。到而今，独伴梨花影，冷冥冥、尽意凄凉。愿指魂兮识路，教寻梦也回廊。

咫尺玉钩斜路，一般消受，蔓草残阳。拚把长眠滴醒，和清泪、搅入椒浆。怕幽泉、还为我神伤。道书生薄命宜将息，再休耽、怨粉愁香。

料得重圆密誓，难禁寸裂柔肠。

词作深切悼念爱妻卢氏：“一直以来，都是爱妻在给我以安慰，如今阴阳相隔，如何能够相忘？半月前，她还为我操劳，怎么这么一病，便成终身永别呢？孤独凄凉中，愿老天给她的魂魄指引，叫我们在睡梦中团聚。你我近在咫尺，正一样地消受着这夕阳晚照下的荒原凄景。我愿用我的热泪和着祭祀的酒浆把你滴醒，让你又活转过来，可又怕你醒来后继续为我伤神。你定然会说：‘你命太薄，应该多多保重，不要再耽于儿女情了！’但我却记得你我曾有过的密誓，现在想来那誓言真的难以实现了，想到这一切又怎能不叫人肝肠寸断呢？”词作直抒对妻子的一片真情，凄绝、哀伤、悲怆，字字牵情，毫不掩饰，却毫不矫情做作，可谓字字泣血。难怪有人评价其悼亡词“如寡妇夜哭，缠绵幽咽，不能终听”。“自伤多情”的纳兰性德用痛苦之浆铸就了一首首凄婉哀艳的极致之作，他把生命中的深情外化为如丝情语，以词代泣，感人至深。纳兰的爱情诗词代表着这一时期爱情诗歌创作的最高成就。

另外，明清时代的许多描写爱情的传记、话本、拟话本乃至长篇小说中穿插了许多爱情诗词，中国叙事文学最高峰的《红楼梦》中就有不少爱情词，比如广为传唱的《枉凝眉》：

一个是阆苑仙葩，一个是美玉无瑕。若说没奇缘，今生偏又遇着他；若说有奇缘，如何心事终虚化？

一个枉自嗟呀，一个空劳牵挂。一个是水中月，一个是镜中花。想眼中能有多少泪珠儿，怎禁得秋流到冬尽，春流到夏！

诗作写尽了有情人不能成眷属的伤痛和哀怨。再比如林黛玉的《题帕诗》：

眼空蓄泪泪空垂，暗洒闲抛更向谁。
尺幅鲛绡劳解赠，为君那得不伤悲。

诗作既传达出了黛玉的哀伤无依的爱情情感，又活画出了一个才华横溢、爱情却格外不幸的悲剧女性形象，诗情与文采俱佳。

通过以上的梳理可以发现，于社会文化发展而言，爱情诗歌作为记载爱情关系、爱情方式的一种文体，自古到今的变化能清晰地反映不同时代不同社会人们精神生活、爱情生活的品质和格调以及社会的文化习俗和社会心理的变迁。于个体情感发展而言，爱情诗歌是诗人们对抗俗世不堪和生命失意的利器和支撑，是对美好生活的歌颂与呼唤，诗中的爱情是一切美好的事物的象征，也是对真正自我的坚守与护卫，是参悟人生苦难的涅槃之径，也是我们人类免于消沉的坚贞的永远的信仰。

综上所述，中国古典爱情诗，以歌颂爱情专一和追求恋爱自由为主旋律，营造着我们华夏民族源远流长的爱情文化，体现着我们先人情感的纯正和浪漫，显示着他们在爱情追求中的情操和智慧，它作为一份珍贵的文学遗产，值得我们永远珍藏。

第二章

中国现代爱情诗赏析

“文变染乎世情，兴废系于时序”，文学的发展变化是时代发展的风向标、民族精神的晴雨表。大凡优秀诗作，也总是回应时代精神的吁请，唱出时代的最强声音。从“五四”时期开始，古老的中华民族在民主与科学的号角声中焕发出青春蓬勃气息和无限活力，人性觉醒，人的主体精神高扬，爱情情感被唤醒并走向高涨，从而产生大量爱的歌吟。另外，伴随着西学东渐，诗人们受西方文化的影响，为爱情歌咏爱情的创作理念日益深入人心，中国出现了爱情诗歌的浩荡洪流。“微风吹动了我的头发，教我如何不想她”（刘半农《教我如何不想她》），“我是天空里的一片云，偶尔投影在你的波心”（徐志摩《偶然》），“你是爱，是暖，是希望，你是人间的四月天”（林徽因《人间四月天》），“那不是花瓣，是我凋零的心”（席慕容《一棵开花的树》），“我如果爱你——绝不像攀援的凌霄花，借你的高枝炫耀自己”（舒婷《致橡树》），等等，这些人性觉醒后爱情的吟咏，丰富、滋养着人们的情感世界，开启了中国人追逐现代爱情、构筑幸福人生的新篇章。

一　“五四”时期人性觉醒后的吟咏

“五四”时期是中国传统文化向现代文化转型的时期。中国的传统文化是一种以伦理规范为核心的文化，它以建立在血缘关系基础上的家庭伦理为中心构筑整个价值体系，所以形成了重君父、轻臣子，重天理、轻人欲的价值取向。中国传统的价值观认为，个人人生的目的和意义在于效用于家国，个体私生活欲求，尤其是基于性本能的爱的诉求，一向被排斥在社会认可的价值体系之外，甚至被视为社会秩序的破坏力量而受到伦理道德规范严格的制约和抑制。正是这个原因导致了中国成为一个缺乏爱情传统的国度。在狂飙突进的新文化运动的感召下，“人之子”苏醒，中国人的现代爱情意识觉醒，并开始热情讴歌这一主题。所以，“五四”时期是思想大解放的时代，是人的大解放的时代，也是爱情诗大解放的时代。在科学与民主的呼唤声中，被传统文化压抑了千百年的对于爱的渴求，终于凭借文学革命的强力助推，以诗歌的形式如地下岩浆一般奔涌而出，形成了一股爱的歌潮。青春的诗人们，以个性解放为依归，尽情抒写爱的欢愉和悲情，并以之为阵地，寄寓了反封建礼教、追求自由幸福的时代主题。

“五四”新文化运动是一场彻底地反对封建文化的运动，它以反对旧道德提倡新道德、反对旧文学提倡新文学为文化革命的两大旗帜，对中国几千年封建主义形成强力冲击，旧的价值结构被颠覆和消解了，白话文代替文言文，新文学代替旧文学，现代爱情诗歌随之诞生。这一时期，一大批有志知识青年投身其中，为挣脱封建主义束缚、争取民主自由而奋斗。觉醒的青年碰到的第一件事就是追求恋爱婚姻的自由。他们大胆地追求和歌唱爱情，爱情诗歌是其内心情感的真切表露，也成为他们向封建势力发起挑战的利器。从“五四”开始，中国爱情诗歌内容和形式都发生了质的变化。内容上，大批知识青年脱离封建礼教的束缚，让自己的情思与才情都化作优雅的文字，为爱情而歌咏爱情，真实记录其心灵深处的爱恋之情；形式上，自由灵活、音节质朴自然、以白话写成的新诗代替了格律严谨、讲究音韵、注重雕琢的旧体诗。总之，“五四”时期现代爱情诗歌把中国爱情诗歌的发展推进到了一个全新的历史时期。

胡适是写作白话新诗的第一人，也是写爱情新诗的第一人。他的《尝试集》收录诗歌 80 多首，其中歌咏爱情的白话新诗和白话旧体诗有 15 首之多。诗集中的第一首诗《蝴蝶》就是一首爱情诗。

两个黄蝴蝶，双双飞上天。
不知为什么，一个忽飞还。
剩下那一个，孤单怪可怜。
也无心上天，天上太孤单。

作者用平实的口语化的语言写出了自己爱的孤独与苦闷。胡适《尝试集》里还有一首《应该》，写出了“五四”时代知识分子都为之苦恼的情感困境。

他也许爱我
—— 也许还爱我 ——
但他总劝我莫再爱他
他常常怪我
这一天
他眼泪汪汪的望着我
说道：“你如何还想着我？
想着我，你又如何能对他？
你要是当真爱我，
你应该把爱我的心爱他，
你应该把待我的情待他。”

他的话句句都不错 ——
上帝帮我
我“应该”这样做。

这首诗表现了一种两难的爱情，显示了那一代知识分子共同具有的内心矛盾与冲突——“我”有爱的追求，但又摆脱不了传统“道义”的束缚，进退维谷。胡适的情诗主要写相思之情、相爱之悦以及对爱情哲理的探究，温文尔雅，但读不出浓烈的思念和勇敢的抗争，缺乏现代爱情诗歌飞扬的激情与想象，且失之于直白，诗艺性不足但在开辟爱情诗歌新领域、新表达方面却功不可没。

在这一阶段，郭沫若以他的浪漫主义代表作《女神》将现代爱情诗歌带入了新的发展阶段。《女神》一直被看作五四狂飙突进精神的代表，同时它也为现代浪漫主义爱情诗歌的发展开启了道路。《女神》中的《新月与白云》《死的诱惑》《别离》《Venus》等都是诗人因与安娜产生浓烈的爱情而为她所作。郭沫若在出国前饱尝了没有爱情的婚姻之痛，东渡日本后，又处于个人与民族的双重压抑与苦闷之中，是安娜纯真的爱情，医治了他内心的创痛，照亮了他灰暗的生命，唤醒了诗人心中的爱的欲望与创作的激情。于是，他的爱情诗中便有了《Venus》中温柔甜蜜的诗句：

我把你这张爱嘴，
比成着一个酒杯。
喝不尽的葡萄美酒，
会使我时常陶醉！
我把你这对乳头，
比成着两座坟墓。
我们俩睡在墓中，
血液儿化成甘露！

耽溺于爱河之中的“我”与恋人爱得死去活来，以至忘却了这个世界：把恋人的嘴比作一个酒杯，里面盛着喝不尽的葡萄美酒，写两人倾心沉醉在生的欢愉里；把恋人的乳房比作两座坟墓，至死不渝的他们双双睡在墓中，血液交融化为甘露，仍是无比的甜蜜。诗人的情感处于激情荡漾中，爱情超越了生与死的界限。再比如这首《死的诱惑》：

我有一把小刀，
倚在窗边向我笑。
她向我笑道：
沫若，你别用心焦！
你快来亲我的嘴儿，
我好替你除却许多烦恼。

窗外的青青海水
不住声地也向我叫号。
她向我叫道：
沫若，你别用心焦！
你快来入我的怀儿，
我好替你除却许多烦恼。

我们在诗中不仅可以看到痴情女子深切、坦诚、火热的爱，而且可以体会到浪漫主义诗人热烈而大胆的、无所顾忌的爱情方式。诗作的爱情里面，不仅有情而且有欲，带有极强的惊世骇俗的叛逆色彩，对封建礼教有着空前强大的冲击力。

这一时期，还有一个专注爱情诗歌创作的社团、流派——“湖畔诗社”。“湖畔诗社”的成员是潘漠华、冯雪峰、汪静之、应修人四位二十岁上下的青年诗人，闻一多先生称他们是“真正专心致志做情诗的”。正是湖畔诗派的崛起，中国新诗坛才有了真正现代意义上的情诗。湖畔诗社于1922年4月在杭州成立，它是“五四”运动的产儿，应修人是“五四”运动的积极分子，其他三人均在“五四”刚刚过后即进入当时被誉为南方思想最活跃的学校之一的浙江第一师范学校学习。他们在上学期间充分汲取了“五四”精神以及新文艺的营养，强烈地反对封建礼教，要求个性解放，并自觉将追求婚恋自由当作了个性解放、自我觉醒的重要内容。“五四”时期，人们虽然已在科学与民主号召下获得了恋爱婚姻之自由意识，大声呼叫解放，但一旦触到个人内心尤其是情爱这一隐秘处，还是不免有所踌躇，创作心态上存在着诸多矛盾顾虑，所以个人的爱情生活在诗中依然处于“犹抱琵琶半遮面”的状态。而湖畔诗人正值人生的青春之际，与前辈相比，他们的内心少了众多的桎梏和束缚，更为开放和放松，更加敢于斗争，敢于标新立异，敢于坦率地告白恋爱，敢于毫无顾忌、理直气壮地写爱情诗。正青春是他们的生命特征，也是他们爱情诗的精神特征。他们以自己的青春的敏锐感觉、青春的真诚和青春的好奇心来理解人生和生命以及爱情，因此他们的爱情诗洋溢着青春的活力和美感。他们抒写各种爱情的体验，比如获得爱情的愉悦和幸福，汪静之写道：“我昨夜梦着和你亲嘴，甜蜜不过的嘴呵！醒来却没有你底嘴了，望你把你梦中的花苞似的嘴寄来罢。”（《别情》）对所爱之人的一往情深，他写道：“伊的眼是温暖的太阳，不然，何以伊一望着我，我受了冻的心就热了呢！”（《伊的眼》）不仅写出了自己对恋人的情感，而且一反男尊女卑的封建信条，对女性如此之尊重爱戴，达到了顶礼膜拜的程度。湖畔诗人的创作流传最广的是应修人的《妹妹你是水》：

妹妹你是水——
你是清溪里的水。

无愁地镇日流，
率真地常是笑，
自然地引我忘了归路了。

妹妹你是水——
你是温泉内的水。
我底心儿尽是爱游泳，
我想捞回来，
烫得我手心痛。

妹妹你是水——
你是荷塘里的水。
借荷叶做船儿，
借荷梗做篙儿，
妹妹我要到荷花深处来！

诗人用“水”来比喻心爱的姑娘，全诗三节，节节紧扣诗题，反复咏诵“妹妹你是水”，层层深入地抒写对美好爱情的陶醉之情，既生动形象地展现了女子纯真、温柔、深邃美好的内心，又表达了坠入爱河的情郎对女子热烈、痴迷、执着的爱恋之情。全诗设喻精当，形象活泼生动，又喻意明朗，饶有情趣。

总之，湖畔诗人在20年代上半期的青春放歌，拨动了众多青年人爱的心弦，以自己的清新活泼、真诚明朗的特殊风格，给现代诗坛吹入了一股清新的风。

白话新诗提倡之初，最响亮的口号就是“诗体大解放”，文体自由、不拘格律的自由体新诗迅速占据诗坛主流，但也出现了大量散漫无章、诗歌艺术匮乏之作。以闻一多与徐志摩为代表的前期新月派，试图为新诗的“规范化”确立美学原则。闻一多有感于不少白话新诗缺乏应有的美学意义，提出新诗的三个美学标准——音乐美（音节）、绘画美（词藻）、建筑美（节的匀称和句的均齐），他极力倡导新格律诗，从声音到视觉，从内容到形式对新诗进行了一系列规范，希望新诗走上一条良性发展道路。闻一多的爱情诗也践行了其诗歌理论，“戴着镣铐跳舞”，特别讲究诗艺性，思想、情感意味极其浓厚，比如他写给妻子的爱情组诗《红豆》的第一首这样写相思之情：

红豆似的相思啊！
一粒粒的
坠进生命底磁坛里了……
听他跳激底音声，
这般凄楚！
这般清切！

“红豆”常常被作为男女相思的象征，相思的是什么呢？是人心而已。红豆一粒粒“坠进生命底磁坛里”，那“跳激底音声”就是“静夜思”之时听见的心跳，“这般凄楚”“这般清切”，亦是思念之清苦、之焦躁，因为借用了“红豆”的意象，诗显得含蓄而美丽。再比如《红豆》之九：

爱人啊！
将我作经线，
你作纬线，
命运织就了我们的婚姻之锦；
但是一帧回文锦哦！
横看是相思，
直看是相思，
顺看是相思，
倒看是相思，
斜看正看都是相思，
怎样看也看不出团栾二字。

诗人借用了苏蕙织回文璇玑图诗寄赠夫君的典故，围绕“回文锦”用一系列短句来铺排抒情，借此表达相思的煎熬之痛和对夫妻团圆的急切期盼，内容与形式完美相契，言有尽而意味无穷。他的诗歌理论与实践对诗坛滥情主义和诗的散文化倾向起到了极大的纠偏祛弊作用，对爱情新诗艺术价值的提升起到了重要导引作用。

徐志摩是中国现代诗坛上最杰出的大诗人之一，是“新月派”主将、精魂，同时又以大量委婉多样、独具风格的爱情诗著称于世。徐志摩是一个纯粹的理想主义者，他一生追求爱、自由与美。胡适总结说："他的人生观真是一种'单纯信仰'，这里面只有三个大字，一个是爱，一个是自由，一个是美。他梦想这三个理想的条件能够会合在一个人生里，这就是他的单纯信仰。他的一生的历史，只是他追求这个'单纯信仰'的实现的历史。"这种人生信仰深深影响了他的爱情观，不可避免地为其打上了浪漫主义的烙印。他把爱情置于与生命同等重要的地位，认为"恋爱的成功，是生命的成功，恋爱的失败，是生命的失败""恋爱是关生死超生死的事情——如其要到真的境界，那才是神圣，那才是不可侵犯"（《爱眉小札》）。自然这些也深深地影响到了他的诗歌创作，他的诗集《志摩的诗》《翡冷翠的一夜》《云游》《猛虎集》中有大量描写爱情和抒发爱的情感的作品。这些爱情诗视域开阔，视角多变，善于运用奇思妙想营造一种自然和谐的唯美艺术空间，有很高的艺术价值。其中众多爱情名篇诸如《再别康桥》《偶然》《雪花的快乐》等等，充满着性灵之美，成为经典，至今盛誉不衰。

徐志摩可谓中国二十世纪爱情诗坛最耀眼的明星，成就斐然。究其原因，一方面剑桥大学留学期间，他深受欧洲浪漫主义文学思想的影响，自觉接受了雪莱、济慈等浪漫主义诗人的思想，并积极地将浪漫主义诗风运用到他的爱情诗歌创作中，所以他的爱情诗风格欧化，语言流丽，跃动着内在的节奏和韵律，情感真挚充沛，具有很高的艺术魅力；另一方面诗人的爱情生活跌宕起伏、荡气回肠，多次与他爱和爱他的女性陷入情感纠葛当中，这些刻骨铭心的爱情情感经历不断冲击着他敏而多思的心灵。诗人用诗歌的形式真实记录了自己的爱情生活，并进行了思考，这些都成为他爱情诗的灵感来源和不竭的内驱力。徐志摩是带了天生的灵性来写情诗的，而且以真情、真性情入诗，他有着深厚的中国传统文化积淀，加上西方浪漫主义的熏陶，所以他的名篇佳作无不流溢出独特的风格和魅力，比如 1924 年 5 月徐志摩陪同印度诗人泰戈尔访问日本归来途中创作的名篇《沙扬娜拉——赠日本女郎》：

最是那一低头的温柔，
像①一朵水莲花不胜凉风的娇羞。
道一声珍道，道一声珍重，

---

① 本书所引诗文中此类均用"像"。

那一声珍重里有蜜甜的忧愁——
沙扬娜拉！

诗人借用夏夜临风含羞的水莲意象，描摹出了女子瞬息即逝的难以言传的温柔之美，传达出彼此内心凄清的、惆怅的、缠绵悱恻的离情别绪，情感热烈真挚，表达含蓄别致。在人类所有情感中，爱情恐怕是最复杂、最微妙、最深邃、最难以言传的，而徐志摩总是能够用清新灵动的语言将爱情的各种情态淋漓尽致地、传神地表达出来，总是能够令人耳目一新。《偶然》是徐志摩的名篇，写了昙花一现的爱情。

我是天空里的一片云，
偶尔投影在你的波心。
你不必讶异，更无须欢喜，
转瞬消灭了踪影。

你、我相逢在黑夜的海上，
你有你的，我有我的方向。
你记得也好，最好是忘掉，
在这交会时互放的光亮。

偶然的邂逅，却灵犀相通，迸发出爱的火花，照亮了彼此的生命，爱情在两人之间产生了。这种爱越宝贵、越刻骨铭心，失去时也就让人越受伤、越痛苦、难耐。但诗人却劝慰恋人更是劝慰自己：相爱固然美好但不必“讶异”和“欢喜”；分离固然哀伤但过后最好忘掉。诗作除了传达了恋爱中人的诸多感受，同时还能让我们感受到诗人人格个性的多情洒脱与通透豁达。《再别康桥》是徐志摩爱情诗中的翘楚之作，艺术上几近完美。诗人与康桥的告别，其实是与被自己视作“唯一灵魂之伴侣”的林徽因做心灵上的道别，是向自己隐秘的感情世界的道别。对于这段惊鸿一瞥的恋情，诗人在现实中也真的做到了潇洒地“挥一挥衣袖，不带走一片云彩”，这就是诗人徐志摩在诗作中坦诚地呈现着的自我。终生追求理想爱情的徐志摩如同他的《雪花的快乐》中的那片雪花，在追寻爱情中是快乐的、潇洒的，他放飞自我“飞扬，飞扬，飞扬”，朝着自己既定的目标飞扬，“这地面上有我的方向”。不去“冷寞的幽谷”“凄情的山麓”这些没有情没有爱没有欢乐的地方，他要向着有恋爱有欢欣的地方飞去。他也不踯躅于荒街空自惆怅，而是充满自信，乐观地向着认定的“方向”飞扬，去寻找“那清幽的住处”，那里有他倾心爱慕的情侣，“等她来花园探望”，并幻化出与情人相会的幸福景象，“贴近她柔波似的心胸——消溶，消溶，消溶”。诗人就是这样，将对爱情理想的憧憬与追求，融入作品中婉语轻盈的浪漫言情和意绪飞扬的空灵诗境之中，不仅使自己的爱情诗创作不断攀升，而且将现代爱情诗歌创作推向了一个高峰。

“撑着油纸伞，独自 /彷徨在悠长、悠长 /又寂寥的雨巷/我希望逢着 /一个丁香一样地 /结着愁怨的姑娘/她是有/丁香一样的颜色/丁香一样的芬芳/丁香一样的忧愁/在雨中哀怨/哀怨又彷徨……”悠长而寂寥的“雨巷”，潮湿阴冷，没有阳光，没有欢乐，“我”是在这样的雨巷中彷徨的孤独者，在寂寞中希冀“丁香般”姑娘的出现。这姑娘终于出现了，却跟自己一样凄婉迷茫，哀怨惆怅，而且倏忽即逝，像梦一样地从身旁飘忽而过，留下的依旧是无法实现的梦和孤独的彷徨者！这首《雨巷》诗写出了恋人间若即若离、飘浮不定的感情纠葛以及失意者内心的苦闷与忧伤。这种爱情不定、前途渺茫的孤寂和怀抱希望痴心不悔的执着，打动了无数人，为现代派诗人戴望舒赢得了“雨巷诗人”的雅号。戴望舒的性格自尊而内向、隐忍而不敢明言，只能将爱而不得之痛借助诗歌加以纾解，所以其爱情诗歌大都具有感伤凄清、朦胧婉曲之美，他的《烦忧》尤其典型：

说是寂寞的秋的清愁
说是辽远的海的相思
假如有人问我的烦忧
我不敢说出你的名字

我不敢说出你的名字
假如有人问我的烦忧
说是辽远的海的相思
说是寂寞的秋的清愁

诗人的烦忧，如秋日的萧瑟凄凉、万象衰残中感受到的那种寂寞、清愁一般；诗人的相思，好像辽阔邈远的大海一般，波涛汹涌，不可遏抑。如此深沉的忧愁如果说出来，或许他人还可以帮他排解一番，可现在诗人竟连说出来的勇气都没有。诗以回文的修辞，将“剪不断，理还乱”的爱情感受写得婉转曲折、迷离惝恍。这种爱情是犹疑的，也是强烈的。

冯至被鲁迅先生在《中国新文学大系》中誉为“中国最为杰出的抒情诗人”，他在二十年代中期正值新诗衰退时踏进文苑。他的抒情诗别具一格，尤其是其中的爱情诗，将现实主义、浪漫主义和西方象征主义有机融合，深沉幽婉，语言朴实自然，行文收放自如，情感含蓄幽深，对诗坛产生了很大影响。冯至还是一位哲思型的诗人，他的爱情诗，将爱情的种种思绪与某种哲理思考相结合，在哲思中爱情体验和生命意识得以升华，诗歌中的情感也因此更加含蓄深沉、意味深长。《我是一条小河》是冯至爱情诗中的佼佼者。

我是一条小河，
我无心由你的身边绕过
你无心把你彩霞般的影儿
投入了我软软的柔波。
我流过一座森林，
柔波便荡荡地
把那些碧翠的叶影儿
裁剪成你的裙裳。
我流过一座花丛，
柔波便粼粼地
把那些凄艳的花影儿
编织成你的花冠。
无奈呀，我终于流入了，
流入那无情的大海
海上的风又厉，浪又狂，
吹折了花冠，击碎了裙裳！
我也随了海潮漂漾，

漂漾到无边的地方
你那彩霞般的影儿
也和幻散了的彩霞一样！

诗中所表现的爱来得那么偶然，又那么自然，道是“无心”，却又心心相印，“你”的“影儿”与“我”的“柔波”融合无间，“我”对“你”的爱再也无法消除，“我”心中只有一个“你”，所做的一切也都只为了“你”——“我”流过森林，把碧绿的叶影剪裁成“你”的衣裳，流过花丛，把彩色的花影儿编成“你”的花冠。然而，终究力量单薄，被“无情的大海”冲散，曾经美好的一切被无情的现实所吞没，“我们”被迫终于结束了彼此的爱恋。诗人以小河自喻，爱心纯真笃诚，情感坚定深邃，同时又把这种情感升华到人生哲思的高度，将诗人对于情感归宿的不能自主与人生命运不能把握的悲哀深孕其中，发人深省。在他的爱情诗中，诗人常常将自己对爱情情感的诸多体察和思考，凝结到一系列奇特精妙又蕴藉深厚的意象中，构思新颖又恰如其分，比如《蛇》：

我的寂寞是一条长蛇，
静静地没有言语。
你万一梦到它时，
千万呵，不要悚惧！
它是我忠诚的侣伴，
心里害着热烈的乡思：
它想那茂密的草原——
你头上的、浓郁的乌丝。
它月影一般轻轻地
从你那儿轻轻走过；
它把你的梦境衔了来，
像一只绯红的花朵。

“我的寂寞是一条蛇，静静地没有言语”，把孤寂中热烈的相思通过蛇的意象加以展现；“它想那茂密的草原——你头上的、浓郁的乌丝”，蛇对家园的乡思象征了诗人对情感的归宿的渴求；“它月形一般轻轻地，从你那儿轻轻走过，它把你的梦境衔了来，像一只绯红的花朵”，更进一步，诗人期望能像月影一般走过姑娘的身边，将她绯红的花朵般的梦境衔来，“绯红的花朵”是爱情的象征。蛇这一意象贯穿作品始终，诗人又以此为出发点，将姑娘的发丝比作草原，爱情比之为花朵，将精微的情感寄寓在精妙的意象上，迂回曲折地倾吐衷肠，令人回味无穷。另外，冯至的叙事爱情诗创作被朱自清先生誉为“堪称独步”，在现代爱情诗歌史上独树一帜，不可忽略。从1923年起，冯至接连创作了四首叙事爱情诗，即《吹箫人》（1923.5）、《帷幔》（1924秋）、《蚕马》（1925年夏）、《寺门之前》（1926年夏），四首诗均取材于民间传说或者神话，他笔下的爱情书写均以悲剧收场。但不同于前人的爱情悲剧，他不是为了控诉造成爱情悲剧的元凶，不是为了表达爱情悲剧的凄美，而是超越爱情，来揭示人生的荒诞与悖论，以及正常人性被压抑的痛苦。比如他的《蚕马》，悲剧爱情的背后，展示的是人生难以完满的永恒困境。诗中的男主角是一匹马，通人性的，有着人的情感，它深深地爱着少女，在她四顾无亲、孤独凄苦时，帮她找回父亲。然而人畜两隔少女并不理解它的爱，它便“跪在她的床边，整夜地涕泪涟涟”，结果它被她的父亲杀了，马皮悬挂在墙壁上。即使死了，马依然深爱着这位少女。在一个风雨交加、电闪雷鸣的夜晚，孤独的少女非常凄凉和恐惧，“在大地将要崩溃的一瞬，马皮紧紧地裹住了她的全身”，她在“月光中变成了雪白的蚕茧”。这一凄艳的爱情故事，表达了诗人也表达了青年男女深挚而坚定的爱情理想。但是又不止于此，诗人进一步向人们展示，人对理想爱情的执着追求本身是没有错的，但最后的结局往往远非人愿，这就是因为人生本来就存在着难以把控的、荒诞的一面。冯至的叙事爱情诗迥异于其他爱情诗，为我们呈现了一个非现实的迷离空幻的凄美的艺术世界，并以其纯熟的艺术技巧、含蓄深沉的感情以及对生命的沉思和叩问的内质脱颖而出，显示了自己独特的艺术个性和特殊魅力。

统观“五四”时期爱情诗的发展轨迹，可以发现这些诗歌具有自身鲜明的特征：一是对中西爱情文化的兼容并蓄。“五四”时期的爱情诗，是在西方文学尤其是浪漫主义、象征主义的影响下生长起来的，从郭沫若、徐志摩、戴望舒、冯至的爱情诗歌中，不难看到惠特曼、拜伦、济慈、歌德等人的影子。另外，诗人们虽然在理论上对传统文化、诗歌持否定态度，但他们本身却都有着深厚的中国传统文化学养，所以在实际创作中他们自觉不自觉地继承着中国传统文化的精髓。他们在不无夸张地表现爱情追求与向往的同时，又时常流露出我们民族爱情的秉性，如对爱情的含蓄美、性灵美的追求以及对爱情的忠贞与执着的赞颂。这种对中西爱情文化的兼容并蓄，使中国现代爱情诗从一开始就站在了艺术的制高点上。二是个性与时代性的共生并存。五四时期是人性觉醒、个性解放的时代，诗人们敞开自己的心灵，在爱情诗创作中尽情地彰显着自我，发出自己的真实声音，形成了各自独特的创作个性和风格，如徐志摩对恋爱心理细腻的把握和描摹、冯至爱情诗中的哲理性、“湖畔诗人”爱情诗的单纯和梦幻之美等等。追求婚恋自由是那个时代知识分子追求个性解放的突破口。诗人们以对自由爱情的书写与追求为利器，反抗封建制度、封建礼教，回应着时代向他们发出的吁请，以诗歌的形式向封建藩篱发起着冲锋。

总之，“五四”爱情诗是“五四”时代思想解放和文学革命运动的产物，是诗人张扬个性与回应时代的宁馨儿。五四爱情诗歌承前启后，弥补了中国传统诗歌爱情方面表达的薄弱环节，同时又为其后的中国现代爱情诗的发展开拓了广阔的道路。

二　台湾当代：古典诗的现代变奏

“五四”新文化运动之后，随之而来的腐朽黑暗的政治统治、动荡不安的社会局势、外国势力的入侵，把中华民族推到生死存亡的边缘。在这种恶劣的生存困境中，人性、人道主义思潮很快被功利性的救亡图存所取代。救亡图存成了压倒了一切的大前提，大批诗人、作家再也无法以一种平静的心态去观察人，抒写个性，而是怀着满腔激情投入救亡的洪流中，民族的独立，国家的强盛成了他们注目的焦点。然而，这种宏大的历史必然要求却是以对个体情感的漠视为代价，个体生命的存在意义自然而然地消融于群体利益之中，甚至被淹没。时代境况要求文学为实际的政治斗争助威呐喊，文学也勉力承担了这个义务，“爱情”为现实需求让路，爱情诗歌园地也不久又归入了沉寂与萧条的境地。然而，由于特殊的政治历史原因，“五四”爱情诗创作的繁盛局面，在台湾得以承继。

由于台湾特殊的社会文化环境——传统文化的断裂、西方文化的冲击、政治文化政策的高压，爱情题材成为许多诗人回归内心、寻求寄托的最好、最纯洁的一片净土。所以在台湾当代文学中，爱情诗占有非常突出的地位，几乎每个台湾诗人都曾涉猎这个领域，尤其是老一代的著名诗人纪弦、覃子豪、郑愁予、余光中、痖弦、洛夫等人，都写过精美的爱情诗，其中很多已经成为华语经典。

台湾的爱情诗人明显地受到中国古典诗词的熏染。我们看被誉为“浪子”诗人的郑愁予的这首《错误》：

我打江南走过
那等在季节里的容颜如莲花的开落

东风不来，三月的柳絮不飞
你的心如小小寂寞的城
恰若青石的街道向晚
跫音不响，三月的春帷不揭
你的心是小小的窗扉紧掩

我达达的马蹄是美丽的错误
我不是归人，是个过客……

这首诗被誉为“现代抒情诗的绝唱”。诗作借用的是古典爱情诗中极普通的一个主题——闺怨，写出了一个倦守春闺容颜如莲花开落的少妇内心的寂寞、期待和失望。她的心“如小小的寂寞的城”，没有“东风”“柳絮”为她传递春天的消息，所以她的心是“小小的窗扉紧掩”，时刻留意着青石道上的“跫音”，“我”骑马而来，达达的马蹄声对她而言是一种捉弄，无限的喜悦变成了无限的失望，“我”是过客而不是她盼望已久的归人。而“我”是打马江南的游子，留下了独守空闺的女子日以继夜地等待着“我”的归来，是被心上人盼望的“归人”，同样地充满离愁别绪，同样地情感无所归依。诗作以游子、思妇为中心意象，“莲花”“柳絮”“东风”“春帏”“马蹄”等富有民族特色的古典意象与丰富的想象相交错，在闺人漫长等待和游子无尽漂泊的对峙中，在深挚幽婉情感的交错起伏中，诗人完成了爱情主题的重叠和变奏。

另外，台湾爱情诗人的创作方法不管是现实主义的，还是富有现代主义意味的，乃至是称之为现代主义和后现代主义的，其意象营造往往较多的是江流泉踪、晓星残月、菊香竹影等富有中国特色、中国意蕴的景物，凸显了中国传统文化所培育的中国诗人独特的感觉方式和审美心理，其中也包容着中国式的人文精神和人格修养。

台湾爱情诗还有一个很鲜明的特征——具有“纯诗”倾向，即为爱情而歌咏爱情的情感价值取向。被称作“爱情诗歌教母”的席慕容一直秉持这样的理念：“我一直相信，世间应该有这样一种爱情：绝对的宽容，绝对的真挚，绝对的无怨，和绝对的美丽。假如我能享有这样的爱，那么就让我的诗来做它的证明。如在世间实在无法找到这样的爱，那么，就让它永远地存在我的诗里，我的心中。”她的《莲的心事》《白鸟之死》《一棵开花的树》等名篇，无一不是抒发自己对青春、爱情、理想、生命的向往与追求，故其诗中处处洋溢着深挚的爱、醇厚的情，感人至深。我们看她这首最著名的《一棵开花的树》：

如何让你遇见我
在我最美丽的时刻　为这
我已在佛前求了五百年
求它让我们结一段尘缘

佛于是把我化作一棵树
长在你必经的路旁
阳光下慎重地开满了花
朵朵都是我前世的盼望

当你走近　请你细听
那颤抖的叶是我等待的热情
而当你终于无视地走过
在你身后落了一地的
朋友啊　那不是花瓣

是我凋零的心

“如何让你遇见我/在我最美丽的时刻”，于是求佛结缘“佛於是把我化作一棵树/长在你必经的路旁”，“我”化树开花，“阳光下/慎重地开满了花/朵朵都是我前世的盼望”，而苦心经营的结果却是错过，“而当你终于无视地走过/在你身后落了一地的/朋友啊/那不是花瓣/是我凋零的心”，痛心凋零。诗人层层铺设，在娓娓道来中向人们诉说一个痴心等待的爱情故事，诗中弥漫着一种透人心脾的脉脉温情，一种可遇不可求的幽幽伤感。作品在实指与神会之间、淡泊与玄幽之间，表现爱情的空灵韵味，探索爱情的神秘色彩，结局虽然是爱而不得，但我们也能感到一种超然的洒脱，一种无怨无恨也无悔的豁达，达到了极高的美学境界。

诗人们相信爱情，自觉地歌咏、追寻美好的爱情，所以他们大多热衷于纯情描写，即展现爱情中各种情态，如暗恋、热恋、相思和弃绝中的各种心态，追求的是爱情本身的情感体现和情绪传达，尤其注重个体爱情感受的剖析和感悟。所以，它们的视角向内转，着力表现的是现实中的人的心灵的丰富性和爱的多样性，因而比较排斥爱情之外的社会因素和价值判断的介入。他们或展现热恋的激情，或表白爱情的坚贞，或描写相聚的欢愉，或抒发离别的渴念，抑或倾诉失恋的痛苦，内容丰富多彩、异彩纷呈。而在这种情感的体现和情绪的传达中，爱的忠贞与感伤颇受诗人青睐，比如洛夫的《我在水中等你》：

水深及膝
淹腹
一寸寸漫至喉咙
浮在河面上的两只眼睛
仍炯炯然
望向一条青石小径
两耳倾听裙带抚过蓟草的窸窣

日日
月月

千百次升降于我胀大的体内
石柱上苍苔历历
臂上长满了牡蛎
发，在激流中盘缠如一窝水蛇

紧抱桥墩
我在千寻之下等你
水来我在水中等你
火来
我在灰烬中等你

这首诗写小伙子对心上人的痴心等待，艺术的构想、意象的营造均从《庄子·盗跖篇》生发而来。全诗共二节，第一节写“水至不去”：随着水位的逐渐上涨，诗人提炼出四个意象，水深“及膝”“淹腹”“漫至喉咙”、两只眼睛“浮在河面上”，明朗、集中而又步步紧迫地表现小伙子在水中等待的情景。眼看就要没顶了，小伙子仍在痴心张望，“炯炯然”三个字，神情毕肖地写出小伙子的执着和专注。诗的第二节，写小伙子“抱梁柱而死”之后，仍“紧抱桥墩”，坚守诺言，在“千寻之下”、在“水中”等“你”，即使化为灰烬，也永不变心。真可谓海枯石烂、真爱永恒了！诗人在细节的具体描述中复活、丰盈了这一爱情典故，将爱的忠贞借助形象具体地传达了出来，而且对爱情真挚纯情的抒发，带有一种感伤之美。这种忧郁的爱的真情吐露，具有极强的艺术感染力。

很多台湾诗人注重内心世界的观照与省察，注重用灵视之眼去窥探爱情的奥秘，他们乐于在爱情的园圃中笔耕不辍，来抒写爱的直觉和顿悟、抒发美的感受，探索生命的奥妙和爱情的真谛。他们往往在一个笑、一句话、一声叹息、一个眼神、一个名字中，感触到爱情引发的心灵的波澜、爱情的脉动。在他们的诗中，无论是初恋的惊喜和娇羞，或是热恋的缠绵和痴迷，甚至爱的失落与毁灭，都是美的。我们看琼虹的短诗《爱情》，全诗只有四行：

往往他一语相询
我分百次回答

缠绵的嗫嚅啊，终于
把人蹉跎成白发

少女的初恋是怎样的？“往往他一语相询/ 我分百次回答”，她心里盛的满满是温柔，表现出的又是多么地娇羞！而错过这段情缘后，她“缠绵的嗫嚅啊，终于/ 把人蹉跎成白发”，内心又是怎样的千般系念和万般懊悔与感伤。这首诗让人不由怀想青春时期那萌动的美丽的爱的情愫，令人心生感叹。当然，历来的爱情诗名篇，都是一定时期社会生活的折射，台湾爱情诗的这种“纯诗”倾向，不是全然游离于特定社会环境之外，只不过是更讲究爱情诗自身的特点——情浓、情真。情不浓，不成其为诗；书写了真情，才能以精诚打动人心。

台湾爱情诗也有着对西方现代诗的学习与借鉴。社会动荡、政治将台湾与大陆隔绝开来，孤独、悲观、绝望情绪弥漫全岛。“五四”新文学传统也遭到阻隔，很多台湾诗人无法从传统的价值观念中寻找到未来的希望，诗歌的创作的路径在哪里呢？寻寻觅觅中，他们将目光转向西方，力图在西方现代文化思潮中寻求人生价值或自我体认，西方现代哲学、诗学元素在台湾爱情诗中得以横向移植。这种移植的成功从根源上说，是因为当时的台湾与西方社会存在着诸多共同的社会文化心理。二十世纪的西方社会经历了两次世界大战之后，社会剧烈的动荡与变革造成了普遍的信仰的危机。人们对人自身的怀疑与对物欲世界恐惧的程度之深前所未有，文学、哲学思潮的产生无不以鲜明的反传统色彩、彻底的怀疑精神为情绪和思想起点，诗歌也常常以表现人类内心苦难经验、寻找生命宇宙终极意义为主题。很多台湾诗人从西方现代主义哲学、诗学中寻找到了新的爱情情感内涵和表达方式。比如林冷的《不系之舟》中的“没有什么使我停留——除了目的/纵然岸边有玫瑰，有绿荫，有宁静的港湾/我是不系之舟”，这是现代女性自我意识觉醒后，对传统男权社会赋予的女性爱情观的决绝反叛，是现代女性在爱情追求中自我审视后的反思与体认。再比如夏宇《爱情》：

为蛀牙写的
一首诗，
很短

念给你听：
“拔掉了还疼
一种空洞的疼。”
就是
只是这样，
很短

仿佛
爱情。

诗人对爱情的思索迥异于前人：好的爱情如健康的牙齿，让你品尝世间百味；坏掉的爱情如蛀掉的牙齿，事事可让你疼痛难耐。失去后者如同终于拔掉蛀牙，换来的并非是不再痛苦，而是一种空落落的疼。并且诗人说爱情是短的，甚至长不过蛀牙拔过后的疼。可见，他们以反思或反叛的姿态来表达自己的爱情理念，拒绝盲从与崇拜，拒绝粉饰与虚假，在消解与重塑中建构现代人的爱情景观。

台湾现代诗人在抒情策略上，也借鉴了西方现代主义手法，进行了积极的探索和创新。台湾很多爱情诗为了增强表达效果，往往采用象征和暗示的手法，并且讲究声色交感，讲究时空交错等等。语言运用上，经常采用陌生化方式，着眼于文字的本义之外的引申义、歧义、联想、象征、张力等等，引发读者的联想与想象，产生超凡脱俗的审美效应。比如夏宇的一首诗《甜蜜的复仇》，“甜蜜的复仇”一词本身看似荒谬，语义和逻辑搭配相互矛盾，仔细品味，诗人将痛并快乐着的复杂爱情体味深蕴其中，极富情感张力，用语何其恰切！我们再看一首琼虹的《怀人之一》：

为你贮一海的
思，悄静而透亮
你的臂弯围一座睡城
我的梦美丽而悠长

最微的灯，一扇半圆的窗下

你的名字，化成金丝银丝
半个世纪，将我围缠

贮一海的思
在那静悄悄的城池
最美的语言像最美丽的花瓣
梦中，落我一身衣裳

这首诗写出了爱情和相思的美丽悠长以及沉浸在爱情中人的幸福与满足。诗作最打动人的是开头一句“为你伫一海的/思”，把“海”这一名词用作量词，富于张力，表达了对心上人思念之深广、之浩瀚无边。第二句句首独用一个“思”字，起到了强调作用，用法新颖而意味深远，并且以“悄静”“透亮”加以修饰，不仅有新意，而且表达精当，既符合夜深的场景，又表现情感像海水一样澄明深厚。三四句是回忆曾经的美好时光，将“臂弯”比作“睡城”，不仅用语独特，而且非常婉约和柔美地表达出女主角对爱情的依赖和满足，将爱情的和谐、融洽、甜蜜展露无遗。第二节又巧借“思”与“丝”同音，“你的名字，化成金丝银丝”，意象纤美、奇幻，象征“我”长久地为缕缕情丝缠绕。第三节呼应第一节，重复“贮一海的思”，表达了思念情感之回旋缠绵，将思恋之深表达得那样让人信服，让人感动。“城池”回应首节的“睡城”，在睡梦中也听到“你”的甜蜜的情话，把语言喻为花瓣，意象美丽、新颖，不仅表达了对爱情的倚赖和满足感，还有一种耽溺和享受的意味。这首诗采用感觉互换、时空交错的手法，运用富有张力的语词，使得整首诗格外情韵动人，美丽而悠长。

台湾爱情诗同其他文学一起，既继承了中华传统文化，又受到了开放的西方文化潮流的影响，在“纵向继承”到“横向移植”中走上了民族化与现代化的大道，所以很多台湾爱情诗就有了东西诗艺相融合的特征，比如余光中的代表作《等你，在雨中》：

等你，在雨中，在造虹的雨中
蝉声沉落，蛙声升起。
一池的红莲如红焰，在雨中

你来不来都一样，竟感觉，
每朵莲都像你
尤其隔着黄昏，隔着这样的细雨

永恒，刹那，刹那，永恒
等你，在时间之外，
在时间之内，等你，在刹那，在永恒

如果你的手在我的手里，此刻
如果你的清芬
在我的鼻孔，我会说，小情人

诺，这只手应该采莲，在吴宫
这只手应该
摇一柄桂桨，在木兰舟中

一颗星悬在科学馆的飞檐
耳坠子一般的悬着
瑞士表说都七点了。忽然你走来

步雨后的红莲，翩翩，你走来
像一首小令
从一则爱情的典故里，你走来

从姜白石的词里，有韵地，你走来

因为等你，雨中的黄昏也变得如诗如画。因为心里满满的都是你，眼前的红莲也成了你的化身，所以“你来不来都一样，竟感觉/每朵莲都像你”，“等你，在时间之外/在时间之内，等你，在刹那，在永恒”，想象与现实的感觉相互交织，创造了一种似梦非梦的境界，“如果你的手在我的手里，此刻/如果你的清芬/在我的鼻孔，我会说，小情人/诺，这只手应该采莲，在吴宫/

这只手应该/摇一柄桂桨，在木兰舟中”。通过现实的“雨”和“莲”想到恋人、恋人的手，恋人的纤纤玉手应该在吴宫采莲、在木兰舟中摇桂桨，诗人在如醉如痴中把情感抒发推向极致。“一颗星悬在科学馆的飞檐/耳坠子一般的悬着/瑞士表说都七点了/忽然你走来”，“科学馆”“瑞士表”都是现代社会的产物，诗人巧妙地暗示出了爱情发生的背景。最后是女主人公“步雨后的红莲，翩翩，你走来/像一首小令从一则爱情的典故里，你走来/从姜白石的词里有韵地，你走来”，诗歌至此戛然而止，但又意境悠远，余音袅袅，富有中国古典韵味。该诗将西方现代诗的意象与中国传统的民族化意境有机交融，在诗的情调、意境追求上具有民族化的特色，而在情感抒发上，既有浪漫主义的夸张与激情，又有现代派手法的新奇与瑰丽，并且十分重视意象的象征性和暗示性，使得整首诗既有古典风味，又具现代意味，兼有中西诗艺之美。

台湾的诗人们在继承中国传统文化和移植西方文化程度各有不同，从而拥有不同的诗歌观念、艺术风格和审美追求，形成了爱情观念的差异和诗歌表现艺术的差异。然而，因其与大陆的生命同根和文化同源再加上汉民族语言的规定性，其诗歌思维方式和情感内蕴，从根本上说都是中国现代诗学传统的继承与发展，他们爱情诗歌中流露出来的风格的温婉含蓄、情感的忠贞不渝，都浸润着我们这个诗教传统悠久的古老国度的民族素质和文化积淀。当然，西方表达手法和人性价值观念的移植，也让台湾爱情诗衍生出新的诗学观念与审美特质。台湾爱情诗也正是因为其继承性与包容性，才展示出了这样一个异彩纷呈的艺术世界，留下了无数脍炙人口的名篇精品。

三　新时期以来：爱的苏醒与高歌

狂飙突进的“五四”新文化运动使“人”的自我意识开始觉醒。觉醒的人们发现自己的本质并没有被自己占有，而被封建关系所占有，认识到人必须回到自身，从而开启了人的自觉观照与探索的时代。随后的战乱的现实境遇和“左倾”思潮的泛滥，使得文学中人的阶级性被片面强调，且愈演愈烈。新时期之前的“文革”时期，甚至可以称之为文学上的“无情年代”——“人”没有了正常的真实情怀被严重扭曲、异化成了阶级理念的传声筒，丰厚的人性内涵干涸了，人性园地一片死寂，爱情诗创作甚至沦为禁区。女诗人林子的《给他》一诗开头有这样的描述："文学的国土里有一片禁地/关于热烈的爱情、丑恶的死亡/都不允许有高贵的笔光临。""文革"期间，文艺创作中连亲情、友情都备受挤压，爱情更是被挤出了创作的轨道，爱情诗歌创作自然陷入了萧条冷寂之中。

随着动乱的结束和新时期的到来，人性开始复苏，文学中的"人"真正昂起了高贵的头颅。爱情的禁锢解除，爱情诗的冰河解冻，诗人们封闭得太久的情感之门敞开，他们压抑太久的情感需求一下子释放出来。人性觉醒的时代赋予了诗人表现真实情感的权利，他们直接地、热切地吟唱爱情，现代爱情诗创作进入了又一个繁荣阶段。

经过了那个禁欲主义的荒诞年代后，诗人们对爱情格外珍视，他们自觉地承担起对被歪曲、被消解的爱情价值进行重建的责任。我们看北岛的爱情诗《雨夜》：

当水洼里破碎的夜晚
摇着一片新叶
像摇着自己的孩子睡去
当灯光串起雨滴
缀饰在你肩头
闪着光，又滚落在地
你说，不
口气如此坚决
可微笑却泄露了内心的秘密

低低的乌云用潮湿的手掌
揉着你的头发
揉进花的芳香和我滚烫的呼吸
路灯拉长的身影
连接着每个路口，连接着每个梦
用网捕捉着我们的欢乐之谜
以往的辛酸凝成泪水
沾湿了你的手绢

被遗忘在一个黑漆漆的门洞里

即使明天早上
枪口和血淋淋的太阳
让我交出青春、自由和笔
我也决不会交出这个夜晚
我决不会交出你
让墙壁堵住我的嘴唇吧
让铁条分割我的天空吧
只要心在跳动，就有血的潮汐
而你的微笑将印在红色的月亮上
每夜升起在我的小窗前
唤醒记忆

“当水洼里破碎的夜晚/摇着一片新叶/像摇着自己的孩子睡去/当灯光串起雨滴，缀饰在你肩头”，这样的雨夜，与爱人的独处，那样地充满柔情和浪漫，令人心生羡慕。“低低的乌云用潮湿的手掌/揉着你的头发/揉进花的芳香和我滚烫的呼吸/路灯拉长的身影/连接着每个路口，连接着每个梦/用网捕捉着我们的欢乐之谜/以往的辛酸凝成泪水沾湿了你的手绢/被遗忘在一个黑漆漆的门洞里”，相爱的过程中有柔情蜜意，有心意相契，有欢乐，有辛酸，还有“黑漆漆的门洞”——挤压、吞噬青年男女爱情情感、制造爱情悲剧的邪恶势力。然而，面对恶势力，“我”奋起捍卫自己的爱情权力，“即使明天早上/枪口和血淋淋的太阳/让我交出自由、青春和笔/我也决不会交出这个夜晚/我决不会交出你/让墙壁堵住我的嘴唇吧/让铁条分割我的天空吧/只要心在跳动，就有血的潮汐/而你的微笑将印在红色的月亮上/每夜升起在我的小窗前/唤醒记忆”。北岛把爱情突出到至上位置，当自由和爱情不可兼得时，自我的选择是无比坚定的：爱情高于自由、青春和话语权。即使在枪口威逼之下，即使身陷囹圄，热血也会因为爱情而奔涌不息。诗人将爱情比作忧郁、孤独心空中的“红色的月亮”，有着无可比拟的永恒的价值。诗人在《结局或开始——献给遇罗克》中更是以直白的、浅近的语言同样地呼唤爱的权利：“我是人/我需要爱/我渴望在情人的眼睛里/度过每一个早晨或黄昏。”北岛的爱情诗通过抒写爱情永恒的崇高的意义，突显作者对那个肆意诋毁、踏践爱情的时代的控诉和反抗，和他的“我不相信”的呐喊一样，具有惊世骇俗、不同凡响的冲击力和感染力。同时，他的爱情诗有着重要的人性启蒙、爱情启蒙的作用，发挥了人性与爱情重建的重要作用。

说到新时期的爱情诗，首先被铭记的是被誉为“朦胧诗三巨头”之一的女诗人舒婷和她的《致橡树》。《致橡树》创作于一九七七年三月，是“文革”后最早的爱情诗。在诗作中，诗人带着现代女性的质问与反叛，带着女性真正的觉醒，带着东方女性的温柔和现代女性的独立、坚强，发出了女性爱情追求的最强音：“我必须是你近旁的一株木棉，作为树的形象和你站在一起。”诗人细致描述了自己心目中的“伟大的爱情”：“我们分担寒潮、风雷、霹雳，我们共享雾霭、流岚、虹霓”。爱人之间同甘共苦，“仿佛永远分离”，实质上“终身相依”，只有这样的爱情，在舒婷的眼中才具有特别的意义，“这才是伟大的爱情，坚贞就在这里：爱——不仅爱你伟岸的身躯，也爱你坚持的位置，足下的土地”。诗人所倡导的“伟大的爱情”之伟大就在于其坚贞，而爱情的坚贞，不止于容貌的倾慕和形体的结合，更重要的是理想信念完全相融和相互占有，站在同一个阵地，拥有相同的生活信念，追求同一种目标。舒婷深感现实生活中爱情崇高精神的丧失，在追慕先贤们伟大爱情坚贞的基础上，在诗中为爱情高高举起了信念的大旗，鲜明地昭示了一种各自独立又彼此平等、互相依存又相互扶持、理解对方的存在意义又珍视自身存在价值的爱情观。诗人其后的《神女峰》进一步深化了对爱情的思考。

在向你挥舞的各色花帕中
是谁的手突然收回
紧紧捂住了自己的眼睛
当人们四散离去，谁
还站在船尾
衣裙漫飞，如翻涌不息的云
江涛
高一声
低一声

美丽的梦留下美丽的忧伤
人间天上，代代相传
但是，心
真能变成石头吗
为盼望远天的杳鹤
而错过无数次春江月明

沿着江岸
金光菊和女贞子的洪流
正煽动新的背叛
与其在悬崖上展览千年
不如在爱人肩头痛哭一晚

在传统文化观念中，巫山神女是被歌颂的对象，象征着女性的纯洁、忠贞、执着，而诗人面对这一神秘的石峰，对人们感情的麻木而忧愤不已，“美丽的梦留下美丽的忧伤/人间天上，代代相传/但是，心/真能变成石头吗/为眺望远天的杳鹤/而错过无数次春江月明”，继而对传统的爱情观提出了质疑，“沿着江岸/金光菊和女贞子的洪流/正煽动新的背叛/与其在悬崖上展览千年/不如在爱人肩头痛哭一晚”。这是现代爱情意识的觉醒和对传统观念的反思与批判，是在爱情观念上大胆的突破。诗人以新颖的意象组合告诉我们：忠贞之爱是爱情的基础，虽然它无比美好，但无条件的恪守却是爱的死灭，人应去追求真实的、灵与肉统一的爱。“与其在悬崖上展览千年/不如在爱人肩头痛哭一晚”的宣言，是对压抑了太久的爱的呼唤，是对扼杀了女性幸福的男权社会和观念的控诉，是对人性复归的召唤，是对现代女性的温情关怀和强力声援，是对现代爱情价值观的强力建构！诗人在《双桅船》中还进一步探讨了爱情双方的关系。

雾打湿了我的双翼，
可风却不容我再迟疑。
岸啊，心爱的岸，
昨天刚刚和你告别，

今天你又在这里。
明天我们将在，
另一个纬度相遇。

是一场风暴，一盏灯，
把我们联系在一起。
是一场风暴，另一盏灯，
使我们再分东西。
不怕天涯海角，
岂在朝朝夕夕。
你在我的航程上，
我在你的视线里。

诗人以双桅船的口气向那连绵的海岸倾诉自己的情怀，“不怕天涯海角，岂在朝朝夕夕。你在我的航程上，我在你的视线里”，这至今依然是美好爱情中双方切实而恰切的爱情情感状态的最佳表述。“五四”以来，在爱情的歌咏中，悦耳的女声十分微弱，并且在诗歌中女性往往只是爱情的对象，其自身的情感与价值体现十分薄弱，其作为独立生命个体的价值并没有受到重视，舒婷及其爱情诗以其崭新的面貌和独特的风格，弥合、填充了这一薄弱环节。

在舒婷的爱情诗中，始终高扬的是爱的旗帜，她相信爱并执着于爱的追求，即使在苦难的岁月里、厄运的打击下，也充满着对爱的憧憬和坚定信念，“现在，让他们/向我射击吧/我将从容地穿越开阔地/走向你，走向你/风扬起纷飞的长发/我是你骤雨中的百合花”（《?。!》）。

另一位朦胧诗巨头顾城，被称作“童话诗人”，他以天真好奇、充满幻想的孩子般的独特姿态登上爱情诗歌舞台。1981 年，他在《我是一个任性的孩子》中写道：“我想画下早晨/画下露水所能看见的微笑/画下所有年轻的没有痛苦的爱情/画下想象中/我的爱人/她没有看见过阴云/她的眼睛是晴空的颜色/她永远看着我/永远，看着/绝不会突然掉过头去。”诗人以一个儿童的口吻，真诚地向这个世界描述着自己所追求的纯真的爱情理想和理想爱人——年轻的没有痛苦的爱情以及眼睛里没有阴云只有晴空颜色的“她”。诗作中洋溢着诗人对爱情的美好憧憬，然而这种爱情只能存在于想象中。这首诗看似充满梦幻和童稚，仔细品味，里面却充溢着成年人的忧伤。这忧伤虽淡淡氤氲在朴素的文字中，细细品咂，却又有一种难以言传的沉重。

顾城是一个执着于爱情、信仰爱情、依赖爱情，但又怀疑爱情、极度悲观的人，从这首《远和近》可窥一斑。

你
一会看我
一会看云
我觉得
你看我时很远
你看云时很近。

“你”在目光可及之处，与“我”的距离不可能远于“你”与云的距离，可诗人却说“你看我时很远，你看云时很近”。诗人故意颠覆常识，来写一种非正常、被扭曲了的爱情人际关系。在这扭曲了的关系中，一切都颠倒了：本应相亲相近的人，由于心的阻隔而疏远了，显得那么孤寂而不可接近；因为两人情感的疏远，人与自然反而拉近了距离，显得十分亲近。人与自然的亲切可近，更进一步显示出人的孤寂。而正是这孤寂，常使顾城沉溺于梦的天国不愿醒。再看另外一首《奠》：“我把你的誓言/把爱/刻在蜡烛上//看它怎样/被泪水淹没/被心火烧完//看那最后一念/怎样灭绝/怎样被风吹散。”全诗弥漫着浓浓的痴情和厚厚的化不开的绝望。这种悲观、绝望也最终酿成了他的人生悲剧。

当代诗人中高扬爱情主题的还有被誉为“20 世纪中国最后一位诗人”的海子。海子生前自命为“抒情王子”，谈及抒情诗，他在 1986 年 8 月的《日记》中这样写道：“其实，抒情的一切，无非是为了那唯一的人，心中的人。”在抒情诗创作中，他自觉地将抒情诗与爱情连在一起，爱情诗几乎贯穿了海子短短一生和诗歌创作的全过程。西川主编的《海子诗全编》收录了他的抒情短诗 242 首，其中爱情诗有 90 多首，占 1/3 还要多，另外还有爱情长诗。

海子的爱情诗多表达对美好女子的爱恋、相思以及失恋的痛苦。海子在他的《太平洋上的贾宝玉》一诗中以贾宝玉自居，确实，他与宝玉一样，钟情于集天地灵气的女儿，他笔下的少女无比纯净美好，“洁净的脚/沾满清凉的露水”（《女孩子》），是“一根伐自上帝的/美丽的枝条”（《诗人叶赛宁（组诗）之三〈少女〉》）。海子希望自己死后由纯净的少女来为自己送葬：“纯净的少女，河流上的少女……请整理好我那凌乱的骨头/放入一个小木柜”（《死亡之诗》）。他的表达爱恋与思念的诗读来令人亲切甜蜜，清新芬芳，比如描写恋人相拥时，“我是一个完全幸福的人/我再也不会否认/我是一个完全的人/我是一个无比幸福的人”（《日出》）。诗人心中充满与心爱的女子长相厮守的憧憬——“风吹起你的头发/一张棕色的小网/撒满我的面颊/我一生也不想挣脱”（《海上婚礼》），他甘愿作爱人情网中幸福的小鱼，一生都不想挣脱，充满温馨与甜蜜。别离时，思念转化为对两人在一起时的清晰回忆，就连吃饭都想着对方，在某个清晨，“于是有了别后的早上/在晨光中/我端起一碗粥/想起隔山隔水的/北方/有两盏灯/只能远远地抚摸”（《你的手》），这“远远地抚摸”传达着不尽的思念与牵挂。再如，“姐姐，今夜我在德令哈，夜色笼罩/姐姐，我今夜只有戈壁/草原尽头我两手空空/悲痛时握不住一颗泪滴……今夜我只有美丽的戈壁 空空/姐姐，今夜我不关心人类，我只想你”（《姐姐，今夜我在德令哈》），诗人称这位恋人为姐姐，并以爱情来抵挡无边无际的孤独、寂寞与悲伤。海子的爱和爱情诗都是真诚的，但事与愿违，他无比真诚的爱换来的是屡遭离弃。海子有一首诗为《四姐妹》，这“四姐妹”都实有其人，是海子自己所深爱而最终都离海子而去的四个女性，有他“一生也不想挣脱”的美丽的“菩萨”，有“长发飘舞的姑娘”，有“玫瑰花园中的仙女”，也有海子在“空空的戈壁”中深情呼唤的“姐姐”。尽管每一次恋情都以失败告终，每一次失恋于海子而言都是一场生命的灾难，然而海子却为她们写下许多动人的诗篇——“山冈上站着四姐妹/所有的风只向她们吹/所有的日子都为她们破碎”，“我的美丽的结伴而行的四姐妹/比命运女神还要多出一个/赶着美丽苍白的奶牛/走向月亮形的山峰”（《四姐妹》），姑娘们最终还是离他而去。海子对她们没有怨恨，只有自艾自怨般的惋惜与叹息：“我爱过的这糊涂的四姐妹啊。”（《四姐妹》）无论是爱的甜蜜，还是爱的凄苦，海子让我们看到了爱情给予这个世界的温暖以及爱情于生命的不可或缺的价值与意义。正如他自己所说的“爱情和雨水一样幸福”（《活在珍贵的人间》），他尽情地沉醉于与心爱之人的情感里，以自己的爱情的纯净来对抗世俗社会，让自己脆弱的心灵得以诗意栖息，同时打动了众多读者的心灵。

海子 25 岁时亲手为自己的生命画上了休止符。他的青春岁月虽然短暂却诗情飞扬。他把自己在爱情中所感受到的悲欢离合进行提炼与升华，以纯净的语言、优美的意境、独特的意象传达出来。他的许多爱情诗历经时光的考验，已经成为当代抒情诗中的珍品。

当下，随着消费时代的来临和大众文化的勃兴，多元、开放的社会环境和时代文化氛围使得人们的思想观念、审美趣味和爱情观念都发生了转变。人们更注重个性的张扬、主体的宣泄和感官的愉悦，爱情的瑰丽色彩也日渐褪去，爱情的物化和脆弱性的一面日益凸显出来，世俗之爱大有压倒理想之爱之势，“永恒的爱情”的神话被击破。这一时期爱情文化“快餐化”并且不断沦陷，很多爱情诗里的爱情，其精神性、诗性、浪漫性的方面被消解，失去了昂扬的姿态，没有了纯真的趣味，丧失了呼唤的激情。当然，这一时期也不乏传统意义上的纯美、典雅、温馨的爱情诗写作，但在众声喧哗的时代，它们大多湮没无闻。真正的爱情，是高尚的、纯洁的，它丰富人的心灵，永远给人以积极向上的热情和力量。真正的爱情诗也应该是这样，给人以美的享受和陶冶，把人的思想和感情从情欲世界提高到精神世界，让心灵更纯净、更美好、更崇高。这也应该是当下我们爱情诗歌创作不懈的价值追求。

第三章
西方经典爱情诗赏析

美好炽热的爱情是诗歌永恒的主题，中外诗歌概莫能外。众所周知，西方文学有两大源头，一是古希腊罗马文学，二是希伯来—基督教文学，即“二希”传统。西方文明形成于商业性经济与民主政治之中，所以，西方人形成了崇尚个人自由与个性发展、勇于大胆追求个人幸福与爱情的开放型民族性格。因此西方爱情诗往往在语言表达上爽直率真，直抒胸臆，感情纵情奔放，热烈如火。这些爱情诗是生命与爱情的激情交汇，热情、坦荡而且活力四射。

一　上古时期的爱情诗

古希腊的爱情诗源于民歌，通常人们在竖琴的伴奏下进行抒情诗歌的吟唱，尤其是爱情诗歌吟唱，所以，这一时期的爱情诗特别讲究韵律的优美。

在上古时期的众多诗人中，女诗人萨福被公认为是西方爱情诗歌的开山鼻祖和奠基人。萨福出生于公元前620年，是一位充满激情和具有独特个性的爱情诗人，其诗歌创作阶段正值古希腊文明的鼎盛时期。她歌咏爱情的诗篇感情细腻深沉，音韵优雅抒情，被称为“萨福体”，深受民众的喜爱。柏拉图对她也是推崇备至，称她为“第十个缪斯”。她的爱情诗歌常常描绘甜蜜与痛苦相交织的主题，诗句直抒胸臆，语言优美，韵律流畅，激情洋溢，比如这首《给所爱》：

他就像天神一样快乐逍遥，
他能够一双眼睛盯着你瞧，

他能够坐着听你絮语叨叨，
好比音乐。
听见你笑声，我心儿就会跳，
跳动得就像恐怖在心里滋扰；
只要看你一眼，我立刻失掉
言语的能力；
舌头变得不灵；噬人的感情
像火焰一样烧遍了我的全身，
我周围一片漆黑；耳朵里雷鸣；
头脑轰轰。
我周身淌着冷汗；一阵阵微颤
透过我的四肢；我的容颜
比冬天草儿还白；眼睛里只看见
死和发疯。

（周煦良　译）

诗作直接通过描述身体器官的变化来表达自己沉醉于爱情之中既甜蜜又痛苦的复杂感受，语言简洁明晰，情感真诚率真，具有很强的感染力。

萨福以女性特有的敏感和细腻，将爱情诗歌歌颂的对象由虚拟的天神转向有血有肉的普通大众，让人们的目光更多地投注到人世间，关注到男女两性之间自然的生命欲望，开创了讴歌人类最自然原始的爱情的新篇章，也让她享有了“男有荷马，女有萨福”的美誉。

古罗马是个奇妙的社会，一方面它产生了伟大的斯多葛哲学，强调节制即快乐，另一方面它又追求享乐，声色犬马，极尽香艳之能事。罗马爱情诗歌成就最高的、最有代表性的诗人是卡图卢斯，他的爱情诗成为后来欧洲爱情诗人们纷纷效仿的典范。他的代表作是《诗歌集》，里面最为著名的就是赠给蕾丝比娅的爱情组诗，蕾丝比娅是卡图卢斯自己给情人起的名字。组诗中的《生活吧，我的蕾丝比亚》最负盛名。

生活吧，我的蕾丝比亚，爱吧
生活吧，我的蕾丝比亚，爱吧，

那些古板的指责一文不值，
对那些闲话我们一笑置之。
太阳一次次沉没又复升起，
而我们短促的光明一旦熄灭，
就将沉入永恒的漫长夜！
给我一千个吻吧，再给一百，
然后再添上一千，再添一百，
然后再接着一千，再接一百。
让我们把它凑个千千万万，
就连我们自己也算不清楚，
让胸怀狭窄的奸邪之徒
知道了吻的数目而心生嫉妒。

（飞白　译）

“短促的光明一旦熄灭，就将沉入永恒的漫长夜”，所以生命短暂，要抓紧时间热烈地生活、热烈地相爱。让我们尽情地相吻吧，不要在意那些古板的指责和奸邪之徒的诋毁！诗作中的爱情纵情任性，炽热而又不失幽默，极具感染力。

到了奥古斯都时期，社会繁荣，罗马文学进入“黄金时代”，诗歌发展到顶峰。这一时期最重要的作家是维吉尔、贺拉斯和奥维德三位诗人。其中贺拉斯的诗歌，从很多方面折射了罗马时期的社会现实，他的众多情诗对了解古罗马人的爱情生活具有重要意义。贺拉斯终生未娶，但他并不是一个排斥爱情的人。根据他的诗歌来判断，他谈过多场恋爱，感受过爱情的美好，也体味过失恋的痛苦。他的爱情诗中有各种各样的爱情，有两情相悦也有单恋独思，有矢志不渝、情比金坚也有背信弃义、移情别恋，有青春盛年的热烈也有人老珠黄时的凄冷，总之写出了人间情爱的千姿百态。比如他的《歌集》中这样描写两情相悦的爱情：“青春未逝，离脾气古怪的暮年还有很远，在大好的年华里，千万别怠慢甜蜜的爱情，还有那欢畅的舞姿。夜幕已经降临，赶快去战神广场的草坪和城市的广场，情侣幽会，细语呢喃，一声欢笑从隐秘的角落里传出，暴露了藏在那儿的姑娘，半推半就间，她手上或臂上的首饰已被情人攫去。”姑娘的首饰指的是姑娘手上的戒指或者手臂上的手镯，在与自己心仪的男人确立关系时，罗马少女往往把它作为定情信物赠送给对方。诗中描写的定情信物被情人抢走，女孩有些害羞和矜持，却半推半就，默认了情人的这种行为，两情相悦的美好尽显无余。

而另一位诗人奥维德被认为是罗马文学界的情诗奇才。他生活于奥古斯都统治后期，正是天下太平已久，享乐之风日益盛行之时。他才华横溢，性格幽默浪漫，创作了大量爱情诗。由于他的爱情诗对爱情心理，尤其是女性的心理刻画入微，从而为爱情诗的创作开辟了一个新的境界。《恋歌》是他的成名作，写的是关于奥维德与其情人科琳娜的风流韵事，其中的很多篇章写得情真意切、热情洋溢。比如奥维德回故乡探亲，不得不与科琳娜再度小别，诗人思念着情人。身在故乡，诗人为科琳娜写了热情洋溢的信，表达自己无限的思念和不可遏抑的爱恋，其爱情之火热、深情，由下面的诗句可见一斑。

凝视着我，
在苏尔莫凝视着我。
此地虽小，但景致优雅。
清澈的溪流波光闪闪。
虽然灼热的太阳炙烤着大地，
但这里却是凉风习习，牧野青青。
可这里没有我的爱，
燃起我心中爱火的人不在这，
没有了你，
即使升入天堂，我也不会快乐。

古希腊、罗马有大量的爱情诗，希伯来—基督教典籍中也不乏爱情诗作，旧约全书中的《雅歌》就是极负盛名的爱情诗歌集。它通篇没有宗教气息，以优美的词句来塑造美丽的形象，细腻地抒发了男女恋人彼此倾慕、热诚相恋、刻骨相思的真挚情感。

那是我爱人的声音啊！听，他来了，
翻过了高山，
越过了重岭。

我的爱人好似一头獐子，
又好似一只小鹿，
看啊，他站在我的墙后，
他从窗口往里观看，
他从窗棂间往里窥探。

我的爱人啊，他对我说；
起来呀，我的爱侣，
我的美人，你来啊！
……

（第2章）

这一段是一首美丽的纪事诗，描写一个女郎在她的寝室的窗口看见她的意中人正翻山越岭，他身姿敏捷跳跃如小鹿一般，边唱歌边向她奔跑而来。她心情激动，欢欣雀跃，不能自已。她的情人很快就来到她的窗下，通过窗棂向里面窥视，呼唤她出来会他。诗作感情热烈纯净、明快爽朗，别具一种打动人心的力量。在古希伯来人那里，没有中国古代繁琐礼仪的束缚，并且他们把男女相爱看作是神的赐予，对爱情追求与表达自然比中国自由、奔放、热烈得多。

二　文艺复兴时期的爱情诗

罗马帝国崩溃之后，随着封建国家的逐步形成，基督教也逐步在欧洲建立了自己的统治。在神学统治一切的时代，爱情成为罪孽，诗歌更是伤风败俗之物，只有在一些英雄史诗和民间文学中，偶尔还能听到爱情在呼吸、发声。漫长的中世纪，西方世界爱情诗歌成就最大的是被誉为“英国诗歌之父”的乔叟，他把爱情看作“统治着大陆汪洋，驾驭着高天”的伟大力量，他提倡真诚和忠于现实，对文艺复兴时期的爱情诗创作产生了重要影响。

文艺复兴是欧洲资产阶级文学的发端，它提倡人文主义，反对神权，提倡自由思想，反对宗教规范，歌颂爱情和世俗的幸福，反对禁欲主义。人性的复苏和人文主义的高扬，使得这一时期的爱情诗歌创作成就斐然，出现了继古希腊罗马之后的又一高峰，意大利、法国、英国这方面的成就尤其卓越。

意大利爱情诗人的代表是彼特拉克（1304—1374），他被认为是文艺复兴时期的第一个人文主义学者，被誉为“人文主义之父”。彼特拉克是个情种，而且是世传最适宜写情诗的诗体——“十四行诗”的奠基人。彼特拉克的爱情诗歌代表作是《歌集》，里面汇集了诗人1330年至逝世前40多年间的366首诗。这些诗都是彼特拉克为他心目中永远的爱人劳拉所写，他将自己毕生的深沉的爱凝聚其中。诗集分成两部分：《劳拉在世时所作》和《劳拉死后所作》。在艺术上，诗集主要采用十四行诗体，并使这种诗体臻于完美，成为后人争相使用的诗体样式。诗人终身未婚，他对劳拉的爱是一厢情愿的长久思慕，终其一生都止于精神上的仰慕和依恋。然而，这种爱恋随着岁月的流逝而加深，即使后来劳拉去世，两人生死永隔，诗人依然忠贞不渝。劳拉是诗人创作灵感的源泉，在这些爱情诗里，他把劳拉描绘成近乎女神的完美形象，把她高度理想化，倾注了热情奔放的感情，语言清澈明快，既委婉含蓄又情意激荡。这些缠绵忧伤的咏唱，让这一场跨越生死的恋情在诗歌中获得永生。《歌集》中多为即兴而作的诗体日记，诗人冲破了中世纪禁欲主义的藩篱，坦诚率真地倾吐内心对幸福和爱情的渴望，细腻地描写了追求爱情的历程中自我的心理感受和体验，比如这首《究竟什么是爱情的滋味》：

如果这就是爱情，天哪，究竟什么是它的滋味？
如果这不是爱情，那么，我的感受又算什么？
如果它是善良的，为什么这样残酷地折磨我？
如果它是凶狠的，这折磨怎么又夹杂着甜蜜？

如果是自寻烦恼，我何必怨天尤人，暗自哭泣？
如果不是心甘情愿，伤心悲恸又为了什么？
啊，你生命与死亡，啊啊，你痛苦与欢乐，
为什么你们同一时间都驻扎在我的心里？

如果我是心甘情愿，就不必忧伤、苦闷。
我如今好像在撑着一条破旧不堪的船，
在暴风雨中失去了船舵，毫无办法；

盛暑中我冷得发抖，严寒里我心中如焚，
我想知道这是怎么回事，又难准确地判断，
我究竟在追求什么，连自己也无法回答。

（李国庆、王兴仁　译）

诗人对爱情的苦苦追求伴随着爱的忧伤，诗作语言优美，表达情感细腻动人，在语言表达形式上和情感表达方式上开近代抒情诗之先河。

法国爱情诗的代表人物是龙萨，他被誉为法国第一个近代抒情诗人，其代表作是《致爱伦娜十四行诗》。诗作主要抒发了诗人对太后的侍女爱伦娜的爱恋，被誉为法国爱情诗的珍品。爱情发生时龙萨已经50岁了，而爱伦娜却是新进宫的年轻女官。爱伦娜是一位绝顶聪明的女子，有很高的文学修养，当时正因未婚夫去世而悲伤不已，王后开玩笑鼓励龙萨去追求这位姑娘，龙萨却十分痴情，他发自内心地爱上了爱伦娜而难以自拔。我们来看这首《当你十分衰老时》：

当你十分衰老时，傍晚烛光下
独坐炉边，手里纺着纱线，
赞赏地吟着我的诗，你自言自语：
“龙萨爱慕我，当我正美貌年华。”
你的女仆再不会那样冷漠，
虽然在操劳之后她睡意方酣，
听见你说起龙萨，她也会醒转，
用永生不朽为你的名字祈福。
我将长眠地下，化作无形的幽灵；
我将安息在香桃木的树荫；
而你会成为老妇人蜷缩炉边，
痛惜我的爱情，悔恨自己的骄矜。
你若信我言，活着吧，不必等明天，
请从今天起采摘生命的朵朵玫瑰。

（陈敬容　译）

诗歌的讲述者是诗人龙萨，而主人公则是已经衰老了的爱伦娜——诗人想象中的“一个蹲在火边的婆婆”。他还设置了一个戏剧性情境：年老的爱伦娜在摇曳的灯光下纺纱，女仆因劳累而昏昏欲睡。这时已经成为老婆婆的爱伦娜突然自豪地宣称：“龙萨爱慕我，当我正美貌年轻。”女仆顿时精神振作起来，对于这种殊荣感到无比羡慕。而龙萨那个时候已经识趣，安息在维纳斯爱神木的树荫下，而苍老的爱伦娜则悔恨自己的骄矜，后悔错失了如此珍贵的爱。在诗歌的最后，诗人把爱情比作玫瑰，以一种自负的口吻劝诫年轻的爱伦娜尽早采摘，免得老了后悔。诗作以调侃的口吻展开，除了表达劝诫爱伦娜趁年轻貌美接受自己的爱，更深层次上也表现了诗人抛开天国的幻想，追求现世爱情，享受现世幸福的爱情观，富有人文主义思想。后世叶芝著名的《当你老了》，与这首诗血脉相承。

这一时期英国最杰出的作家是莎士比亚，他的诗剧、十四行诗和叙事长诗反映出了极为复杂、多样的人的精神世界。其中的爱情诗，反映了多彩多姿、多种多样的爱情感受。他的爱情诗创作追求真善美的统一，使得爱情诗的境界得到极大的提升，看这首《在我的身上你或许会看见秋天》：

在我身上你或许会看见秋天，
当黄叶，或尽脱，或只三三两两
挂在瑟缩的枯枝上索索抖颤——
荒废的歌坛，那里百鸟曾合唱。
在我身上你或许会看见暮霭，
它在日落后向西方徐徐消退：
黑夜，死的化身，渐渐把它赶开，
严静的安息笼住纷纭的万类。
在我身上你或许会看见余烬，
它在青春的寒灰里奄奄一息，
在惨淡灵床上早晚总要断魂，
给那滋养过它的烈焰所销毁。
看见了这些，你的爱就会加强，
因为他转瞬要辞你溘然长往。

（梁宗岱　译）

诗人分别用了秋叶、黄昏、余烬三个意象来形象性地传达生命的易逝与凄凉，陈述这一切为的是让“你”明白“我”的处境。因此，他恳求他的恋人能看出这一切，并加强对自己的爱。在这一恳求中，传达的是诗人对生命的深刻感悟以及对生命和爱情的深深依恋之情。

斯宾塞是英国文艺复兴时期最杰出的诗人，他因大量诗作对后世产生了深远而巨大的影响，被誉为“诗人的诗人”。斯宾塞的代表作是长诗《仙后》（“The Faerie Queen”），是英国文学和英语的骄傲。此外，斯宾塞的重要作品还有《爱情小诗》《牧人月历》等。《爱情小诗》是写给后来成为诗人妻子的伊丽莎白·波伊尔的。诗歌赞美了理想的爱情，歌颂了精神与肉体的结合，具有浓郁的人文主义色彩。我们看其中的第75首：

有一天，我把她名字写在沙滩，
但海浪来了，把那个名字冲跑；
我用手再一次把它写了一遍，
但潮水来了，把我的辛苦又吞掉。
“自负的人啊，”她说，“你这是徒劳，
妄想使世间凡俗的事物不朽；
我本身就会像这样云散烟消，
我的名字也同样会化为乌有。”
“不，”我说，“让低贱的东西去筹谋
死亡之路，但你将靠美名而永活：
我的诗将使你罕见的美德长留，
并把你光辉的名字写在天国。
死亡可以征服整个的世界，我们的爱将长存，生命永不灭。”

（胡家峦　译）

文艺复兴时期英国爱情诗不乏叙事的鸿篇巨制，如斯宾塞《仙后》第三卷叙述了关于贞洁的传奇，弥尔顿《失乐园》中呈现了亚当和夏娃的感情历程，这些诗作都具有一种史诗品格。但是这一时期能代表爱情诗歌最高艺术成就的仍旧是抒情性诗作，并且涌现出了一大批杰出的爱情诗人和主题多样、体式丰富的诗篇，数量巨大，影响深远。

三 浪漫主义时期的爱情诗

浪漫主义的理论策源地为德国，但爱情诗歌创作成就最高的却是英、法两国。欧洲的浪漫主义在发展历程中出现过三次高潮；第一次是在 1805 年左右，这一时期是英国的湖畔派诗人创作的高峰期。第二次则从英国诗人拜伦开始，他的作品在 1815 年至 1825 年间风靡欧洲，雪莱和济慈紧随其后。第三次发生在法国，约从 1827 年至 1848 年，以浪漫主义文学的集大成者维克多·雨果为代表。这一时期，浪漫主义思潮也波及俄国、东欧和美国。1848 年以后，浪漫主义文学运动基本结束，但是浪漫主义思潮却并没有销声匿迹，一直持续发展到今天。

英国是最早出现浪漫主义文学的国家之一，英国的浪漫主义作家不满于资本主义城市文明的发展，具有愤世嫉俗、归隐自然的倾向。18 世纪中后期的诗人罗伯特·彭斯是苏格兰历史上最伟大的诗人，苏格兰民族的骄傲，浪漫主义诗歌的先驱。他是在苏格兰民间文学和歌谣的哺育下，主要靠自学而成为苏格兰有史以来最杰出的农民诗人。他的诗歌歌颂大自然和纯真的爱情，影响深远，以至于人们一提起爱情诗，就会浮现他笔下那朵火红热烈的玫瑰——“呵，我的爱人像朵红红的玫瑰，六月里迎风初开”。除了《一朵红红的玫瑰》，他的《约翰·安德森，我的爱人》也广为流传。

约翰·安德森，我的爱人，约翰，
还记得我们第一次见面，
你的头发又黑又亮，
你漂亮的眉毛像黑色大雁；
如今你的眉毛掉了，约翰，
你的头发干得像麦秆，
可还得祝福你的满头白发，
约翰·安德森，我的爱人！

约翰·安德森，我的爱人，约翰，
那时我们一起爬山，

我们两人在一起，
度过了多少快乐的日子，约翰；
如今我们走路颤颤巍巍，
我们手牵手地走，约翰，
在山脚下一起长眠，
约翰·安德森，我的爱人！

（邹仲之　译）

彭斯在《一朵红红的玫瑰》中歌颂的是青春时期朝气蓬勃的热恋，真诚而炽热，而在这首诗中，诗人咏叹的却是人生暮年的爱情，韶华不再，激情不再，但深情依然。总的说来，彭斯的诗歌感情热烈而真挚，风格清新刚健，语言质朴，旋律优美，朗朗上口。

彭斯之后，浪漫主义大师拜伦、雪莱等人将英国的爱情诗创作推向高峰。拜伦是19世纪上半期最为著名的浪漫主义诗人，他一生游历各地，其爱情诗歌创作充满异域情调。比如这首《雅典少女》：

雅典的少女啊，在我们分别前，
把我的心，把我的心交还！
或者，既然它已经和我脱离，
留着它吧，把其余的也拿去！
请听一句我临别前的誓语：
你是我的生命，我爱你。

我要凭那无拘无束的鬈发，
每阵爱琴海的风都追逐着它；
我要凭那墨玉镶边的眼睛，
睫毛直吻着你颊上的嫣红；
我要凭那野鹿似的眼睛誓语：
你是我的生命，我爱你。

还有我久欲一尝的红唇，

还有那轻盈紧束的腰身；
我要凭这些定情的鲜花，
它们胜过一切言语的表达；
我要说，凭爱情的一串悲喜：
你是我的生命，我爱你。

雅典的少女啊，我们分了手；
想着我吧，当你孤独的时候。
虽然我向着伊斯坦堡飞奔，
雅典却抓住我的心和灵魂：
我能够不爱你吗？不会的！
你是我的生命，我爱你。

（查良铮　译）

这首诗写于诗人第一次旅居雅典期间，也是拜伦抒情长诗《恰尔德·哈罗德游记》中的一个篇章。全诗直抒胸臆，以“你是我的生命，我爱你”贯穿始终，坦诚而热烈直接地倾诉出对雅典少女的爱恋，是心声也是誓言。诗人对少女飞扬的鬈发、墨玉镶边的眼睛、嫣红的脸颊、野鹿似的眼睛、诱人的红唇、紧束的腰身的描述，充满柔情与深情，感人肺腑。更为可贵的是，这首诗不止于表达对雅典少女的爱情，诗人将对整个希腊的爱也融入其中。诗人酷爱这个文明古国，时刻关注着在土耳其统治下的希腊人民的命运，并甘愿为之献出宝贵的生命。也正是这个原因，使这首爱情诗自成高格。

雪莱（1792—1822）是与拜伦齐名的浪漫主义大诗人，也是英国文学史上最出色的爱情诗人之一。他的爱情诗歌思想富有哲思，比拜伦更为纯粹、深刻。

有一个字经常被人亵渎，
我不会再来亵渎。
有一种感情被人假意鄙薄，
你也不会再来鄙薄。
有一种希望太似绝望，

何须再加提防！
你的怜悯之情无人能比，
温暖着我的心。
我不能给你人们所谓的爱情，
但不知你能否接受。
这颗心对你的仰慕之情，
连上天也不会拒绝。
犹如飞蛾扑向星星，
又如黑夜追求黎明。
这种思慕之情，
早已跳出了人间苦境！

（王佐良　译）

“爱情”虽然只在全诗出现了一次，但句句含情。虽然诗人说“我不能给你人们所称的爱情”，那只是由于我对你的爱熔铸着思念和爱慕，就像飞蛾扑向星星、黑夜追求黎明那样执着深切太真、太强烈的缘故。生活中的雪莱英俊、潇洒，思想开放，热爱自由，极富正义感。文如其人，他的爱情诗较少强调外表的美，而主要是歌颂纯洁、崇高、高度理想化的爱，格调高雅，不落俗套；作品中的爱情往往同高远的理想结合在一起，且主题也常常超越情爱，引申至充满宇宙的广博的爱，所以雪莱被称为“哲学家式的爱人”。

德国是浪漫主义运动出现最早的地方，产生了一批著名的诗人，而约翰·沃尔夫冈·歌德（1749—1832）就是其中最伟大的诗人、作家、思想家。罗曼·罗兰曾说，歌德像一个金字塔，而抒情诗则是“放在歌德金字塔顶端的花束”。歌德从 8 岁开始写诗，一生共创作了 2500 多首抒情诗，其中就有不少爱情诗。他的创作把德国爱情诗提高到一个前所未有的高度，其中最著名的是这首《野玫瑰》：

少年看到一朵蔷薇，
荒野的小蔷薇，
那样娇嫩而鲜艳，
急急忙忙走向前，看得非常欣喜。

蔷薇，蔷薇，红蔷薇，荒野的小蔷薇。
少年说："我要采你，
荒野的小蔷薇!"
蔷薇说："我要刺你，
让你永不会忘记，
我不愿被你采折。"
蔷薇，蔷薇，红蔷薇，
荒野的小蔷薇。
野蛮少年去采她，
荒野的小蔷薇；
蔷薇自卫去刺他，
她徒然含悲忍泪，
还是遭到采折。
蔷薇，蔷薇，红蔷薇，
荒野的小蔷薇。

（钱春绮　译）

本诗作于1773年，很多人认为这首诗是歌德的"忏悔之作"。1771年春，歌德与少女弗里德莉克·希里昂相恋，感情曾一度十分炽烈。但是后来歌德发现她并非理想中的伴侣，于是便主动提出了分手，这对弗里德莉克·希里昂的心灵造成了难以愈合的创伤。歌德深感内疚，于是写了这首诗。蔷薇在德国的诗歌传统中就是爱情的象征，而诗人笔下荒野中的蔷薇不仅娇嫩鲜艳，而且具有独立、不屈的顽强个性，是自立坚强的少女形象：面对突如其来的爱情，少女害羞而矜持，但是她却坚持独立而自由的个体立场，"我要刺你，让你永远不会忘记"。诗歌设置了三个场景：少年发现小蔷薇，少年要采小蔷薇，少年采了小蔷薇。天真的少年并没有理解真正的爱情，他的占有欲过于强烈，行事过于莽撞，小蔷薇的美在他的手中无情地被毁灭了，原本美好的爱情以悲剧结束。诗人通过这一悲剧告诉人们，只有建立在相互尊重和相互欣赏基础上的爱情才是值得永恒拥有和歌颂的。这首诗问世后，被很多著名作曲家谱曲，广为传唱，深受世界各地读者的欢迎。

维克多·雨果是法国浪漫主义文学的领导者，也是整个西方浪漫主义文学的集大成者。雨果是浪漫主义作家中鲜有的全才，在诗歌、小说、戏剧等领域都有重大建树，在爱情诗歌创作方面也取得了骄人的成就，对后世产生巨大影响。他把爱情等同于生命，将爱情与生命的关系等量齐观："人出生两次吗？是的。头一次是在人开始生活的那一天；第二次则是在萌发爱情的那一天……把宇宙缩减到唯一的一个人，把唯一的一个人扩张到上帝，这才是爱！"诗人还把爱人置于上帝的位置，将其视作自己生命与生活的全部，其爱情情感之浓烈、炽热，可见一斑。我们再看他的《小夜曲》：

黄昏后，当你在我身旁柔声歌唱，
但可曾听见我的心轻轻跳动？
温柔歌声唤起我往日的一切欢乐，
啊！歌唱，歌唱，我亲爱的，永远歌唱；

你微笑，好像爱情花朵含苞怒放，
我心中一切忧虑都随它消散。
纯洁微笑就像你那忠实的心，
呵！欢笑，欢笑，我亲爱的，尽情欢笑。

正当你倚在我的身旁静静安睡，
那呼吸好像你正在喃喃细语。
你在睡梦中是这样恬静，这样美丽。
啊！安睡，安睡，我亲爱的，静静安睡。

（邵承斌　译）

诗人生动地传达出了恋爱中的男女相亲相爱时的愉悦感受：傍晚之后，情侣们相依相随，女孩柔情歌唱，男孩随着歌声律动，所有的欢乐被唤醒，他们不由自主地共同期盼："啊！歌唱，歌唱，我亲爱的，永远歌唱"。由于爱得深沉，爱得执着，所有的忧虑全部消散，洋溢在脸上的是微笑，流淌在心里的是欢乐。"欢笑，欢笑，我亲爱的，尽情欢笑。"到了夜间，情感得到满足后的女孩安详入睡，男孩也沉浸在宁静之中，祈愿心上人"啊！安睡，安睡，我亲爱的，静静安睡"。全诗节奏舒缓，回旋往复，给人以轻松、愉悦、和谐、静谧的审美享受。

普希金（1799—1837）是俄国浪漫主义文学的卓越代表，同时又是俄国现实主义文学的奠基人，在俄国文学史上占有崇高的地位，被誉为“俄国文学之始祖”“俄罗斯诗歌的太阳”。普希金从 13 岁开始写诗，15 岁发表作品，一生共创作了 800 多首抒情诗，其中就有大量的爱情诗，比如这首著名的《我曾经爱过你》：

我曾经爱过你：爱情，也许
在我的心灵里还没有完全消亡；
但愿它不会再打扰你；
我也不想再使你难过悲伤。
我曾经默默无语地、毫无指望地爱过你，
我既忍受着羞怯，又忍受着嫉妒的折磨；
我曾经那样真诚、那样温柔地爱过你，
但愿上帝保佑你，
另一个人也会像我爱你一样。

（戈宝权　译）

这首诗完全可以看作是诗人的内心独白，诗人在娓娓诉说中将真情实感袒露无遗：他对恋人的爱从未消失过，只是在心底默默地爱着她，并希望这份爱不会打扰到她，使她痛苦。他知道对方爱的另有其人，却甘心要忍受“羞怯”和“嫉妒”的折磨，但仍然抑制不住内心对少女的那份爱。尽管如此，诗人还是祈愿少女所爱之人也能像自己一样爱她。短短八行诗把诗人内心的痛苦、煎熬、惆怅与深情描写得细致入微，并呈现出了诗人的深情多情而又高尚的心灵世界。

美国的浪漫主义文学深受西欧浪漫主义文学的影响。19 世纪上半叶，美国文学摆脱英国文学的束缚，浪漫主义文学开始蓬勃发展，代表美国爱情诗歌创作最高成就的是沃尔特·惠特曼（1819—1892）。惠特曼的代表作《草叶集》中有不少爱情诗，写得最好的被认为是下面这首《从滚滚人海中》：

从滚滚的人海中，一滴水温柔地来向我低语：

“我爱你，我不久就要死去；
我曾经旅行了迢遥的长途，只是为的来看你，
和你亲近，
因为除非见到你，我不能死去，
因为我怕以后会失去你。”

现在我们已经相会了，我们看见了，我们很平安，
我爱，和平地归回到海洋去吧，
我爱，我也是海洋的一部分，我们并非隔得很远，
看哪，伟大的宇宙，万物的联系，何等的完美！
只是为着我，为着你，这不可抗拒的海，分隔了
我们，
只是在一小时，使我们分离，但不能使我们永久
地分离，
别焦急，——等一会——你知道我向空气、海洋
和大地敬礼，
每天在日落的时候，为着你，我亲爱的缘故。

（楚图南　译）

惠特曼一生有不少女性追求他，据说是为了保持精神与肉体的“纯洁”他婉拒了这些追求者，终身未娶。而他的爱情诗多是写被爱的。这首诗也应该是写给追求者的。在诗中，他把相爱的人比作两滴海水，虽然在滚滚的人海中彼此暂时分离，但只要大家回归精神的大海，他们就会永久地在一起。

累遭欺凌和压迫的东欧国家，也出现了一些享有盛名的诗人，比如大家熟悉的匈牙利的著名诗人裴多菲及他的“生命诚可贵，爱情价更高，若为自由故，二者皆可抛！”他还有另外一首《我愿意是急流》也广为传颂。

我愿意是急流，
山里的小河，
在崎岖的路上、
岩石上经过……

只要我的爱人
是一条小鱼，
在我的浪花中
快乐地游来游去。

我愿意是荒林，
在河流的两岸，
对一阵阵的狂风，
勇敢地作战……
只要我的爱人
是一只小鸟，
在我的稠密的
树枝间做巢，鸣叫。

我愿意是废墟，
在峻峭的山岩上，
这静默的毁灭
并不使我懊丧……
只要我的爱人
是青青的常春藤，
沿着我荒凉的额，
亲密地攀缘上升。

我愿意是草屋，
在深深的山谷底，
草屋的顶上
饱受风雨的打击……
只要我的爱人
是可爱的火焰，
在我的炉子里，
愉快地缓缓闪现。

我愿意是云朵，
是灰色的破旗，
在广漠的空中，
懒懒地飘来荡去，
只要我的爱人
是珊瑚似的夕阳，
傍着我苍白的脸，
显出鲜艳的辉煌。

（孙用　译）

这是诗人裴多菲向自己的爱人尤利亚的真情告白，全诗诗人采用“我愿是……只要我的爱人……”的句式，反复咏唱对恋人的爱慕、尊重与忠贞之情。为了爱人，诗人可以是急流、是荒林、是废墟、是草屋、是云朵，还可以“静默地毁灭”，表达了他对这份感情的生死不渝与无私奉献，蕴含着为爱牺牲的崇高精神。诗作情感深情明朗，浪漫又自然。

四　二十世纪现代爱情诗

历史进入到二十世纪，西方资本主义社会发展到垄断资本主义阶段，政治、经济发展危机不断，社会秩序开始走向动荡与混乱。两次世界大战加速了西方传统理性主义文化的毁灭，人们对未来、对人自身都产生了严重的怀疑。受金钱至上观念的影响，人与人之间越来越走向隔膜、冷漠，人的异化、人际关系包括两性关系的异化成为十分普遍的社会现象。再加上性解放浪潮的冲击，爱情伦理遭到颠覆，古老悠久的“爱情王国”遭到毁灭性的打击。爱情主题在文学中也遭到冷待和异化，失去了传统文学中的纯情色彩，在尤奈斯库的歌剧《秃头歌女》中甚至出现了夫妻对面不相识的“爱情末日”图景。然而，二十世纪又是一个文化不断走向变革与创新的世纪，各种文化思潮、文化景观粉墨登场、更替频繁。于文学创作而言，二十世纪是一个充满探索试验和求奇创新的时代，各种流派争“先”逐“后”，文坛变幻不定。而诗歌创作更是一种狂飙突进式的存在，象征主义、意象主义、未来主义、超现实主义、隐逸派和后现代主义等诗歌思潮、流派纷纷登场，快速变化，标新立异。与之相应，西方爱情诗歌也经历了前所未有的洗礼，进入了这一个复杂多元的时期。作为现代工业社会文化发展的产物，20 世纪西方爱情诗歌是现代主义诗歌的有机组成部分，也是 20 世纪欧美社会动荡不安时代精神的折射。它们自身特有的方式艺术地传达着人们的爱情体验和情感欲求，成为西方现代诗歌风景线中一抹绚丽的亮色。

20 世纪诗歌就其发展顺序而言，首当其冲的是后期象征主义。它雄踞西方诗坛将近 20 年，歌咏爱情是象征主义诗人们钟爱的主题。后期象征主义爱情诗歌强调依靠直觉去捕捉瞬间意象，用具象事物暗示抽象的观念，着意于描写孤独、哀伤、痛苦、绝望等内在爱情体验。这一流派爱情诗创作杰出的代表是英国的叶芝、法国的瓦雷里和奥地利的里尔克。

威廉·巴特勒·叶芝（1865—1939）是爱尔兰著名诗人，1923 年诺贝尔文学奖的得主，艾略特称他为“二十世纪最伟大的英语诗人”。叶芝虽然被誉为“爱尔兰的灵魂”，但是他征服了一个时代，却未能获取他终生最爱的女人——茅德·岗的芳心。叶芝一生狂热且义无反顾地爱恋茅德·岗，用毕生的热情去追求她，用诗歌来抒发对她的爱情感受和思考。他的爱情诗歌有很强的自传性，所以，茅德·岗是其爱情诗的灵感源泉和灵魂人物，与之相关的爱情诗贯穿于他创作的始终，并且深情动人、睿智又充满哲思。叶芝的爱情诗受浪漫主义、唯美主义、神秘主义、象征主义的影响，风格独特，是西方爱情诗从传统到现代过渡的缩影。

初遇爱情的叶芝，天真地幻想着爱情，纯真洒脱，天真烂漫。他把茅德·岗奉为圣洁的女神，爱尔兰精神的化身，并追随她参加了爱尔兰民族自治运动。茅德·岗却不愿涉及个人感情，对他若即若离，一再拒绝他的追求。然而诗人始终毫不气馁并表现出极大的热情，对她的爱慕终生不渝。叶芝早期的爱情诗往往直抒胸臆，有开心时候的轰轰烈烈，也有伤心时候的期期艾艾，充满着爱情的渴盼与伤感，感情纯真执着，洋溢着浪漫主义色彩和理想主义的光芒。这期间最为知名的一首就是 1893 写下的《当你老了》，“当你老了，头发白了，睡意昏沉，炉火旁打盹，请取下这部诗歌，慢慢读，回想你过去眼神的柔和，回想它们昔日浓重的阴影；多少人爱你青春欢畅的时辰，爱慕你的美丽、假意或真心，只有一个人爱你那朝圣者的灵魂，爱你衰老了的脸上痛苦的皱纹……”这首诗是诗人为了打动茅德·岗表明自己的心迹而作。全诗诉说着爱情的无望和内心的痛苦和挣扎，充满伤感的语调，情感赤诚纯真，感人至深。叶芝这一时期的爱情诗热烈清新、浪漫炽热，为衰败时期的浪漫主义诗歌注入了新的活力。而到了中期，浪漫主义思潮逐渐褪去，他逐渐摒弃了早期虚幻、朦胧的浪漫主义创作风格，开始用象征手法表达现实内容，风格变得更加深沉。诗人逐渐从个人情感中挣扎出来，激情有所消退。同时，诗人将注意力从个人对现实的逃避和感伤转向更广阔的现实社会空间，诗人的爱情观熔铸了更多的理性主义和社会现实成分，把个人的爱与民族情熔铸于一体，充满了现实主义的理性色彩。这一阶段叶芝的爱情诗歌多采用现实社会题材，《库尔庄园的野天鹅》是这一时期的代表作。在这首诗中，诗人在库尔庄园观看天鹅浮水飞翔，回忆起当年因为得不到茅德·岗而把自己比作落单的天鹅。眼前的天鹅“它们尚未厌倦，情侣双双”，诗人感叹青春已逝，昔日的激情和雄心已不复存在，陪伴他的是没有归宿的爱情。诗人明知自己不应该再对茅德·岗抱有任何幻想，却无法摆脱对她的痴恋，但是此时的诗人有了清醒的现实感，“当我有一天醒来，发现它们已经飞走了，它们会在什么样的草丛营筑，在什么样的湖滨或池塘使人悦目?”天鹅的飞去，象征着他的青春和爱情已经消逝，对未来的迷茫，同时也表达了诗人对美好事物的追求，引发读者对人生、对爱情、对永恒的深深的思索。这首诗可以看作是叶芝成熟理性爱情观形成的标志。叶芝晚期形成了神秘主义象征体系，从浪漫主义彻底转向现代主义。这一时期，叶芝爱情诗歌创作也达到了巅峰，诗风变得遒劲有力，诗歌主题变得更加丰富和深刻，《丽达与天鹅》是这一时期的代表作。

突然袭击：在踉跄的少女身上，
一双巨翅还在乱扑，一双黑蹼
抚弄她的大腿，鹅喙衔着她的颈项，
他的胸脯紧压她无计脱身的胸脯。
手指啊，被惊呆了，哪还有能力
从松开的腿间推开那白羽的荣耀?
身体呀，翻倒在雪白的灯心草里，
感到的唯有其中那奇异的心跳!

腰股内一阵颤栗，竟从中生出

断垣残壁、城楼上的浓烟烈焰
和阿伽门农之死。
当她被占有之时
当地如此被天空的野蛮热血制服
直到那冷漠的喙把她放开之前，
她是否获取了他的威力，他的知识？

（飞白　译）

这是一首具有丰厚象征内涵的十四行诗。诗作取材于希腊神话故事：众神之王宙斯曾化身为天鹅，与丽达亲近而使她怀孕产下两只蛋，一只蛋孵化出海伦，另一只蛋孵化出克莱提纳斯。这两个女儿都拥有绝世的美貌，但分别导致了战争、杀戮——海伦的私奔导致了特洛伊战争，克莱提纳斯出轨并谋杀了自己的丈夫阿伽门农。诗作先描写化身成天鹅的宙斯强有力爱抚丽达，又描绘了丽达欲拒又迎、惊悸与喜悦相交织的内心感受。接着诗人简洁指出两人爱情的后果——“断垣残壁、城楼上的浓烟烈焰和阿伽门农之死”。借此，诗人产生了对爱情与痛苦、幸福与战争、生与死之间的复杂关系的思考。在此基础上诗人指出，丽达的被“占有”、被“野蛮热血”征服也许正是爱情的复杂状态。诗人最后一句向丽达发问，是否获得了宙斯的爱的力量、智慧与知识，意味深长。这首诗仍是写给茅德·岗的。茅德·岗是爱尔兰当时有名的美人，但在叶芝心中，这样的美是具有破坏力的，是恶之花。叶芝在创作这首诗前不久，仍不放弃向茅德·岗求婚，结果依然是遭到拒绝。茅德·岗一直认为叶芝是“一个像女人一样的男子”，缺乏男子气概，叶芝也一直努力打破自己在她心中的这种形象。到了晚年诗人压抑太久的爱与恨终于借助《丽达与天鹅》这首诗喷薄而出。这首诗可以看作是他向自己苦苦追求一辈子却不得的心上人做出的最后一次炽烈奔放的爱情攻势。诗中丽达指的是茅德·岗，而天鹅则是诗人自己。诗中，叶芝不再是没有能力得不到自己所爱的诗人，而是主宰着一切的天神，茅德·岗变成了任天神支配的绝世佳人。诗中的天鹅一改优美、纯洁、庄重的通常形象，变得粗暴狰狞，是一个具有丰富阐释可能性的象征意象，整首诗也充满了邪恶、暴力、灾难和毁灭，具有丰厚的隐喻内涵。

后期象征主义的核心人物保尔·瓦雷里（1871—1945）的爱情诗具有一

种幻美的品质。瓦雷里被誉为“20世纪法国最伟大的诗人”，他的诗歌受戈蒂耶、波德莱尔、马拉美等人的影响，具有恢宏和超绝的想象，以“理性的神秘主义”著称于世。其爱情诗作总是用轻柔、优美的梦幻情调抒写各种朦胧的爱情感受，富于镜花水月之美，令人沉醉。他的晚年诗作结集为《幻美集》，比前期作品更加富于哲理，也更具有幻美的色彩，其中的爱情诗《脚步》流传最广。

你的脚步圣洁，缓慢，
是我的寂静孕育而成；
一步步走向我警醒的床边，
脉脉含情，又冷凝如冰。
纯真的人啊，神圣的影，
你的脚步多么轻柔而拘束！
我能猜想的一切天福
向我走来时，都用这双赤足！
这样，你的芳唇步步移向
我这一腔思绪里的房客，
准备了一个吻作为食粮
以便平息他的饥渴。
不，不必加快这爱的行动——
这生的甜蜜和死的幸福，
因为我只生活在等待之中，
我的心啊，就是你的脚步。

（飞白　译）

“脚步”，是说爱的降临，是爱人在夜晚悄然款款而至。但是诗中表现得更像是一种幻觉，一种似睡非睡的梦境，是一种在心灵的期待中幻化出的爱的足音。在寂静的期待中，爱来了！“我”于寂静幽思中谛听到爱的足音。这足音圣洁缓慢、轻软如梦，如冰般纯真圣洁。“我”所渴念的心上人迈着纯真的赤足走来，“你的脚步多么轻柔而拘束”，带来的是神圣的、纯真的爱，是“一切天福”。芳唇切近，拥吻在即，爱的芬芳将要平息“我”生命的饥渴。

可是“脚步”戛然而止，理智横空出世，告诉自己美是不可占有的，占有就意味着美感的丧失，对美的憧憬、期待才是最美的。《脚步》是一首爱情诗，但更是一首象征诗、哲理诗。其中“脚步”的意象是确定的，指爱情；但也是朦胧的，具有涵意上的多元性。整首诗有着中国画般的空灵之美，读来令人遐想无限。

奥地利最有影响的象征主义诗人莱纳·马利亚·里尔克（1875—1926）是20世纪最伟大的德语诗人之一，他和叶芝、艾略特被称为“欧洲现代最伟大的三位诗人”。正因为生活在新旧世纪的交替时期，世纪末情绪加上社会的动荡，他深切地感受到前途的迷茫，于是选择逃避到艺术和爱情中寻找心灵的庇护，所以，爱情诗在里尔克的诗歌作品中，占据了相当大的比重。他追逐女性，崇尚内心，性情孤僻，极度敏感，所以里尔克的爱情诗总有一种孤独而悲情的情调。《总是一再地……》是里尔克的一首含义隽永、耐人回味的爱情短诗：

> 总是一再地，虽然我们认识爱的风景，
> 认识教堂小墓场刻着它哀悼的名姓，
> 还有山谷尽头沉默可怕的峡谷：
> 我们总是一再地两个人走出去
> 走到古老的树下，我们总是一再地
> 仰对着天空，卧在花丛里。
>
> （冯至　译）

诗作告诉我们，人们只要来到这世间，必定会“总是一再地”走上爱之路。诗里的“我们”，可特指外出幽会的情侣，又可指世间所有相恋的男男女女。诗中的情侣情不自禁地同前人一样，“两个人走出去/走到古老的树下”，在那里相会、相爱，也同前人一样，“仰对着天空，卧在花丛里”，任浪漫的幻想弛骋，尽情地憧憬着美好的未来。也许他们的爱会结出累累硕果，也许他们会因殉情而去世，后人只能在“教堂小墓场”上找到他们的“名姓”。诗人通过一个个具象的描绘，告诉我们虽然爱本身就是一个难解之谜，晦涩难懂，但千百年来，人们总是执迷不悟地、矢志不渝地走上这条爱之路，直至生命的尽头。这首诗短小、精炼，涵盖了无数恋人的爱情经历和深刻体验，耐人寻味。

象征主义流传到欧美后，催生出了英美意象派诗歌。美国诗人埃拉兹·庞德（1885—1972）是意象派诗歌领军人物，他曾从中国古典诗歌、日本俳句中生发出“诗歌意象”的理论，为东西方诗歌的互相借鉴作出了卓越贡献。他极为赞赏中国古典诗歌，把别人译的《落叶哀婵曲》改写为爱情诗《刘彻》，原诗是假托汉武帝刘彻缅怀、思念已逝的李夫人的，内容如下：“罗袂兮无声，玉墀兮尘生。虚房冷而寂寞，落叶依于重扃。望彼美女兮安得，感余心之未宁。”诗人对它进行了改写：“绸裙的窸瑟再不复闻，灰尘飘落在宫院里，听不到脚步声，乱叶/飞旋着，静静地堆积，她，我心中的欢乐，睡在下面。一片潮湿的树叶粘在门槛上。”（注：赵毅衡译）。庞德舍弃了原诗抒情性的表达，而用一片潮湿的树叶孤零零地粘在门槛上的意象来呈现，虽都能表达斯人已逝的孤寂难耐和满腹惆怅，但后者诗境更为含蓄蕴藉。我们再来看他的这首爱情诗《抒情曲》：

我的爱人是深处的火焰躲藏在水底
——我的爱人快乐而善良
我的爱人不容易找到
就像水底的火焰。
风的手指
迎着她的手指
送来一个微弱的
快速的敬礼。
我的爱人快乐
而且善良
但是不容易
遇见，
就像水底的火焰
不容易遇见。

（赵毅衡　译）

庞德认为，一个意象是在瞬息间呈现出来的理性和感情的复合体。这首诗用水底的火焰这一意象来比拟爱人，她是“深处的火焰躲藏在水底”，有水的温柔，火的热烈，而且“快乐又善良”，真是完美至极，和这样的爱人生活在一起，必然幸福无限。然而下到水底去寻找火焰当然不容易找到，诗人借此来表达爱情中幸福与痛苦相依相存的复杂矛盾，极言拥有这样的爱人实在难能可贵。生活处处充满矛盾，每一个人自身也是一个矛盾综合体，爱的双方也难以摆脱复杂的矛盾状态。可见，这一意象不仅仅是一种新奇的象征形象，同时也包含着理性与感情的复杂矛盾。全诗着重表达审美化、哲理化了的意象，富于表现力。

美国另一位意象派诗人威廉·卡洛斯·威廉斯（1883—1963）力主用美国口语写作。他的诗被认为是20世纪最具美国民族特色的诗歌，风格明朗、平易、口语化。其爱情诗善于精心设置象征和意象，往往从日常细小事物中发掘诗意，意象简明清晰，讲究剪裁和提炼，诗风平实直白，亲切自然。我们看他的这首《墓志铭》：

一棵年老的柳树，树枝空了，
慢慢地摆动它高处稀少、明亮、弯曲的枝条，
并且说道：
爱情是一棵在光秃秃的树林边
闪光的年轻碧绿的柳树。

（袁绍奎　译）

意象派诗人刻意追求意象的营造，主张通过意象的营造来蕴藏感情和哲理。诗作塑造了两个意象——年老的柳树和年轻的柳树。年老的柳树已步入暮年，但是淡定而从容，枝条虽然稀少、弯曲，却依然在高处慢慢摆动，而且闪出“明亮”的光泽，毫不消沉、凄惨。而作为爱情象征的年轻的柳树，站在“光秃秃的树林边”，郁郁葱葱，充满生命的活力。诗人用平实的语言热烈地讴歌了爱情：爱情可以让人的灵魂永葆青春；爱情可以让人永远留恋和怀念；爱情可以使生命繁衍不息，可以使人类历史源远流长；等等。总之，这首诗有着丰厚的韵味，引人遐想，耐人寻味。

路易·阿拉贡（1897—1982）是法国著名的诗人。他在法国当代文学史上具有举足轻重的地位，被报界誉为“二十世纪的雨果”。他的诗歌创作主要

经历超现实主义和现实主义两个阶段，其间讴歌爱情、赞美爱情始终是其诗歌创作的主旋律。爱情诗歌是其创作中的精华所在。然而，他很少泛泛地讴歌爱情、女性，而是专颂艾尔莎，表达对艾尔莎专一永恒的爱。艾尔莎·特丽奥莱是马雅可夫斯基的妻妹，1928 年两人相识，一见钟情，终生相爱，相濡以沫。艾尔莎是阿拉贡的情侣，更是他的“缪斯”，是他人生道路上的导师、志同道合的战友和文友，诗人把所有的感情毫无保留地奉献给他所挚爱的艾尔莎，咏唱他对艾尔莎的狂热而执着的爱情是其诗歌的突出主题。他的诗大多数都和艾尔莎有关，有的直接赞颂爱尔莎，有的以她的名字为诗集命名，有的直接题献给她。正如阿拉贡在诗集《断肠集》的献辞中所说：“我的每一次心跳都向着艾尔莎。”他对艾尔莎这份执着、专一和不倦的激情，使他成为二十世纪著名的爱情歌者。阿拉贡写给艾尔莎的诗歌，将艾尔莎奉为爱的化身、力量的源泉、大自然的精灵、美丽的天使和神秘的女神，语调直率大胆，感情激越奔放，风格亲切细腻。我们看这首《艾尔莎的眼睛》：

你的眼睛这样深沉，当我弓下身来啜饮
我看见所有的太阳都在其中弄影
一切失望投身其中转瞬逝去
你的眼睛这样深沉使我失去记忆

是鸟群掠过一片惊涛骇浪
晴光潋滟，你的眼睛蓦地变幻
夏季在为天使们剪裁云霞作衣裳
天空从来没有像在麦浪上这样湛蓝

什么风也吹不尽碧空的忧伤
你泪花晶莹的眼睛比它还明亮
你的眼睛连雨后的晴空也感到嫉妒
玻璃杯裂开的那一道印痕才最蓝最蓝

苦难重重的母亲啊雾湿流光

七支剑已经把彩色的棱镜刺穿
泪珠中透露出晶亮更加凄楚
隐现出黑色的虹膜因悲哀而更青

你的眼睛在忧患中启开双睫
从其中诞生出古代诸王的奇迹
当他们看到不禁心怦怦跳动
玛丽亚的衣裳悬挂在马槽当中

五月里一张嘴已经足够
唱出所有的歌，发出所有的叹息
苍穹太小了盛不下千百万星辰
它们需要你的眼睛和它们的双子星座

孩子们为瑰丽的景色所陶醉
微微眯起了他们的目光
当你睁开大眼，我不知道你是不是在扯谎
像一阵骤雨催开了多少野花芬芳

他们是不是把闪光藏在薰衣草里
草间的昆虫扰乱了他们的炽烈情爱
我已经被流星的光焰攫住
仿佛一个水手八月淹死在大海

我从沥青矿里提炼出了镭
我被这禁火灼伤了手指
啊千百次失而复得的乐园而今又已失去
你的眼睛是我的秘鲁我的哥尔贡德我的印度

偶然在一个晴日的黄昏，宇宙破了
在那些盗贼们焚烧的礁石上

我啊我看到海面上突然熠亮
艾尔莎的眼睛艾尔莎的眼睛艾尔莎的眼睛

（徐知免　译）

阿拉贡在诗集的序言中说："我通过你的眼睛看清世界，是你使我感受到这个世界，是你教我懂得人类感情的意义"，这首诗正表达了这样的情感和思想。诗人歌颂艾尔莎的眼睛湛蓝清澈、美丽深沉，是令人向往、让人沉醉的。那是智慧的眼睛，能让失望转瞬逝；那是灵动的眼睛，有时如惊涛骇浪，有时如夏天的云霞，让人感受这个世界的变幻莫测；那是忧伤的眼睛，是圣母玛利亚一样能看穿世间悲苦和罪恶的眼睛，是饱含人类智慧和力量的眼睛……总之，艾尔莎的眼睛于诗人而言是光明，是希望，是未来，是力量，所以，诗人千言万语难表衷肠，最后以一连串重复的呼告作结——"艾尔莎的眼睛艾尔莎的眼睛艾尔莎的眼睛"。全诗奔涌着一种难以遏抑的激情和力量，具有强烈的感染力。

"二战"期间，诗坛一片萧条沉寂，能发出爱的歌咏的只有隐逸派。隐逸派是20世纪上半叶在意大利颇有影响的一个诗歌派别，始于一战，30年代达到鼎盛。其主体是一批具有社会良知的诗人、知识分子，他们在法西斯独裁的专制统治下，不得不避开残酷的社会现实，将视角转向自我，着力于刻画心灵的深邃世界，抒发内心的孤独与幽怨。萨瓦多尔·夸西莫多（1901—1968）是意大利"隐逸派"诗歌的创始人之一，也是意大利当代最优秀的抒情诗人，"由于他的抒情诗，以古典的火焰表达了我们这个时代中，生命的悲剧性体验"而荣获1959年的诺贝尔文学奖。夸西莫多的抒情诗十分重视艺术形象的提炼，他擅长捕捉心灵中感触最深的一刹那，然后撷取自然物融情于景来传情达意。另外，其抒情诗多采用追忆或回忆的形式，在对过往情感的钩沉与反刍中形成了其诗歌意境亦真亦幻、亦虚亦实的朦胧、迷离之美，其中的爱情诗歌尤其如此。我们来看一首他的《海涛》：

多少个夜晚
我听到大海的轻波细浪
拍打柔和的海滩，
抒出了一阵阵温情的

轻声软语。

仿佛从消逝的岁月里
传来一个亲切的声音
掠过我的记忆的脑海
发出袅袅不断的回音。
仿佛海鸥
悠长低徊的啼声；
或许是
鸟儿向平原飞翔
迎接旖旎的春光
婉转的欢唱。

你
与我——
在那难忘的年月
伴随这海涛的悄声碎语
曾是何等亲密相爱。

啊，我多么希望
我的怀念的回音
像这茫茫黑夜里
大海的轻波细浪
飘然来到你的身旁。

（吕同六　译）

这是一首怀念昔日恋人的诗作。诗人通过海涛这一艺术形象来表达自己内心绵长动荡的相思爱恋。由眼前的大海的轻波细浪和轻柔海滩回忆起恋人的轻声软语，诗人与心上人相处的美好的记忆被唤起并在脑海里回荡，如同海鸥的悠长低徊的啼鸣和鸟儿迎接春光的欢快鸣唱。海滩温柔，涛声温情，契合的正是对曾经的亲密相爱的真切感受。最后诗人祈愿自己的怀念之情能像海涛的轻声碎语一样，传递给昔日恋人。全诗情景交融，妙合无垠，耐人回味。

巴勃罗·聂鲁达（1904—1973）是智利当代著名诗人，也是拉美文学史上继现代主义之后崛起的伟大诗人。1924 年，20 岁的聂鲁达发表《二十首情诗和一支绝望的歌》，一举成名，蜚声诗坛；1971 年，他因诗集《情诗·哀诗·赞诗》获得诺贝尔文学奖。他的诗歌既继承了西班牙民族诗歌的传统，又接受了波德莱尔等法国现代派诗歌的影响，艺术形式上借鉴了智利民族诗歌和沃尔特·惠特曼的创作，集超现实主义、浪漫主义和象征主义于一身。所以，马尔克斯认为他是“20 世纪所有语言中最伟大的诗人”。爱情、诗歌和革命是贯穿聂鲁达一生的三大主题。他一生写下的爱情诗有 160 多首，除了结集在三部爱情诗集《二十首情诗与绝望的歌》《船长的诗》和《一百首爱的十四行诗》中的之外，还有很多散布在其他诗集中，不仅数量多而且内容和主题丰富，引起世界性的长久关注和赞誉。他的成名作《二十首情诗和一首绝望的歌》，全球销量过亿，被誉为“情诗圣经”，其中的诗作充溢着诗人卓越的才情和炽热的激情，有青春的骚动和迷茫，有对纯真爱情的向往和赞美，有追求无望的失落和绝望，有强烈的欲望煎熬与痛苦，有思念的焦灼与忧伤，等等，可以说包含了爱情的一切元素，穷尽了爱情的万千滋味，其中流传最广的就是第 20 首《今夜我可以写出》中的“爱是这么短，遗忘是这么长”。我们看他的这首《我喜欢你是寂静的》：

我喜欢你是寂静的，仿佛你消失了一样，
你从远处聆听我，我的声音却无法触及你。
好像你的双眼已经飞离去，
如同一个吻，封缄了你的嘴。

如同所有的事物充满了我的灵魂，
你从所有的事物中浮现，充满了我的灵魂。
你像我的灵魂，一只梦的蝴蝶，
你如同忧郁这个词。

我喜欢你是寂静的，好像你已远去。

你听起来像在悲叹，一只如鸽悲鸣的蝴蝶。
你从远处听见我，我的声音无法触及你：
让我在你的沉默中安静无声。

并且让我借你的沉默与你说话，
你的沉默明亮如灯，简单如指环，
你就像黑夜，拥有寂寞与群星。
你的沉默就是星星的沉默，遥远而明亮。

我喜欢你是寂静的，仿佛你消失了一样，
遥远而且哀伤，仿佛你已经死了。
彼时，一个字，一个微笑，已经足够。
而我会觉得幸福，因那不是真的而觉得幸福。

（李宗荣　译）

诗作如诗人孤独的自言自语一般，把深陷痛苦中的真情告白倾诉出来。诗人用了很多类比，说恋人，“你像我的灵魂，一只梦的蝴蝶。你如同忧郁这个词”，说恋人的沉默，“你的沉默明亮如灯，简单如指环，你就像黑夜，拥有寂寞与群星。你的沉默就是星星的沉默，遥远而明亮”，等等。这些新颖、精妙的比喻，将内心的爱慕与忧伤、向往焦灼等复杂感受和隐秘感受恰切地表达了出来。诗人对恋人的爱如此深沉纯粹，即使对方没有回应报之以永远的沉默，诗人仍旧初心不改，她的“一个字，一个微笑，已经足够”，足够让他拥有真正的幸福。全诗贯穿着夸张而精妙的类比，氤氲着一种挥之不去的忧伤，让人沉醉其中。

安娜·阿赫马托娃（1889—1966）是二十世纪俄罗斯文学史上杰出的女诗人，也是俄罗斯文学史中白银时期最受欢迎的诗人。人们将她与“俄罗斯诗歌的太阳”普希金并列，称她为“俄罗斯诗歌的月亮”。她的诗歌赢得无数读者的青睐，被誉为“20 世纪的萨福”。联合国教科文组织把 1989 年阿赫玛托娃百年诞辰之年命名为“阿赫玛托娃年”，以纪念这位“把人带进一个美好世界”的“诗歌语言的光辉大师”。作为女性诗人，她的诗歌几乎涉猎了女性情感的所有领域，尤其专注于人世间的儿女情长。不仅如此，爱情这一永恒的主题在她的诗作中还焕发出了新的生机，她擅长写单相思、写失恋等受挫的爱情，描绘它带给女性的孤独、悲伤、惆怅、伤感、犹疑、激愤等感受，基调悲戚哀伤，所以她又被冠之以“哀泣的缪斯”之名。她的爱情诗以女性视角大胆揭示女性情怀，擅长从生活中撷取细节袒露女性复杂幽微的内心世界，自有一种打动人心的力量。爱情被诗人赋予了丰富的内涵，并且一改其神秘莫测而化身为人们生活中一种普遍情感，但更多展现出的是它悲剧性的一面。我们看她这首最为脍炙人口的《爱》：

有时像一条小蛇蜷成一团，
偎在心田上施展法术，
有时在白色的窗台上
像只小鸽子整天不停地咕咕。

有时在晶莹的霜花里一闪，
有时又沉在紫罗兰的梦境……
但它准确而又神秘地
来自喜悦，来自宁静。

在惆怅的琴声的祈祷中，
它善于如此甜蜜的哭诉，
有时候会突然令人心悸：
在陌生的浅笑中把它认出。

（乌兰汗　译）

诗作开篇连用两个比喻，将女主人公内心隐秘而微妙的爱之初体验具体化：爱情有时像会施法术的蛇蛊惑你的内心，让你恐惧、紧张又欲罢不能；有时像整天在窗台咕咕叫的鸽子，声声爱的呼唤让你充满渴盼又焦灼不安。第二节诗人继续描绘爱情不可思议的魅力：有时爱情让你一阵突然的狂喜，如闪光在晶莹的霜花里；有时让你陷入美妙的遐想，如沉浸在紫罗兰的梦中，让你的心在宁静与喜悦中徜徉。最后一节，宁静、喜悦戛然而止，代之以惆怅、犹疑与惊悸，基调转为深沉、哀婉。真情得不到回应的忧惧和爱情未来的吉凶难卜、迷茫、绝望，使“它会如此甜蜜地哭泣”，以致结束往日的快乐和安宁。诗作很短，但对爱情情感的表达极为丰富：有对爱情的憧憬期盼，有相思的甜美幽怨，有爱情萌动的兴奋热烈，有爱情选择的犹疑彷徨，还有对未来的迷惘和焦灼，对真正爱情的炽烈而迫切的渴求，等等。爱情给人的不是圆满和美好，相反的，爱情让人失去欢乐。诗人以冷静、克制甚至超然的态度审视这种悲喜交加的爱情，并将其丰富的人生体验和生命思考凝聚其中，令人咀嚼再三，回味不尽。

第四章

中西爱情诗差异原因探析

无论任何时代、任何民族，爱情都因男女生命力勃发而产生，是人类情与情的碰撞中散发出的灿烂的人性光芒，是人类美好人性、幸福人生的体现。爱情是人类两性结合的合理途径与基础，只有拥有了爱情，人类的生活才能成为理想的真正的人的生活。所以，人们在执着于美好爱情的追求这一点上，古今中外概莫能外。然而，由于历史文化的不同和爱情观念的差异，中西爱情诗歌形成了各自不同的风格和特色。

中华文明是在农耕文明的基础上发展而来的，依赖土地，敬畏自然，生活自足而封闭。中国人在与自然的相处过程中，改造自然的同时也在不断地向自然妥协，久而久之，就形成了讲究实际、注重和谐、含蓄内敛的民族性格。再加上中国传统的儒家文化是一种德性文化，主张“天下为公”“克己复礼”，重在群体，对人的个性发展和个体性欲求不够重视，而建立在个体性爱基础上的爱情，一直被视作一种破坏、妨碍群体发展的否定性因素，受到来自封建文化和伦理制度的束缚和压抑。所以，中国人在爱情观念上通常比较保守、含蓄，主张发乎情止乎礼义。而西方文明滥觞于海洋文明，在古希腊时期，陆地是贫困的象征，而大海是财富的象征，人们热衷于海上贸易。西方人在与变化莫测的大海的斗争中，形成了善于斗争、敢于冒险、独立顽强的民族性格。与此同时，他们通过交易的方式来获取生活所需，在各种交易过程中，平等意识逐渐孕育而生，并逐步衍生出崇尚自由与个性发展的观念。这种观念落实到他们的现实人生上，就表现为敢于追求个体幸福和自由爱情。另外，以自由民主为政治主体的城邦文化，孕育了西方人“自由、平等、博爱”的精神追求，而其开放、热烈的爱情观正是这一精神追求的集中体现。

他们热衷于爱情，把男女之爱看成生活的必需，是生命不可或缺的有机组成部分。柏拉图《理想国》的“会饮篇”借斐德若之口说“我就看不出一个人从青年时期起，比有一个情人之外，还能有什么更高的幸福”，把男女情爱视为“人类最高幸福的来源”。他们奉行爱情至上的思想观念，为了爱情可以舍弃一切甚至牺牲生命，比如匈牙利诗人裴多菲的“生命诚可贵，爱情价更高；若为自由故，二者皆可抛”，就表达了将爱情和自由的价值视作远远高于生命的理念。可见，西方人十分崇尚爱情，将其视为人类最神圣的情感，视为个性自由的象征，敢于大胆地表露真情，乐于奉献，敢于牺牲。因此，爱情诗歌集中体现了西方人的爱情观上个体本位的自觉，诗作中的爱情大胆直率，对心上人的赞颂往往直接而坦诚，情到深处，其表白和誓言常常是激情如火，不可遏抑。比如，古希腊女抒情诗人萨福在《相思》里写道：“妈呀，亲爱的妈妈呀！我哪里有心织布，我已经充满了/对那个人的爱慕”。再比如拜伦深深地爱上了雅典少女特瑞萨，因为痴情，他曾经用匕首划破自己的胸膛，表达自己把心交给了姑娘，临别时写了《雅典少女》相赠，诗中写道：“雅典的少女呵，在我们分别前，把我的心，把我的心交还！或者，既然它已经和我脱离，留着它吧，把其余的也拿去！请听一句我临别前的誓语：你是我的生命，我爱你……还有我久欲一尝的红唇，还有那轻盈紧束的腰身；我要凭这些定情的鲜花，它们胜过一切言语的表达；我要说，凭爱情的一串悲喜：你是我的生命，我爱你。”生命对于每一个人只有一次，是最宝贵的东西，诗人把少女看作自己的生命，没有少女的爱就如同没有生命一样，他会像热爱自己的生命一样永远爱着少女。这种表白在西方爱情诗中屡见不鲜，足见西方人在爱情追求和表达上勇气十足，激情澎湃，勇敢而热烈。

西方人为了爱情可以赴汤蹈火、万死不辞，从根本上说是因为他们将爱情与人性的完整、人生的圆满相关联。早在古希腊罗马时期，他们就把爱情看成是人的本性，或者认为爱情的产生是人的本性使然。这种理念广泛地存在于神话中，比如，古希腊和罗马神话中都有专司爱情的神：爱神阿弗洛狄特（罗马神话中的维纳斯）和作为神灵情爱化身的厄洛斯（罗马神话中的丘比特）——一个手持弓箭，背上长着灿烂的金翅膀的小爱神。他们共同主管的爱情是人与神共有的，并且有着神秘莫测、战无不胜的力量。再比如柏拉图《对话录》中的《会饮》篇，借喜剧诗人阿里斯托芬之口，用“另一半”隐喻来解释爱情的起源和本性：太古之初，人整个呈球形，是浑然一体的——两个头，两个身子，四只手，四只脚。他们体力强壮，精力旺盛。宙斯害怕人类太强大了会向神造反，就将他们加以削弱，一分为二，就成了现在的人的样子。人们不甘心无辜受到这样的惩罚，就拒绝生活下去，纷纷绝食求死。神于是想出了一个办法，让这些被分开的半个人去寻找自己的另一半，找到以后可以拥抱在一起彼此安慰，于是人类得以繁衍延续。所以，柏拉图得出这样的结论，“凡欲求自己另一半的就是在恋爱”，“同所爱的人熔为一体、两人变成一个，早就求之不得。个中原因就在于，我们先前的自然本性如此，我们本来是完整的。渴望和追求那完整，就是所谓爱欲”。在这种观念的影响下，在西方人的心目中，爱情本就是生命的本身，是人生的题中应有之义，是生活的至乐。人生如果没有了爱情，那就失去了生命的趣味、生活的价值。经历了神学压抑的中世纪，到了文艺复兴以后，禁欲主义受到猛烈的冲击，人的主体意识更加高涨，人性、人权、人欲的合理性更加受到重视，人们越来越注重现世生活的幸福，爱情在人世间的存在日益成为天经地义的事，“不自由，毋宁死”成为很多人爱情追求的最好写照。爱情于诗人而言更是孜孜以求、倍加尊崇的东西，他们在爱情中获得了创作的灵感与激情，热衷于表达形形色色的爱情主题，对传递自身的幽微的爱情感受乐不知疲。很多诗人，比如拜伦、歌德、普希金等，爱情经历十分丰富，每经历一次恋爱，都有一篇甚至数篇佳作问世。在西方，很多诗人的恋爱史就是他的生命史，就是他们爱情诗歌创作的根源和语境，我们完全可以以诗读人、以人解诗，通过其爱情诗歌来感知其真实的生命、情感历程。

就整个人类历史而言，女子的社会地位直接影响了男女之间交往的方式及人们的爱情观。西方人素来有尊重女性的传统，这可以在西方的文学的两大源头——古希腊神话和《圣经》中得到印证。在古希腊神话中，奥林匹斯山十二位主神中就有六位是女性，众神之王宙斯常常化身为可爱的动物以讨得心仪女子的欢心。西方文明中对女性的尊重和重视，由此可见一斑。《圣经》“创世纪”中写到，亚当是耶和华用地上的尘土造成的，夏娃则是上帝取亚当身上的肋骨造成的，“女人是男人的骨中骨、肉中肉”，也就是说女人是神赐给男人的另一种生命形式，是男人生命的延伸。后面还写到“亚当给他妻子起名叫夏娃，因为他是众生之母”，可知夏娃这个名字，是亚当为她起的，而这个名字，也有“众生之母”的意思。夏娃在希伯来文中，与“生命”的字形相近，所以夏娃这个称谓，与生命相关。到了中世纪，基督教盛行，人们崇拜耶稣，崇拜圣母玛利亚，后来对于圣母的宗教热忱渐渐衍化为对于一般女性的尊重。除此之外，在中世纪的骑士文学中，骑士们奉某一贵妇人为自己的精神偶像，甘愿为她们去战斗、去献身，去建功立业，对贵妇人的忠贞爱情是他们出生入死的重要动力源泉。这些骑士精神也深刻地影响了后人对女性的态度，使得女性们拥有了较高的社会地位和个人尊严，同时也拥有了受教育的机会以及一定的恋爱自主权。而在中国，漫长的封建社会是典型的男权社会，在人的价值上长期主张男尊女卑。妇女在家庭中，“未嫁从父，出嫁从夫，夫死从子”，没有独立人格和独立性，也没有地位；在社会上，“妇女无名，以男子之姓为名”，她们连最基本的姓名权都没有，更谈不上有什么社会地位和权利。不仅如此，中国女性在“三纲五常”“三从四德”“女子无才便是德”等伦理观念的长期禁锢下，不得不依附于男性，没有独立性，没有独立的人格，受教育的机会也就更微乎其微。社会对女性的要求就是在爱情婚姻关系中，忍耐、顺从、忠贞于男性，这自然形成了中国传统女性顺从、忠贞的爱情观，“愿得一心人，白首不相离”，“知君用心如日月，事夫誓拟同生死”，“我心倘背白头誓，天地神明请共诛”，等等，表达的都是这种爱情观。所以，中国古典诗词最重要的内容就是歌咏忠贞不渝的爱情，并且爱情情感表达比较内敛含蓄，发乎情也止乎礼义，给人“犹抱琵琶半遮面”、欲说还羞之感。

两相比较我们可以看出，正是西方文化承认男女之间相爱结合乃天经地义之事，所以其爱情观更为开放直露，一旦发生爱情，绝不会扭扭捏捏、遮遮掩掩，而是大胆追求与放声赞美，在诗歌中对爱情的表述才会那么炽热率真，真诚而直接；正是因为西方文明尊重女性，在诗歌中对女性的歌颂才会比比皆是，并且疾风骤雨般满腔激情，热诚而浪漫。

当然，中西方爱情诗风格差异也与其各自不同的审美价值取向紧密相关。中国情诗追求含蓄蕴藉，注重意境的营造，长于寓情于景和言情的婉曲多致、欲语还休；西方情诗崇尚奔放激越，注重主观感受，长于直抒胸臆和表意的爽直率真、淋漓尽致。这也就形成了朱光潜先生在《诗论》中提出的“西诗以直率胜，中诗以委婉胜；西诗以深刻胜，中诗以微妙胜；西诗以铺陈胜，中诗以简隽胜”，各美其美的风格特点。

下编　赏析篇

第五章
情窦初开曲，朦胧羞涩情

一 雎鸠和鸣，情思缠绵
——《关雎》赏析

关　雎

关关雎鸠，在河之洲。窈窕淑女，君子好逑。
参差荇菜，左右流之。窈窕淑女，寤寐求之。
求之不得，寤寐思服。悠哉悠哉，辗转反侧。
参差荇菜，左右采之。窈窕淑女，琴瑟友之。
参差荇菜，左右芼之。窈窕淑女，钟鼓乐之。

《关雎》是一首男子追求女子的情歌，内容很简单：青年男子看到沙洲上的雎鸠鸟，想起了他思慕已久的姑娘，那位少女的形象反复在他脑海中出现，使他魂牵梦萦、寝食难安，他幻想着有一天能与心上人结为永好，成为夫妇，过上和谐美满的幸福生活。

第一章，写青年小伙儿，见到河洲上雎鸠鸟相亲相爱，听到它们一唱一和的鸣叫，心中那根敏感的爱情之弦就此被拨动，自然引起对自己钟情已久的美丽姑娘的无限情思——“窈窕淑女，君子好逑”，那位美丽贤淑的好姑娘，正是自己理想的配偶。

雎鸠，是一种水鸟，朱熹在《诗集传》中说它“生有定偶而不相乱，偶常并游而不相狎”，据说雎鸠雌雄情感专一，形影不离，如果一个死了，另一个就忧思不食，憔悴而死，极忠贞于自己的伴侣。关关，指雎鸠鸟一唱一和的鸣叫声。“关关雎鸠”，写雎鸠鸟鸣，诉诸听觉；听鸟鸣，寻声而望，它们“在河之洲”，诉诸视觉；耳之所闻、目之所及引发心之所思。“窈窕淑女”，是思念的对象——体态窈窕、心灵贤淑的美丽少女。淑，是善的意思，“淑女”，就是秀外慧中、心地良善的好女子；“君子好逑”，表达的是男子强烈的向往，默默的自我祝愿——她是君子的好配偶。短短四句，层次分明，言简义丰。

第二章，率真地写出了小伙子对少女的追慕之心和相思之苦：那位采荇菜的姑娘在水边劳动时的窈窕身影，使小伙子日夜相思，须臾不忘。“参差荇菜，左右流之”，荇菜，一种可食的水生植物，荇菜长得长短不齐，姑娘扭动着那苗条的身子，顺着水流忽而侧身向左，忽而侧身向右地去采摘。少女的天然丽质和熟练优雅的劳动姿态吸引了他，使他长久地驻足河岸，仔细观察少女劳动的每一个细节。不仅如此，姑娘采荇菜的每一个动作都定格在了男主人公的大脑里了，让他回味不尽，以致辗转难眠。他眼前一遍又一遍地回放的是姑娘采荇菜时“流”“采”“芼”那些优美的姿态，想起来心里满满的都是甜蜜。

第三章，写青年男子追求这位美丽姑娘未达目的时的苦闷心境。“寤寐思服”，“寤”是醒，“寐”是闭上眼睛。睁开眼睛，想的是她；睡不着，想的是她；半梦半醒之间，想的还是她。“寤寐”活脱脱写出了男子的爱之深之急切，曲尽其妙；“悠哉悠哉，辗转反侧”，是写他相思之苦已到了长夜不眠的程度。“悠”，即长，形容其夜长不寐时绵绵不断的忧思。“悠哉悠哉”，双双以感叹语气出现的两个“哉”字，着意加重了感情色彩，把长夜无眠、思绪万千以至难耐的相思之苦，都细致幽微地表现了出来。可见这小伙子对姑娘忠贞专一的痴情。

第四章，写小伙子想象美丽的姑娘被他的爱神之矢射中后，他俩亲密和乐相处的情景。由绵长孤寂的忧思突然转向了“琴瑟友之”的欢快。姑娘欢快地采着荇菜，腰肢婀娜，体态动人，小伙子高兴地在她身边弹琴鼓瑟，无比和谐愉快。

琴瑟是两种乐器，二者在一起合奏才能相得益彰，声音更美妙，由于这个特点，古人取之以喻夫妇间的好和、互爱之情。“友”，亲密相爱的样子。朱熹说：“‘友’者，亲爱之意也。”就是指要把妻子当朋友来看，相亲相爱。

第五章，写小伙子想象的在钟鼓声中欢欢喜喜和采荇姑娘成亲的情景。勤劳而美丽的姑娘是小伙子理想的好配偶，他兴高采烈，钟鼓迎娶。他要使她愉悦，他们要共享爱情生活的欢愉。

这无疑是这位正害相思之苦的男子对未来的设想，是他寤寐求其实现的愿望。他彻夜翻来覆去，睡不踏实，越睡不安稳，越是心潮起伏，于是情极生幻。他憧憬着未来的美好爱情生活，想到将来结婚时场面多么热闹，婚后感情多么融洽和谐，生活多么美满幸福。这不啻是个戏剧性的转变，由现实转向了男子的白日梦，以丰富而圆满的想象来替代眼前无可排遣的相思。男子陶醉于自己预想的成功之中，喜不自禁的心理可见一斑，更进一步表现出了男主人公对淑女痴情真爱的刻骨铭心。

从诗中我们可以看到，自打男主人公在河边看到那位采摘荇菜的“窈窕淑女”之后，食不甘味，夜不成眠。男子已深深爱上了那位姑娘，他该怎么办呢？“琴瑟友之”。他想用为姑娘弹琴、唱歌这种办法来接近姑娘，赢得姑娘的芳心。这样想着，仿佛看到自己已经和日思夜想的心上人喜结良缘，婚礼上鼓乐齐鸣，自此他们过上了恩爱甜蜜的幸福生活。这是一种发自真情至性的爱情，纯真而热烈。男女相悦，是人的天性，倾注真爱，付出真情，爱情才会甜美可人。因爱生情，也是人类幸福生活的基础，所以，两情相悦的爱情才会如此令人心驰神往。

《关雎》中的爱情，有思慕，有追求，有向往，既写了对爱情求而不得的相思之苦，但又不陷于低沉哀吟中不能自拔，既深刻细微，又止所当止，表露得平和而有分寸，“乐而不淫，哀而不伤”。其中的爱情情感率真、淳朴、真挚、健康，为后世文学表现爱情这一主题确定了基调——赞美纯情真爱。这首诗颂扬坚贞不渝，倡导两情相悦以及对女性人格的尊重，不愧为《诗经》三百篇之首！

二　在水一方，可望难及

——《蒹葭》赏析

蒹　葭

蒹葭苍苍，白露为霜。所谓伊人，在水一方。

溯洄从之，道阻且长。溯游从之，宛在水中央。

蒹葭萋萋，白露未晞。所谓伊人，在水之湄。
溯洄从之，道阻且跻。溯游从之，宛在水中坻。
蒹葭采采，白露未已。所谓伊人，在水之涘。
溯洄从之，道阻且右。溯游从之，宛在水中沚。

“蒹葭苍苍，白露为霜”，这句诗描绘出了一幅秋苇苍苍、白露茫茫、霜寒露冷的深秋河畔图：那河边茂密的芦苇，颜色苍青，那挂在上面晶莹透亮的露珠，已凝结成白白的浓霜。这两句点明了主人公所处的时间和环境，并暗示出了他彼时彼地的心态：在这样一个寒气袭人、苍凉清幽的深秋清晨，主人公在河畔踌躇、彷徨着，神情焦灼，心绪不宁。他时而静立沉思，时而徘徊叹息，时而翘首眺望，分明是等待着什么——“所谓伊人，在水一方”，原来他是在等待自己思慕已久的“在水一方”的“伊人”。伊人，那人，指主人公朝思暮想的意中人。之前加上“所谓”二字，表明“伊人”是常常被提及，不断被念叨着的。眼前本来是秋景寂寂，秋水漫漫，空旷无人，可由于须臾难忘的思念，他似乎遥遥望见意中人就在水的那一边，于是想去追寻她，以期欢聚。“溯洄从之，道阻且长”，主人公沿着河岸向上游走，去追寻意中人的踪迹，但路途上阻碍重重又漫长遥远。陆路不通，那就从水路径直游渡过去，“溯游从之，宛在水中央”，然而，尽管相距不远，秋水茫茫，思之可及，行之不易，不论主人公怎么游，总到不了她的身边。一个“宛”字，写出了伊人身影的隐约缥缈，表明那是主人公痴迷心境下生出的幻觉。这几句写的是主人公因思见心切，恍惚迷离，如醉如痴，以至心绪飞扬而心生幻觉，伊人若即若离的迷人的身影总是在水的中央，可望而不可即。开篇便由蒹葭、白露与水营造出了一种凄婉迷离的意境，并将主人公在水边徘徊往复，神魂不安的样态摹画了出来。

诗的第二、三章，内容与第一章基本相同，只换了几个词儿。蒹葭由“苍苍”到“萋萋”，再到“采采”，从浓霜覆盖的白花花到霜逐渐淡去后的茂盛苍翠，烘托出主人公心境的凄清与寂寞；白露从“为霜”到“未晞”“未已”的变换，形象地描画出了时间的推移，然而时间的推移并没有带走他一丁点儿的忧愁，反而使他的痛苦迅速蔓延、滋长。同时，这种变换也写出了主人公徘徊的时间之久，不难体会，他独自一人久久地徘徊在清冷索寞的旷野，面对茫茫秋水，等人不见，寻人不着，其心情该是何等焦急和惆怅！

在时光的流转中，主人公逆流而上，顺流而下，“道阻且长”“道阻且跻”“道阻且右”，迂回辗转，种种努力却没有丝毫的靠近。伊人从“在水一方”到“在水之湄”“在水之涘”，从“水中央”到“水中坻”“水中沚”，是“伊人”所在地点的转移。这些地点是如此相似，然而无论是小洲，还是涯岸，都是与诗人隔水相望，近在咫尺却又似乎远在天涯，并且这种距离永远都不可能消弭掉。这些词语都从不同侧面写出了主人公想见伊人的急切心情以及重重困难，同时也表达了他执着而又昂扬的姿态：任何艰难险阻都不能改变他对“伊人”炽烈的爱。

深秋时分，草木摇落，白露成霜，本已清冷；白茫茫的芦荻，空旷辽远，一望无际，更添凄凉。朝思暮想的伊人，是这寒凉中一抹温暖，她仿佛凌波仙子，若隐若现。于是，凄伤哀怨中，却分明又有一股热烈、执着的暖流涌动。寻觅伊人的道路，尽管坎坷又漫长，崎岖难攀登，曲折不可达，然而所有这些，都不曾阻挡追求者追寻的脚步，他时而溯洄，时而溯游，永恒于无尽的寻求中。纵使时光如流水无情逝去，纵使所有的努力都诉诸东流一无所获，纵使耗尽毕生也不能逾越这阻隔，然而初心依旧，痴情不移：执着追求，倾心尽力，亦不畏辛苦；热烈地追求，坦然面对寻找的结果，不抱怨，不后悔，永不放弃，求不得，亦不畏绝望。其情绪怅惘但不绝望，失意但不颓丧，凄伤但不怨怼，自有一种坦然与豁达深沉之美。

“伊人”“宛在水中央”，她真的在水的中央吗？甚至真的有那么一位“伊人”吗？其实，细细品味，这些已经不重要了，直指人心的，是整个诗篇传达出的那种上下求索、求而不得、哀婉惆怅的心境。人生中有太多美好又温情的东西，比如那些倏忽而至又失之交臂的爱情，我们无法把握或难以挽留，无法靠近却又无法放弃，这一种美丽与忧伤，珍藏于我们心灵中最隐秘最温暖的角落，虽一触即痛，却又美丽、丰饶了我们的生命。

三　城隅之约，两情相悦

——《静女》赏析

静　女

静女其姝，俟我于城隅。

爱而不见，搔首踟蹰。

静女其娈，贻我彤管。
彤管有炜，说怿女美。
自牧归荑，洵美且异。
匪女以为美，美人之贻。

《静女》选自《诗经·邶风》，是一首格调活泼优美、诙谐浪漫的爱情诗。诗作以男青年的视角展开，借助戏剧化的场景，写了一对少男少女的恋爱约会，情趣盎然，富有浓郁的生活气息。

全诗共三章，叙述了约会的过程，从约而“不见”，到因不见而睹物思人，再到相见后以荑草相赠。第一章重在写场景，第二、三章重在写心理体验。

第一章，写姑娘约“我”在城墙角落相见，却一直没有出现。开篇用“静女其姝”（我娴静、文雅的姑娘多么美丽）来写恋情的女主角，这句话不仅写出了男子对心上人的赞美更流露出了男子对心上人的倾慕之情。这个姑娘是多么令他感到幸福、满足啊，所以她“俟我於城隅”，“我”该是多么激动、欢愉，多么想立刻就来到心上人身边！简单的叙述，就生动地写出了男子在赴约时的那种不能自已的兴奋、欢欣、幸福之感，甚至有一种洋洋得意之感。男子兴冲冲地赶来，或许是男子急不可耐，早早来到约会地点姑娘还没有到，或许是由于羞涩，姑娘没好意思出现，或者是遇到了什么意外的事情，或者是姑娘变了心而故意失约，总之姑娘没有出现。而“爱而不见”（爱通“薆”，隐蔽，躲藏的意思）是男子对姑娘暂时爽约的猜想——那个女子早已到来，只是见到男子后，却故意找个地方把自己隐藏了起来。由于焦灼不安，于是男子“搔首踟蹰”，抓耳挠腮，四处张望，一筹莫展，原地徘徊。“爱而不见”的猜想、“搔首踟蹰”的动作，既形象地描摹出了男子站立不安、焦灼万分的情形，也写出了他对心上人用情之深。这一章表面写客观场景，但我们却分明能感受到这对相爱的人儿内心的兴奋与狂热。

女子还没有出现，男子焦急而又无奈，百无聊赖的等待过程中，男子拿出了女孩曾经赠给他的定情信物——彤管。“彤管有炜，说怿女美”，这是男子看到心上人给自己的定情物之后的内心感受：它红红的颜色光鲜漂亮，代表着她浓浓的爱意，让我喜爱得不得了！“说怿女美”这句话，语带双关，既赞美女子所赠的彤管，又赞美赠管的人。这个娴静的姑娘如何美貌，我们无从知晓，而彤管给我们传递出了相关消息：能够制作如此美丽彤管的女子，定然是心灵手巧的；能够制作出如此光鲜漂亮的彤管的女子，定然是青春靓丽的。所以，彤管是“静女”的化身，否则，男子怎么会见到彤管就将所有的疑虑、担心都抛到九霄云外而越看彤管心里越高兴呢！

第三章正当这个男子踌躇无奈之时，女子姗姗而来，并赠给男子新的礼物——“荑”，一种田野里常见的植物，初生的白茅嫩芽。原来这个女子在约会的当日还在郊外劳作，一直把男子放在心上，或者在劳作之时，或者在赴会的途中，她看到了一株刚刚露出地面的茅草，不禁为之心动，觉得心上人也一定喜欢它，所以随手采下，小心翼翼地拿来，送给恋人。果然两人心有灵犀，她的恋人发出了“洵美且异”的赞叹。最后一句“匪女以为美，美人之贻”似乎是男子的自言自语，这株草没什么好看，但它是心爱的姑娘的亲手采摘而来，当然就觉得它就是天下最美异的了。

全诗中所呈现的约会场景可谓情趣盎然、生动有趣，所塑造的少男少女形象也格外活灵活现，真实感人。诗通过动作和心理来正面描写男子的性急多情，如“搔首踟蹰”描写他不见心上人时的心急如焚之态，写出了他的多情与憨厚，“说怿女美”“美人之贻”来表现他爱屋及乌的情意缠绵之态，写出了他的淳朴痴情。而对诗中的“静女”没有正面描写，但通过“爱而不见”写出了她的活泼娇憨，通过她“贻我彤管”“自牧归荑”的以物示情的行为，写出了她的美丽娴静、心灵手巧以及多情活泼。这种侧面描写让读者真切地感知到她确实是一个值得追慕的“姝”且“娈”的好女孩！并且，诗中少女之灵秀与少男之憨厚相映成趣，生动呈现出青年男女性格气质互补相得的生命原生态之美。

诗作由静女而彤管，由荑而静女之情，把人、物、情巧妙地融合起来，表现了青年男女热烈而纯朴的恋情，其中传达出的爱情理念也洋溢着青春的美的气息。

就物的层面来看，彤管要比荑草贵重得多，但是，男子虽然喜欢“彤管”，但只是说“彤管有炜”，欣赏的是它鲜艳的色泽，而对来自旷野的普通荑草，男子却由衷地大加赞叹，说它“洵美且异”，并且点明“匪女以为美”，美不是就荑草本身而言，而是因为是“美人之贻”，是心上人亲手采来的，物轻而情意重，看重的是其中所承载的情感、情意——美感由爱意产生，所以，男子由荑草所唤起的美感、爱意也就越发强烈。由此可见，这首诗传达出了一种朴素、纯真的爱情观——真正的爱情不是用物来衡量的，而应该是心与心相印，灵与灵相通，是彼此的思恋与欣赏。

另外，从喜欢彤管对其外在美的欣赏与接纳，到喜欢荑草对姑娘所传递的真情的体察与接纳，我们可以看到，他们的爱情已经超越了对外貌的迷恋而达到了心灵和谐相通的高层次的爱情境界。如此活灵活现、真实感人的爱情，即使对两千年之后的现代人而言，也是令人神往、感叹的。

四　炽热期盼，亦疑亦喜

——刘禹锡《竹枝词·杨柳青青江水平》赏析

竹枝词

刘禹锡

杨柳青青江水平，闻郎江上踏歌声。

东边日出西边雨，道是无晴却有晴。

竹枝词，简称“竹枝”，又名巴渝辞，是流传于渝东一带的民歌，盛行在土家族的先民——巴人的部落里。刘禹锡任夔州刺史时，非常喜爱这种民歌，他学习屈原作《九歌》的精神，采用了当地民歌的曲谱，制成新的《竹枝词》，描写当地山水风俗和男女爱情，生动流畅，富于生活气息。刘禹锡创作了多首《竹枝词》，将竹枝词从巴人民间引入文学殿堂并发扬光大，使之广为传播并大放异彩。其中以本首《竹枝词》最为著名。

这首诗写一位沉浸在初恋中的少女的微妙而复杂的心理感受：她爱上了一个人，可还没有确切知道对方的态度，因此既抱有希望又含有疑虑，既欢喜又担忧。

首句“杨柳青青江水平”是写景，呈现的是少女眼前所见景物，描写出了那位初恋少女此时此刻所处的环境：江边杨柳依依，枝条低垂婆娑，随风飘舞，青翠欲滴；更有春江水暖，滔滔东流，水波潋滟，旖旎平和。春天是恋爱的季节，目之所及，一切景致都是那样的春意盎然、生机勃发，怎能不令人春情飞扬、爱意萌动？这样恬淡清幽的环境，又是多么适合少男少女们谈情说爱啊。这一句，很容易在我们头脑中呈现出这样一个画面：一位情窦初开的妙龄女郎，在明媚的春光下，漫步在杨柳成荫的江边，若有所思，若有所待。所以诗人表面上写江边春景，实际上托物起兴，重在描绘这位豆蔻年华女子的爱情萌动。

春江杨柳，最容易引起人的春情春思，于是很自然地引出了第二句“闻郎江上踏歌声”。此句叙事，写女子所闻。青春少女，美艳如花，悄然而至的春天撩拨着她的心弦，唤醒了蛰伏的青春、沉睡的心灵，对美好爱情的无数期待和憧憬如春花般悄然绽放，如江水般微波荡漾。她渴望理想爱情的早日到来，渴望心上人爱的表达。冥思遐想中，仿佛老天垂怜一般，她忽然听到江上传来郎的歌声。那歌声由远及近，少女早就听出是心仪已久的郎在歌唱。虽未见其人仅闻其声，可以想见，她的心灵必定早已为之震颤不已，心潮也一定是起伏难平。情郎的歌声在江上盘旋，少女的情思也在心间缠绕，多么美妙的爱情感应！

最后两句“东边日出西边雨，道是无晴却有晴”，写女子所思，透露的是她复杂而微妙的内心世界。这两句采用历代民间民歌常用的谐音双关的手法，“晴”和“情”谐音，“有晴”“无晴”是“有情”“无情”的隐语。“东边日出西边雨”，表面是“有晴”“无晴”的说明，实际上却是“有情”“无情”的隐喻。郎的歌声，搅动了姑娘心灵深处的一池春水，使她心旌摇曳，心潮起伏，她想到自己对他一往情深、痴情一片，而他对自己的感情怎么像这春天的天气啊，东边日出阳光明媚，西边阴霾密布，淫雨霏霏，阴晴不定。由于郎还没有明确表态，两人恋爱关系尚未明朗化，姑娘对郎的态度还觉得有些捉摸不定，所以姑娘的心理极不平静，“有情”与“无情”的碰撞使她发出了这样的咏叹。诗人以多变的春日天气来造成双关，以“晴”喻“情”，具有含蓄的美，对于表现女子那种含羞不露的内在感情，十分贴切自然。总之，这两句以含蓄而急切的语句道出了女子内心的忐忑与犹疑，同时也生动地传达出了少女炽热的爱情期盼和多愁善感的恋爱情怀，让我们真切地感受到了少女初恋情怀中的百般滋味，有羞涩、有痴情、有猜疑、有迷惘、有企盼，等等，言简而义深。

刘禹锡的这首《竹枝词》，语言流畅自然，情调淳朴和谐，如同一幅清新美丽的风俗画，秀美诱人。同时诗人细腻地展示了少女初恋中的复杂感受，蕴涵着丰富的情感内容，韵味醇厚，令人品咂不尽，味之无穷。

五　偶遇爱情，灵犀相通

——李商隐《无题》赏析

无　题

李商隐

昨夜星辰昨夜风，画楼西畔桂堂东。
身无彩凤双飞翼，心有灵犀一点通。
隔座送钩春酒暖，分曹射覆蜡灯红。
嗟余听鼓应官去，走马兰台类转蓬。

于千万之中遇见你想遇见的人，这样的爱情，是人们梦寐以求的人生大幸，然而在李商隐的《无题》中，他巧遇了这种幸运，升华了其中的美妙，但同时又向我们诉说了一种错失的无奈与哀伤。

“昨夜星辰昨夜风，画楼西畔桂堂东”，在繁星满天、凉风习习的昨夜，在画楼和桂堂之间，诗人出席了一次普通的官场夜宴。如果仅仅是一场官场中人的应酬夜宴，它于天性敏而多思的诗人而言，与其说是一种消遣不如说是一种折磨，因为那些喧嚣热闹是别人的，自己格格不入，只能让自己倍感孤独。然而这场夜宴，他经历了一场精神的艳遇——遇上了灵犀相通的爱情。昨天的那场宴会就具有了荡气回肠的意义，那灿烂的星光，那微凉的夜风，都充满着浪漫的诗意和温馨的气息。“画楼”，彩绘华丽的高楼，“桂堂”，用桂木构筑的厅堂，一切都充满着美好与温情。首联中作者并未直接写两人之间相会时的情事，而是通过星辰微风，画楼桂堂这些外部景物表明两人相遇时的浪漫温馨的氛围。然而诗句中的美好的自然景物前诗人连用两个“昨夜”，这并非是简单的词语重叠，这两个词一下子就把上面的美好变成了一个遥远的过去，强调它们都像那已然逝去的星辰和微风。所以，透过精美的画面，我们感受到的是一股浓郁的难以言表的感伤之情，这也奠定了全诗的感情基调。

颔联“身无彩凤双飞翼，心有灵犀一点通”，承接首联的感伤情调，写诗人和意中人心意相合却无奈分离的哀伤。“彩凤”即有彩色羽毛的凤凰，凤凰，是传说中的神鸟，为百鸟之王，羽毛华美，雄为凤，雌为凰。“身无彩凤双飞翼”，凤凰的双翼不仅斑斓华美而且能让它们自由翱翔于天地间，所以自身没有那辉煌灿烂的凤翼是多么让人遗憾、悲伤的事情。“灵犀”，传说犀牛是灵异之兽，角上有条白纹，直通大脑，感应灵敏，神奇通灵，所以称灵犀。“心有灵犀”，也就是情投意合、两情相洽。令人生厌的宴席之上，正在百无聊赖之时，忽然遇到这样一位与自己心有灵犀的感应的女子，诗人的心底瞬间被照亮，生命活力瞬间被激活，一种发自内心最幽深之处的惊喜被点燃，欣慰、喜悦充满了心间。诗人把“身无”和“心有”即身体之明无而心灵之暗通对举，用身无之遗憾衬托心有之幸运，在感叹之余，又表明诗人对于逝去的昨夜温情的态度：虽然我们无法摆脱现实中的种种负担冲破阻力走到一起，但是我们却始终能够心意相合。“身无”“心有”以退为进，先退后进，将诗人对于这段相爱却难以相守的感情的态度表现得淋漓尽致，同时表明了诗人对于这段美好感情的珍视。此联用字精细，比喻新奇，将诗人的内心表现得细致入微，成为千古名句。

颈联“隔座送钩春酒暖，分曹射覆蜡灯红”，诗人更加细致地回忆了两人相处时的场景。宴席上，大家都在做游戏，诗人与那女子也参与其中。因为有了心有灵犀的前期铺垫，才有两人借助游戏有意地在行为上有所表达。“隔座送钩春酒暖”，“送钩”是当时宴席上的一种游戏，把钩互相传送后，藏于一人手中，令人猜，不中者罚酒。“隔座送钩”是说两人隔座而坐，在接到酒钩后故意传给女子。“春酒暖”是说诗人在游戏中被罚了酒，非但不懊恼，反而觉得酒是暖的。一个“暖”，写活了被爱情之光照耀的心灵感受。“射覆”，也是一种酒桌上的游戏，在覆器下放着东西令人猜，猜不中者罚酒。“蜡灯红”与上句“春酒暖”一脉相承，不仅表明了宴会上热闹、融洽的欢乐氛围，同时也表明了诗人此时能够得遇意中人的激动和喜悦之情。“红”字点出诗人被爱情笼罩时的心灵底色，洋溢在他心头的是热度与活力。但在阅读这欢乐的诗句时候，仔细咀嚼，却能体会到一种凄凉和悲伤，为什么呢？那宴会如此美妙，似乎还能感到酒的温暖、灯的明亮，但这一切都已经是昨夜的事情了，欢乐已成过去，如今徒剩遗憾与凄凉，而昨夜之欢乐越美好，今日之伤感就越浓重。

尾联“嗟余听鼓应官去，走马兰台类转蓬”，回到现实，诗人只能“听鼓应官”“走马兰台”，良辰美景、赏心乐事只能成为回忆，片刻的温情之后，应官而去的鼓声响之时，诗人不得不从那悸动欢喜的状态中返回到残酷的现实中。“转蓬”是飘飞的蓬草，比喻诗人漂泊无定的生活，“类转蓬”就是诗人的现实状况，像蓬草那样在茫茫浮世中随风起落，漂泊无依，寻不到自身的价值。诗人由原来对昨夜温情的回忆，转为对因现实残酷而无奈分离的慨叹，同时也流露出诗人对于如转蓬般漂泊身世的自伤之感。现实的残酷与昨夜的柔情对照，使诗人心中的痛苦更加浓重。

李商隐人生跌宕起伏，爱情经历也是一波三折，在这首无题诗中，他记录了自己偶遇的但已然错过的一段美好的爱情——起于朦胧之中爱情的烟霭，轻易地被现实的冷风无情吹散，抒写出了内心那份无奈与伤痛。

爱的错失，是诗人不够勇敢，更是现实太过残酷。然而面对现实诗人除了无奈地嗟叹与回忆外，又还能做些什么呢?

六　佯嗅青梅，顽皮羞怯

——李清照《点绛唇》赏析

点绛唇

李清照

蹴罢秋千，起来慵整纤纤手。露浓花瘦，薄汗轻衣透。

见有人来，袜刬金钗溜。和羞走，倚门回首，却把青梅嗅。

“蹴罢秋千，起来慵整纤纤手”，荡罢了秋千，慵懒地站起身来活动一下刚才因握秋千吊绳而麻木的这一双纤纤细手。词作并没有写荡秋千的过程，而是直接从少女荡完秋千后的神态、动作入手，借此间接展现此前荡秋千时活泼欢乐的场景，别开生面，引人遐思。“蹴”即“踢、踩”之意，此处是指“我”以脚蹬地，借力向高处荡去的动作，表现了一个调皮少女活泼好动的性格特点。“蹴”字比“荡”字动作幅度更大，后者展现的是动作轻缓、悠悠然摇荡秋千的场景，心情舒畅时可为之，压抑低落时亦可，荡秋千之人可以是端庄持重的大家闺秀，也可以是童心未泯的花甲老人；而“蹴”字则不然，“蹴”突出力度，荡秋千之人乃是以脚用力蹬地来让自己荡得更高更远，这就把主人公的形象限定为大胆活泼、天真好动的少女。而且，其荡秋千的愉悦心情是随着一次次挑战而欢欣跃动并逐渐达到顶点的，“慵整纤纤手”一句则进一步回扣、印证了这一特点。“慵”字表现游戏后的疲劳、倦怠之神态，显然，这是方才荡秋千时全力投入其中，精力过度消耗所致。只有孩子才会这样陶醉于游戏之中、不计后果地尽情玩耍，一个“慵”字足见主人公的调皮率真、好动可爱。此外，主人公荡罢秋千，需要揉捏、活动纤纤玉手，表现了其荡秋千时间之长，不玩个尽兴不罢休，进一步凸显其青春活力，深化了人物形象。“纤纤手”则是以局部反映整体，用手的纤细修长来影射这双手的主人肤如凝脂、容颜姣好。词人对“我”荡秋千的场面不着一字，但行文至此，调皮活泼的少女形象、充满欢声笑语的游戏过程都已跃然纸上。

“露浓花瘦，薄汗轻衣透”，点明了荡秋千的时间与结束后的状态。在这个露珠浑圆饱满、晶莹璀璨，花朵羞涩合拢、尚未绽开的夏季清晨，“我”因忘情地荡秋千嬉戏而出了一身薄汗，湿透了身上又轻又薄的纱衣。“露浓”“花瘦”“轻衣”点明了荡秋千的时间乃是夏季的清晨，“我”在这样一个清凉的早晨却是汗水打湿了衣服，侧面突出了方才游戏时“当其得意，忽忘形骸”的投入与喜悦。以“瘦”来描摹清晨时花儿尚在沉睡、苞朵未放之态，不仅把花苞写得极具灵性，同时暗喻“我”如这花儿一样，形体纤瘦、轻盈窈窕，侧面烘托人物形象。“薄汗”区别于淋漓大汗，既表现了少女的活泼顽皮，又不至于破坏其美丽形象，使整首词的画面不失美感。微微细汗竟然湿透了轻软的薄衣，那么，出汗一定是连续的且持续了一段时间，由此可见其荡秋千之久，进一步回扣前文。

“见有人来，袜刬金钗溜”，下片转而写少女避人的一系列动作。方才荡罢秋千正累得不愿动弹，忽然看见有人来了，“我”光着袜子来不及穿鞋就急忙溜走，头上的金钗也在慌忙中滑落发髻。“袜刬”是指来不及穿鞋子，只穿着袜子走路。“金钗溜”是指荡完秋千后，头发松散，金钗在仓促回避中滑落发髻。本句截取头部和脚部上下两个细节，以细腻的笔触展现了“我”游戏后略带狼狈之态，这也正是“我”要急忙避客的原因。

“和羞走”一句简明扼要地概括出了“我”快步逃走时的动作与微妙心态，不是害怕，亦不是厌恶，而是害羞，暗示了来的客人可能是一个风度翩翩的美少年，抑或是“我”的心上人。“我”现在薄汗湿衣，头发凌乱，甚至连鞋子都没有穿好，怎能让他看见？此句于动作中窥见其心态，表现了一个少女想在心仪的异性面前保持良好形象的心理。“倚门回首，却把青梅嗅”，明明已经疾步离去，却又在将要进门时停了下来，倚门回首，佯嗅青梅。一连串的动作描写细致入微地表现了一个情窦初开的青涩少女的矛盾心理。既倚门回头，则是想趁此机会多看他几眼，同时也希望这心仪的来客看见自己，这种既怕他看见又渴望被发现的复杂心情正是此时少女心理活动的最真实反映。从“回首”“嗅青梅”这两个动作来看，女主人公仿佛无意闯入来客的视野，实则是其有意为之，手把青梅、低头细嗅也是醉翁之意不在酒。这种幼稚可爱的举动使女主人公的性格在羞涩腼腆之外有多了一份调皮慧黠，人物形象更加饱满立体、亲切感人。“青梅”即青色梅子，青梅这一意象不仅是女主人公借以掩饰情感的工具，也是女主人公的化身，起到了补充人物形象的作用。与金黄肥美的黄梅不同，青梅体态纤瘦，晶莹玲珑。黄梅代表的是成熟优雅、端庄娴静的大家闺秀，而青梅则象征像女主人公一样，有着青涩朦胧之爱意和俏皮灵动之性格的活泼少女。此外，李白在《长干行》中以“郎骑竹马来，绕床弄青梅”来表现两小无猜的纯真感情，词人在此处引入“青梅”这一意象或许也正是暗喻“我”与来客之间也有着这种纯真诚挚的爱恋。

词作用字极简而情感颇丰，不直言情感却处处有情，其语言精致凝练、其情感含蓄隽永。上片通过女主人公荡完秋千后的一系列神态与动作使她荡秋千的过程栩栩然浮现在读者眼前，表现了她天真活泼、调皮贪玩的性格特点。下片通过写见客来、疾步躲避、倚门回首、佯嗅青梅的一系列动作，表现了少女害怕心仪来客看见自己荡完秋千的狼狈之态，却又渴望引起他的注意的矛盾复杂心态，凸显了其朦胧羞涩的感情特点，读完令人不自觉地爱其调皮，感其纯真。

七　刹那相逢，永恒爱恋

——徐志摩《偶然》赏析

偶　然

徐志摩

我是天空里的一片云，
偶尔投影在你的波心——
你不必讶异，
更无须欢喜——
在转瞬间消灭了踪影。

你我相逢在黑夜的海上，
你有你的，我有我的，方向；
你记得也好，
最好你忘掉，
在这交会时互放的光亮！

爱情，这个美妙的字眼，她曾悄悄拨动过多少少男少女的心弦，唤醒他们萌动的青春，沉睡的心灵——这就是初恋，如晨曦初现、如嫩蕊初绽般的悄无声息却又令人怦然心动。

“我是天空里的一片云，偶尔投映在你的波心”，诗的开端，就点出了恋情的双方——云与水。云，洁白、飘逸、浪漫、洒脱；水，灵动、纯净、娴静、缠绵。“我”如高空中飘荡的白云，心性纯洁，心绪高远，不期其然而然地与你相遇，投影在同样空灵的“你”的心田，使你心波荡漾，激动不已。“偶尔”，暗含着一种意料之外的欣喜——高山流水遇知音。然而，作者笔锋一转“你不必讶异，更无须欢喜”。“讶异”“欢喜”，是对恋爱中人心理感受的细致刻画：一见倾心起始于无比惊讶，惊讶于对方的可人，继之以无限欢喜，然而一句“不必讶异”“无须欢喜”转而极力抑制这种欢欣的势头，不得不让这急速升温的爱恋快速冷静下来——你不要为知己的突然出现而惊讶、诧异，更不必为它欢呼、欣喜，因为我“转瞬间消灭了踪影”。正因为“我是天空的一片云”，行踪缥缈不定，“投影在你的波心”只不过是偶然，注定不会长久，它很快会“消灭了踪影”。“你我”注定是彼此生命中的过客，“我”注定要在“你”的生命中消失，不会停留。既然如此，面对“你我”的相遇，“你”就不必过多地倾注自己的情感。为什么“不必讶异，更无须欢喜”？倾注自己全部的感情，流连忘返于此又如何呢？只能是更为失落罢了。诗人看似通达洒脱，几多心酸、几多无奈、几多惆怅却溢满字里行间。诗人以自己豁达、超脱的人生襟怀告诉我们：爱情有特定时间、特定环境的限制，要受客观条件的制约。漫漫的人生旅途中，有着无数的美好的人生偶遇，但又往往是昙花一现，过多的驻足，将会错过更多更美的人生风景。

在第二节，诗人继续倾诉衷肠。“你我相逢在黑夜的海上”，在“黑夜的海上”这一特定的情境中，正被浓浓的黑暗、沉沉的孤独围绕的我们偶然相遇了，并迸发出爱的火花。这火花照亮浓重的夜幕，也照亮了彼此的心灵。

然而“我”是飘忽不定的浮云，四处漂泊停不下匆匆的脚步；而“你”是那柔情满怀的水，即使“波心荡漾”却不能随云自由自在地漫天云游，“我们”各自有各自的生命轨迹，各自有各自的存在意义。所以，尽管“我们”彼此交会并照亮彼此的心灵，却有缘邂逅无缘结合。从“投影”到“互放光亮”，两个孤独的人，两颗孤寂的心，在浓浓的夜色中，在茫茫的大海上，萍水相逢却彼此倾心，相互抚慰，成为知己、知音，从两情相悦到两心相印，这是何等美丽、浪漫的人生际遇。然而“你有你的，我有我的，方向”，各自不同的人生轨道注定我们只能擦肩而过。在这里，诗人对爱的渴望与爱而不可得的遗憾跃然纸上。继而，作者的笔锋又一转，“你记得也好，最好你忘掉”，“也好”“最好”，用语极其简单却蕴含着诗人极其曲折的心态、细致入微的情意，诗人虽然说“最好你忘掉”，但诗人此时的语气并非决绝、不留余地，所以，我们从中咀嚼出了一种无奈，他对对方还留有希冀，也希望对方不会忘记这段生命中的美好记忆。所以诗人是在劝慰对方当然也是安慰自己：最好还是忘掉这有缘无分的邂逅吧。诗人故作豁达的“自欺与欺人”，透过表层，我们分明能看到诗人的怅然与无奈，也分明能感受到这样的意蕴：永不忘记“我们”“交会时互放的光亮”！

人生充满了偶然，可以说就是有许许多多偶然连缀而成。是那些意想不到的、不期而然的相遇，给了我们的生命以无尽的选择，当然也给了我们无尽的遗憾。而爱情，需要我们用岁月赐予我们的成熟来连缀，我们要安然于一份放弃，固守一份淡泊与超脱，珍藏那些生命中哪怕是刹那间的美好，让它们成就生命的美丽与灿烂。

八　孤独寻觅，执着追求

——戴望舒《雨巷》赏析

雨　巷

戴望舒

撑着油纸伞，独自
彷徨在悠长、悠长
又寂寥的雨巷，
我希望逢着

一个丁香一样的
结着愁怨的姑娘。

她是有丁香一样的颜色，
丁香一样的芬芳，
丁香一样的忧愁，
在雨中哀怨，
哀怨又彷徨。

她彷徨在这寂寥的雨巷，
撑着油纸伞
像我一样，
像我一样地
默默彳亍着，
冷漠，凄清，又惆怅。

她默默地走近，走近，又投出
太息一般的眼光，
她飘过，像梦一般地，
像梦一般地凄婉迷茫。

像梦中飘过
一枝丁香地，
像我身旁飘过这个女郎；
她静默地远了，远了，
到了颓圮的篱墙，
走尽这雨巷。

在雨的哀曲里，
消了她的颜色，
散了她的芬芳，

消散了，甚至她的
太息般的眼光，
丁香般的惆怅。

撑着油纸伞，独自
彷徨在悠长、悠长
又寂寥的雨巷，
我希望飘过
一个丁香一样地
结着愁怨的姑娘。

《雨巷》是戴望舒的成名作，发表在一九二八年的《小说月报》，他也因此荣获了“雨巷诗人”的桂冠。全诗以优美而低沉徐缓的语调，抒发了诗人极端忧伤和追求无着的痛苦的单恋之情、失望之情。

诗人开篇就以抑扬顿挫的慢板节奏，开始了自己的爱情咏叹——诗人一个人在雨巷中独行，希望邂逅一位姑娘并由此开始一段美丽的爱情故事。

“撑着油纸伞，独自/彷徨在悠长、悠长/又寂寥的雨巷/我希望逢着/ 一个丁香一样的/结着愁怨的姑娘”。“油纸伞”是比较古典的日常用具，“撑着油纸伞”便具有了一种优雅、复古、怀旧的韵味，而撑着油纸伞在寂寥的雨巷独行，自然平添了一种冷漠、凄清的氛围。“雨巷”由“雨”和“巷”两个意象构成。雨是细雨，连绵迷蒙，阴雨连绵让人很容易产生伤感；巷是小巷，狭窄残破，悠长僻静，让人感到孤独、寂寞。这样，“雨巷”就构成了一个诗人行动的一个阴郁、空寂的时空背景。此时的雨巷，空无一人，一路走来，满满的都是孤独。而“我”独自徘徊在“寂寥的雨巷”，唯一的希冀就是“希望逢着/一个丁香一样的/结着愁怨的姑娘”。“丁香”之名，因花筒细长如钉且香而得。丁香花花序硕大，花色淡雅，花香而不轻佻，但容易凋谢，是美丽、高洁、柔弱的象征。丁香花因为开花在暮春时节，诗人们对着丁香往往产生伤春之情，说丁香是愁品。丁香结，即丁香花的花蕾，是我国古典诗词中常见的一个意象，有比较固定的寓意，常用来象征人们的愁心，寓意为愁肠百结。李商隐的《代赠》诗中就有过“芭蕉不展丁香结，同向春风各自愁”的诗句，南唐李煜的《浣溪沙》里也有“青鸟不传云外信，丁香空结雨中愁”的诗句，都是用来表达无尽的忧愁和迷茫。戴望舒受古典诗词的影响，诗中“丁香”集美丽、高洁、愁怨于一身，而雨中的丁香更是增添了许多的愁怨和凄美。“丁香一样的姑娘”是作者理想中的恋人形象，诗人赋予她以“丁香”的品质：纯洁美丽、多愁善感而又冷漠高傲、心性高洁。

接下来，诗中出现了一段诗人的内心独白：“我希望逢着/一个丁香一样的/结着愁怨的姑娘。”这个“丁香一样的姑娘”并非现实世界中的真实人物，而是诗人幻想出来的，他希望碰上的一个理想的恋人。这是一个什么样的姑娘呢？诗中接着写道：“她是有/丁香一样的颜色，丁香一样的芬芳，丁香一样的忧愁，在雨中哀怨，哀怨又彷徨。”作为理想中的恋人，诗人心目中的形象诉诸笔端，诗中的“丁香一样的姑娘”是那样地虚幻、缥缈，同时也是那样地楚楚动人。她在这“寂寥”的雨巷中“哀怨”“彷徨”，“像我一样”，姑娘有着高贵的、忧郁的精神气质，恰恰与诗人忧郁的精神境界相契合，或者说她正是诗人忧郁气质的投射。可见，诗人是在寻觅一位灵犀相通的知己，一位可以给予自己孤独寂寞的心灵以慰藉的知音。

一段发生在雨巷中的短短的爱情邂逅故事在诗人的幻想继续展开。姑娘如诗人所愿，出现在这雨巷之中：“她彷徨在这寂寥的雨巷，撑着油纸伞/像我一样，像我一样地/默默彳亍着，冷漠，凄清，又惆怅。”姑娘所有的一切，从撑着油纸伞到举止步态到神情心态都“像我一样”，显然，姑娘的出现是诗人的心中的期待和渴望的外化。气质如此相近，心意如此相通，又同样地凄清、惆怅又孤独的两个青年男女，在悠长又寂寥的雨巷中相逢，会发生什么呢？会一见钟情，缘定终身吗？我们期待着美好爱情的自然发生。然而，诗中接着写道：“她静默地走近，走近，又投出/太息一般的眼光，她飘过/像梦一般地，像梦一般地凄婉迷茫。”这时候，“我”应当是满心欢喜，充满期待的——毕竟，姑娘来了！而且越来越近，读者似乎可以听见诗人按捺不住的心跳声，但接着我们发现，读者所预想的并没有发生，她并没有停留下来，甚至没有向诗人打招呼，而是“投出太息一般的眼光”，这是一个微小的却足可以将诗人的火热的心抛入冰窟的动作。诗人在此再也按捺不住自己的失望了，他将姑娘的下一个动作——擦肩而过，描述为“飘过”，并且点出了自己的内心感受——“像梦一般的凄婉迷茫”。难道一切的期待仅仅是一场苦涩的梦？

两位心灵相通的青年男女在雨巷中不期而遇后，竟然又失之交臂，这是多么令人遗憾的事啊！可以想见，诗人该是何等痛心！“像梦中飘过/一枝丁香地，我身旁飘过这女郎；她静默地远了，远了，到了颓圮的篱墙，走尽这雨巷。”当女孩从“我”身边走过，爱满满地堆积在心头却难以开口，注定了“我”只能在恋恋不舍而又深感无奈的情绪状态中，目送着“丁香一样的姑娘”在雨巷中渐行渐远。“颓圮的篱墙”是诗人想与“丁香姑娘”相聚相守这一爱情理想破灭的象征。这里表现出的有诗人追求而不得的痛苦，但更多的是惋惜、留恋之情，所以诗人的目光才一直追随着“到了颓圮的篱墙”。透过诗句，我们仿佛能看到诗人痴痴地目送丁香姑娘远去那依依不舍的目光以及他凄婉迷茫的神态，能够体会出诗人浓重的迷惘和幻灭感以及其内心深处那种浓浓的孤独感和对爱的无助感，也更能体会到他心头那无限眷恋的深情与痴情。

“丁香姑娘”终于消失在雨巷的尽头。但这时的诗人还是处在魂不守舍的状态中，即使不能再看到“丁香姑娘”，他还是在感受着“丁香姑娘”遗留在雨巷的颜色和芳香，并为这种颜色和芳香的不断消散而伤感不已，“在雨的哀曲里，消了她的颜色，散了她的芬芳，消散了，甚至她的/太息般的眼光，丁香般的惆怅”。诗人的感伤到了这里再也难以遏抑，原本含蓄的感情倾泻而出——“像梦中飘过一枝丁香的，我身旁飘过这女郎”，再一次点出了自己对于爱的期待其实归根到底就是一场梦！并将“消散”二字拆用又合用：“消了她的颜色，散了她的芬芳，消散了，甚至她的太息般的眼光，丁香般的惆怅。”强调一切的梦都“消散”了，那个两情相悦之梦已经如镜花水月一般了，而那个令“我”神伤的“太息般的眼光”甚至也消失了。多么令人心碎的结局！

在这里，现实和梦幻的界限已经很模糊，一切都处于朦胧、恍惚状态。诗人一个人呆立在雨巷中，久久地回味着刚才与“丁香姑娘”相逢时所感受到的她的色彩、芬芳，甚至她的满含叹息和惆怅的目光。在诗的最后，我们看到，在“悠长又寂寥的雨巷”中，又只剩下了诗人在独自彷徨——“撑着油纸伞，独自/彷徨在悠长，悠长/又寂寥的雨巷，我希望飘过/ 一个丁香一样地/结着愁怨的姑娘”。在诗的这个结尾，诗人似乎又将诗的开头所出现的那个镜头又重放了一遍。首尾两节的词句几乎全部相同，只是将其中的“（我希望）逢着”改成了“（我希望）飘过”，却将诗中所渲染的那种理想破灭而又无法挽回的苦闷、哀怨而又无奈、惆怅的情感又加深了一层，使人不由随之惆怅、叹惋。并且，与开头一样，两个“悠长”连用，既表明了这雨巷悠长曲折，似乎永无尽头，又表明了诗人的惆怅伤感永无尽头、挥之不去。“我希望飘过”，多么神伤又饱含深情与执着的话语，它明白无误地告诉人们：即使碎梦，“我”也要坚守；即使“你”没有对“我”的爱，“我”也依然“希望”着！

戴望舒的女儿戴咏素曾说：“我表姐认为，施绛年是‘丁香姑娘’的原型。施绛年虽然比不上我妈以及爸爸的第二任太太杨静美貌，但是她的个子很高，与我爸爸一米八几的大高个儿很相配，气质与《雨巷》里那个幽怨的女孩相似。”施绛年是文学家施蛰存的妹妹，而诗人写这首诗时，正避难于施蛰存家中。性格内向并因自己的“麻脸”而深感自卑的诗人与施绛年的恋爱是从单恋开始的，当时他内心狂热却羞于表达，而施绛年对他有的只是尊重而没有爱情。在走出艰难的第一步之后，他的表白遭到了拒绝。由此《雨巷》所传达的患得患失，寤寐思之之情就不难理解了。

不管怎样，那细雨迷蒙中悠长的雨巷，那丁香一样的结着愁怨的姑娘，那怀揣爱的期待踽踽独行、彷徨求索的诗人，那太息般的眼光、丁香般的惆怅，已经走进了千千万万读者的内心。诗人对爱情孤独寻觅、执着追求的感伤与执着，业已打动千千万万寻求真爱的读者的心灵。这首《雨巷》恒久地散发着爱的魅力与光芒，并且历久弥新。

九　欲言难言，愁思绵远

——戴望舒《烦忧》赏析

烦　忧

戴望舒

说是寂寞的秋的清愁，说是辽远的海的相思。
假如有人问我的烦忧，我不敢说出你的名字。

我不敢说出你的名字，假如有人问我的烦忧。
说是辽远的海的相思，说是寂寞的秋的清愁。

这是戴望舒的一首非常简短的小诗，全诗仅八句，分为两节，第二节回环反复了第一节的文字内容，也就是，全诗总共四句话，采用 ABCD—DCBA 上下两节式的结构布局，简洁明了，别具一格，读来令人耳目一新。

诗的题目是“烦忧”，烦忧是一种情绪体验。人的情绪是客观环境在多大程度上满足人的主观需求而产生的相应心理反应，所以，烦忧是因为外在条件不能满足人的内心需求导致心理失衡而产生的一种烦恼、忧愁之类的消极情绪。人的各种情绪往往可意会却难以言传，所以某种程度上说，语言是情绪表达的坟墓。而戴望舒以自己卓越的语言驾驭能力，将自己心头萦绕的烦忧借助语言化作涓涓细流，流进了千千万万读者的内心，引发了广泛的共鸣。

烦忧是一种抽象的心理体验，诗人一开篇就连用两个比喻加以形容，“说是寂寞的秋的清愁/说是辽远的海的相思”。秋天万象衰残，满目萧瑟，人极易产生感伤情绪，所以，悲秋也是古典诗词中常见的情感，比如，《楚辞·九辩》中的“悲哉！秋之为气也。萧瑟兮，草木摇落而变衰”，杜甫的“万里悲秋常作客，百年多病独登台”，李煜的“寂寞梧桐深院锁清秋”，柳永的“更那堪冷落清秋节”，等等。戴望舒继承了这一传统，说自己的愁绪是“寂寞的秋的清愁”，是孤独寂寞的，是清冷感伤的，是丝丝缕缕、清清淡淡的。接着诗人说自己的相思之情是“辽远的海的相思”。大海，浩渺无边，波涛汹涌，连绵不断，与诗人的相思的深沉厚重、起伏动荡、绵延不绝何其相似。海一样的相思读来已让人十分伤怀，加上“寂寞”，加上“辽远”，便把诗人落寞无奈与欲罢不能的相思之情展示得更为深刻细致，读来一种被思念所吞没、令人断肠般的感觉便油然而生。然而在这愁肠百结、孤独寂寞的煎熬中，诗人突然想：“尽管我极力掩饰，把它深埋心底，但是它过于强大，一定会被别人发觉到，那当别人问起我为何烦忧，我将怎样回答呢？是和盘托出，把一腔愁绪全部告诉对方，还是讳莫如深，紧紧瞒住？我何去何从呢？”一般而言，倾诉尤其向身边的朋友倾诉，是疏解心头烦忧的最便捷、有效的方式。然而尽管诗人愁绪满怀，也不乏关心自己的朋友，他还是选择了隐瞒，因为“我不敢说出你的名字”。这“不敢”二字实在是确切地表达了作者的矛盾心态，且把读者引向无穷的遐想之中，活画出了作者心中刻骨的思恋、激烈的斗争和那种“欲说还休”的滋味。这烦忧的根源都因一个“你”，并且到了连你的名字都不敢提及的程度。为什么不敢说出你的名字，诗人没有提及，但每一个坠入爱情的人大概都会有这样的体会，将深爱的人珍藏在心中最安静的角落，眼前经常浮现的、梦中经常出现的都是他（她），乃至听到他（她）的名字心都会震颤不已，他（她）的名字也会因他（她）而变得圣洁无比，越是痴情深情，越是珍视，越会将小心包裹，仔细珍藏。诗人也应该是这种体验吧。

这四句诗，诗人语调极其舒缓，但我们却能真切地感知到，他内心的相思之情是那样意味深长，又是那样强烈迫切。

诗的第二节并没有增添任何新的内容，文法倒拈，成为第一节的回文。唐代吴兢《乐府古题要解》释义云："回文诗，回复读之，皆歌而成文也。"可见，回文诗是一种按一定法则将字词排列成文，回环往复都能诵读的诗。这首诗可以看作一种回文诗。这首回文诗诗句不是简单的重复，更不是故弄玄虚，而是用这种巧妙的回环体形式，来表达内心相思之情的络绎不绝、萦回往复以及日益汹涌，并且在表达的情感内容上有了进一步的拓展。诗人接着诉说着上节的核心问题，也是自己忧愁的核心根源——"假如有人问我的烦忧/我不敢说出你的名字"。那么如果真的有人问时又该如何回答呢？"说是寂寞的秋的清愁/说是辽远的海的相思"。这里的"说是"二字应理解为"推说是"，是一种推脱之辞，诗人还是不想直接说出"忧愁"的所以然来。对诗人来说，寂寞的秋和辽远的海的情景氛围是"我不敢说出你的名字"后最强烈的心理感受。由此可见，诗人烦忧的真实原因来自爱情的追索，是"我"用情太深，而"你""我"之间爱情的扑朔迷离引发了"我"心底无尽的烦恼与忧愁。继续用寂寞的秋和辽远的海作比，将诗人那欲言不言、愁绪朦胧的情绪体验，表达得更加哀婉悠长，令人心颤不已。

这首小诗第一节先描绘"愁""思"之状，然后点明自己在爱情追求中犹豫和胆怯的原因；第二节则先点明因自己的犹豫和胆怯而倍觉"烦忧"，再描摹自己的"愁""思"之状。读来给人一种这样的感觉：诗人苦苦挣扎，意欲逃避、摆脱这种因爱而起的烦恼和忧伤，但兜兜转转，无济于事，反而徒增烦恼。

总之，这首小小的《烦忧》，既写出了诗人用情之深，又写出了诗人心意的徘徊缱绻，把诗人对爱情的痴恋和爱而不得的痛苦表达得细腻、深沉，感人至深。

十　暗恋如蛇，轻灵寂寞

——冯至《蛇》赏析

蛇

冯至

我的寂寞是一条长蛇，
冰冷地没有言语——
姑娘，你万一梦到它时，
千万啊，莫要悚惧！

它是我忠诚的侣伴，
心里害着热烈的乡思：
它在想着那茂密的草原——
你头上的，浓郁的乌丝，

它月光一般轻轻地，
从你那儿潜潜走过；
把你的梦境衔了来，
像一只绯红的花朵！

1987年6月4日，冯至在联邦德国国际交流中心“文学艺术奖”颁发仪式上的答词中说：“1926年，我见到一幅黑白线条的画（我不记得是毕亚兹莱本人的作品呢，还是在他影响下另一个画家画的），画上是一条蛇，尾部盘在地上，身躯直立，头部上仰，口中衔着一朵花。蛇，无论在中国，或是在西方，都不是可爱的生物，在西方它诱惑夏娃吃了智慧果，在中国，除了白娘娘，不给人以任何美感。可是这条直挺挺、身上有黑白花纹的蛇，我看不出什么阴毒险狠，却觉得秀丽无邪。它那沉默的神情，像是青年人感到的寂寞，而那一朵花呢，有如一个少女的梦境。于是我写了一首题为《蛇》的短诗。”在这首诗中，诗人匠心独运，将青年对爱情“寂寞”而纯情的向往用“蛇”这一独特意象来表达，独树一帜又别具风味。

诗歌的开篇就将“我的寂寞”比作“一条长蛇”，蛇是一种令人“悚惧”的动物，它阴郁而冷血，残酷而疯狂，喜欢在黑暗中潜伏，提及总是让人不寒而栗。然而它在诗人笔下却亲切可爱起来，成了诗人爱情的使者。说它“冰冷地没有言语”，“冰冷”以触觉的寒凉表达寂寞心境的凄冷，“没有言语”用拟人化的手法表达寂寞时的沉闷心境。本来坠入暗恋的青年有着一颗滚烫的、纯情的对爱情渴求的心，但却以冷漠的样貌示人，所以诗人取蛇的修长和静言来形容自己寂寞的悠长、难以言传，用蛇的外表冷漠内心热烈来表达自己内心充满蠢蠢欲动的爱的渴望，并希望这条“冰冷地没有言语”的长蛇能够进入心爱姑娘的梦境。深陷暗恋中的人对心上人是小心的、温柔的，所以紧接着诗人又顺理成章地设想：“姑娘，你万一梦到它时，千万啊，莫要悚惧!”直语就是，当姑娘你了解我的情意时，你不要感到害怕。到这里，诗人为何而寂寞就一清二楚了：是因为心中有了钟情的姑娘，但还没有勇气表白，所以借“蛇”来做爱情信使，走入姑娘的梦境。“梦到它”意味着，一方面寂寞的我能够在姑娘的梦境中得到慰藉，另一方面我能够走入姑娘的梦境，贴近她的内心，得到她的爱的回应。诗人对爱的渴望之情，溢于言表。“万一”“千万”这样极其口语化的词语的运用，强化了这样的情感：心爱的姑娘啊，对我的爱，请不要害怕，不要躲避，更不要拒绝！显现了“我”对姑娘的细心关怀，也委婉地希望姑娘在梦中能与“我”的心接近，语气纯情而动人。

第二段再进一步述说蛇的特性：“它是我忠诚的侣伴，心里害着热烈的乡思。”“乡思”与“相思”谐音，诗人运用双关语，如同说，“我”同蛇一样寂寞，一样忠诚，一样执着于自己的爱情，情感表达温柔而含蓄。“害着”这种口语化的表达，给人以亲切感；用“热烈”修饰“乡思”，细腻地表达了诗人对心爱姑娘的缠绵的眷恋之情、不尽的思念之苦。后面两句围绕“乡思”来叙述，诗意进一步拓展，渴望之情更进了一步，“它在想着那茂密的草原，你头上的浓郁的乌丝”。“茂密的草原”是蛇栖身的所在，好像是其故乡一样；由蛇的“茂密的草原”诗人联想到了姑娘“头上的浓郁的乌丝”，蛇所思念是草原，如同“我”思念的是姑娘的发丝；草原是蛇朝思暮想的故乡，是其乡思所系，姑娘的发丝或者说有着浓密乌丝的姑娘是诗人魂牵梦萦的所在，是其相思所系。可以想见，害着相思的“我”是多么渴望和心爱的姑娘心心相印、朝夕相处啊。

第三段，诗人进一步驰骋自己的想象，作为“我”的爱情使者的“蛇”，“它月光一般轻轻地，从你那儿潜潜走过；为我把你的梦境衔了来，像一只绯红的花朵！”诗人用“月光”来描述蛇的行动，不仅写出了蛇的轻盈、迅捷，也写出了它的灵性。“轻轻”“潜潜”两个叠词，既写出了蛇轻巧之状，让人自然联想到诗人想引起姑娘的关注又内心羞涩、不敢表达的心境。诗人取蛇行走无声和它能用口衔物的特点，希望它能“把你的梦境衔了来”，表达了“我”的愿望：借蛇这个使者、伴侣来探悉姑娘的内心世界，也就是说诗人希望自己能打动姑娘的芳心，两人能够相知、相惜、相爱。说少女的梦“像一只绯红的花朵”，表达了诗人的期望与憧憬，希望得到姑娘娇羞却饱含热情的情感回应，也就是说希望蛇所带来的是一个美丽的、圆满的梦。“绯红”二字传达出的是一种浓郁的羞涩，不由让人感慨：青春青涩的爱情是多么美好、纯洁啊，同时又是多么寂寞、羞涩，多么让人永远值得追忆啊！

冯至曾被鲁迅先生称为“中国最为杰出的抒情诗人”。他的这首《蛇》将敏感而内向的青年想爱而又不能爱的爱情感受以及炽烈的爱情沉积于胸中的那份寂寞、无言，表达得含蓄隽永、耐人寻味，不愧是其抒情诗中的重要代表作！

十一　情缘无常，人生有爱

——席慕容《一棵开花的树》赏析

一棵开花的树

席慕容

如何让你遇见我
在我最美丽的时刻　为这
我已在佛前求了五百年
求它让我们结一段尘缘

佛于是把我化作一棵树
长在你必经的路旁
阳光下慎重地开满了花
朵朵都是我前世的盼望

当你走近　请你细听
那颤抖的叶是我等待的热情
而当你终于无视地走过
在你身后落了一地的
朋友啊　那不是花瓣
是我凋零的心

“如何让你遇见我/在我最美丽的时刻”，诗一开篇直奔爱情主题，并爆发出浓烈的爱情能量。一位爱情火焰已被点燃的少女，敞开自己的心扉，倾诉自己的衷肠：“心上人啊，多么盼望与你相逢！但如何让我邂逅你，如何让最美丽的我走进你的视野？于是我冥思苦想、愁肠百结。”几句话，将恋爱中少女内心的焦灼、忐忑、痴情、期盼表达得细腻、迂回而又淋漓尽致。

千万次的想、千万次的自问也无济于事，行动，一定要付诸行动，现实条件不可能，怎么办？无助中开始转向那个万能的神的世界——求佛，苦苦哀求，足足五百年，要求与心上人结一段尘缘。人痴情专，痴得心旌摇曳，意乱神迷，浓得化不开的情意让人叹息唏嘘。我们的缘分原本无天定，但我的痴情还是打动了慈悲为怀的神佛，尽管只能让我化作一棵树，但因为长在你必经的路上，我还是欣喜若狂、感奋不已。

“阳光下/我慎重地开满了花/朵朵都是我前世的盼望”，我努力地吸取露、吸取水，不断地茂盛自己的枝丫，并且将自己五百年的相思、五百年的爱恋积聚起来，小心而又郑重地抒泄出来，凝结成一朵朵圣洁的花朵，悄然而又明媚地绽放——一切的一切都已就绪，只等他的到来。深陷爱情旋涡中的人是没有骨气可谈的，只要站在意中人身边，看到他的笑颜就好，甚至只要看到他如轻风般掠过，嗅到他的气息就好。诗中这位美丽而又多情的少女，为爱不辞艰辛，为爱努力绽放自己的生命，上下求索、激情涌动。

前三小节，描绘了情窦初开的少女之梦，美丽而略带点忧伤，写足了痴情人的沉醉与忘我。

然而，愿望终究只是自己的一厢情愿，结果常常是事与愿违。“当你走近”，“他”来了，五百年的梦想将要成真，五百年的付出将要收获回报，“我”激动得难以自持，“那颤抖的叶/是我等待的热情”，心为之颤抖，几至窒息。可是，尽管开满了花朵，我只是一棵树，等待的热情、澎湃的激情只能化作枝干的摇曳，像清风划过树叶那样的摇曳，“他”没有能够察觉，更不能产生灵犀的相通，发现其中的蕴含。于是，“他”漠然地走过，甚至没有看到“我”的存在。梦想顷刻化作了泡影，从激情沸腾的峰顶顷刻滑入了冰窟。千分的诚惶诚恐，万分的小心翼翼，换得的仅仅是擦肩而过。幽怨、绝望的瞬间，一树的花瓣纷纷落下，消逝了她的颜色、弥散了她的芬芳，一如姑娘那颗心，飘零、失落、破碎——凄绝哀婉，刻骨的凄苦！这种痛，如薄薄的刀片划过手指，伤痕隐隐，疼痛却真真切切、痛心彻骨。

求佛——化树——错过——凋零，痴情少女的凄艳的爱情故事娓娓道来，曲折而不隐晦，饱蘸着深情，浸润着忧伤。少女的执着、热切与错失者的无意、冷漠形成了强烈的对比，在巨大的情感张力中彰显了这种无缘之爱的痛彻心扉。在爱情追求中，谁都害怕受到伤害，每个人都希望自己的爱不会付诸流水，每个人都愿意相信“有情人终成眷属”甚至微乎其微或者根本不可能发生的“灰姑娘与白马王子”的神话。然而，真实的人生往往是这样，你将不得不面对无数的人生选择，包括情感选择，对许多事情难以避免地局限在自己的位置、视角上认识问题、作出判断。由于“盲区”的必然存在或者日后逐渐明白了其中的真谛，却又时过境迁，不可逆转，于是，人生的众多遗憾与无奈纷至沓来，让你措手不及、猝不及防。人人在追求真爱，一方面是真爱难觅，另一方面又有多少真爱在茫然不觉中擦肩而过。诗人让我们看到了爱情的虚幻易逝、无法把握、难以实究，所以《一棵开花的树》渗透着这种人生无常、情缘无常的苍凉况味。但在让人遗憾生命的有限、爱情的缺憾的同时，还会产生一种豁达与超脱：爱情本就是幸与不幸的组合体，也是悲与喜的二重奏，留有遗憾也是爱情的常态与本真，所以应该安然于一种放弃与残缺。

“不精不诚，不能动人”，席慕容创作爱情诗，“只为把痛苦延展成/薄如蝉翼的金饰……把忧伤的来源转化成/光泽细柔的词句”（席慕容《诗的价值》），《一棵开花的树》尤为典型。诗人着眼于人们心灵深处最柔软、最易受伤的爱情情感，把恋爱中人儿百折千回的心灵变幻婉曲入微地展现出来，没有一丝一毫的矫揉造作，所以才如此地打动人心。

当下，经济浪潮一浪高过一浪，物欲膨胀，“等价交换”的功利原则冲击着传统的爱情观，浮躁、焦虑、匆忙的“现代病”让爱情变得太多太滥太短暂，而使真正的爱太稀少太珍贵太容易错过，以至人们已经不愿意再去追求，去坚守。而席慕容的《一棵开花的树》却向人们证明着爱情的美丽与操守，启发人们去思考、去体味。

十二　邮以浅吻，读之深情

——刘大白《邮吻》赏析

邮　吻

刘大白

我不是不能用指头儿撕，
我不是不能用剪刀儿剖，
只是缓缓地
轻轻地
很仔细地挑开了紫色的信唇；
我知道这信唇里面，
藏着她秘密的一吻。

从她底很郑重的折叠里，
我把那粉红色的信笺，
很郑重地展开了。
我把她很郑重地写的，
一字字一行行，
一行行一字字地，
很郑重的读了。

我不是爱那一角模糊的邮印，
我不是爱那精致的花纹，
只是轻轻地
缓缓地
很仔细地解开那绿色的邮花；
我知道这邮花背后，
藏着她秘密的一吻。

若把人生比喻为一棵会开花的树，那么初恋时节便是花朵含苞待放时，纵使你百般观摩、千般揣测也猜不透她绽放后究竟有着怎样惊诧世人的美丽。然而越是猜不透便愈加好奇，愈加期待。诗中男主人公收到她邮来的一封信，小心地拆，生怕损毁了她藏在信唇和邮花下的吻；郑重地读，唯恐辜负哪一个字所蕴含的浓浓爱意。诗文对信的内容、男女主人公的恋情不着一字，但却巧妙地抓住了拆信、读信、揭邮花的瞬间，通过侧面描写使情窦初开而又爱意炽热、羞涩腼腆而又有着浓情蜜意的浪漫男女主人公的形象跃然纸上。

“我不是不能用指头儿撕，我不是不能用剪刀儿剖”，诗一开篇连用两个“不是不能”表明了“我”的态度：面对这封来信，“我”本可以用指头把它撕开，但“我”不愿意，因为这太过野蛮，还有可能把信撕坏。那么，沿封口剪开总该是简便又恰切的方式了，可在“我”眼里这竟是把信剖开，其粗野程度与撕无异。一“撕”、一“剖”将两种人们司空见惯的拆信方式写得粗鲁可鄙，这也恰恰体现出“我”对这封信视若珍宝，不忍伤之分毫。“只是缓缓地/轻轻地/很仔细地挑开了紫色的信唇”，诗文紧接着顺理成章地道出了有别于前两者的拆信方式——“挑”。在“撕”“剖”“挑”三种方式的相互比较之下，“挑”字所灌注的珍惜、重视的感情是不言而喻的。但“我”犹嫌不足，在初涉爱河的“我”看来，即使是挑也会对信封造成伤害。于是，我“缓缓地/轻轻地/很仔细地”去挑，此句从挑的速度和注意力集中程度上表现了“我”对这封信的珍惜重视，乐享拆信的过程，强化地延长了平缓和谐的感受效果，渲染着爱的执着与深沉，从而流露出“我”对女主人公情意的郑重。“我知道这信唇里面，藏着她秘密的一吻”，此句娓娓道出了“我”这般珍惜这封信的原因——信唇藏吻。既是秘密藏吻，“我”便不会被提前告知，藏吻只是猜测，但“我知道”却又将这猜测之事写得如此肯定，既表现了“我”对爱情的坚定与信心，又表现了初恋时期情窦初开的青年男女对恋人的书信充满着浪漫的想象与甜蜜的体会，将这种尚未涉足柴米油盐之琐事的诗意之爱表现得淋漓尽致。

“从她底很郑重的折叠里，我把那粉红色的信笺，很郑重地展开了”，在小心翼翼地拆开信封之后，这封饱含深情的信终于亮相在“我”面前，这是“千呼万唤始出来”、煎熬等待与得偿所愿后的欣喜。捧着折叠工整的信，用手指轻轻摩挲着平直的折痕，“我”仿佛看见了她认真而又庄重的神情。“我”不愿辜负这深情，于是像佛门弟子翻开传世经文般郑重而虔诚地展开这粉红色的信笺。“粉红色”这一细节不仅营造了浪漫的氛围，也写出心思缜密的女主人公借这一抹温馨的色彩暗暗传情达意，而不愿随意找些纸张来敷衍将就。“我把她很郑重地写的，一字字一行行，一行行一字字地，很郑重的读了”，诗文没有写信的具体内容，而是首句一“郑重”尾句一“郑重”道尽了彼此对爱情的忠诚、对恋人的珍视。“我”一字字读完一行，一行行读完整篇，因为“我”知道她每写一字都饱蘸深情，每一个字都在代她倾诉心意，教“我”如何不郑重？“一字字”与“一行行”的反复本该将这份郑重表达个彻底，然而对于此刻的“我”而言又怎能表达万分之一二呢？

“我不是爱那一角模糊的邮印，我不是爱那精致的花纹”，模糊的邮印也好，精致的花纹也罢都非“我”所爱，那么“我”所爱的究竟是什么呢？直接坦率的接连两个否定在造成悬念的同时也为后面的抒情作了强有力的铺垫。“只是轻轻地/缓缓地/很仔细地解开那绿色的邮花”，不爱邮花却依旧温柔轻缓地将其揭下，如同轻轻悄悄地掀起新娘的头纱。至此，诗文虽未直接揭示出我所爱的究竟是什么，但人们早已了然于胸。“缓缓地/轻轻地/很仔细地”反复出现，呼应前文，体现了“我”的爱意之深沉，彰显了感情之强烈。“我知道这邮花背后，藏着她秘密的一吻”，诗的结尾终于拨开重重迷雾，揭示了“我”珍惜邮花是因为下面有她轻轻印上的吻，积蓄已久的炽热的爱之火焰顷刻迸发，“我”对恋情的信心与执着可见一斑。

诗人刘大白以直白坦率的抒情方式与细腻的笔触将初恋青年的委婉传情与羞涩爱意表达得酣畅淋漓。此外，其在取材上独辟蹊径，撇开信上的甜言蜜语、你侬我侬和“我”读信时的思念与感动，而是从拆信、读信、揭邮花的角度切入，其取事之奇特、立意之巧妙不得不令人拍手叫绝。男女主人公对纯真爱情的虔诚、郑重与珍视正印证了“初恋的日子是新荷上莹莹闪亮的水珠，折射着绚丽醉人的光彩，也承受着摇摇欲落的心颤”这个美丽的比喻，让人久久回味。

第六章
海誓山盟曲，你依我侬情

一 呼天为誓，惊心动魄

——《上邪》赏析

上 邪

上邪！
我欲与君相知，
长命无绝衰。
山无陵，
江水为竭，
冬雷震震，
夏雨雪，
天地合，
乃敢与君绝！

《上邪》是汉乐府中的名篇，是一篇爱情的誓词。诗作中的主人公是一位多情而痴情的女子，她呼天为誓，表达了对心上人至死不渝的爱，其中所传达的爱情具有极强的震撼力，可谓惊心动魄。

“上邪！我欲与君相知，长命无绝衰”，“上”指天，“邪”是语气助词，表示感叹，“上邪”犹言“老天啊”，“相知”即相亲相爱。“长命无绝衰”是说两人的命运永生永世联结在一起，两人的爱情永生永世不会衰退。此句是说：老天啊，我要与君相爱，让我们的感情永不衰绝。古人敬天畏命，除非是不得已或事情极其重要，不会轻易惊动上天，更不会动用老天的威严。而现在这位女子开口便言天，其郑重、庄重之神态可以想见，读者很自然地产生这样的期待：接下来她一定会有异常重要的话要说。果不其然，主人公直抒胸臆，指天为证，正面直率地表达了自己与君相爱终生的强烈愿望。其言说真诚大胆，毫无羞涩扭捏、遮掩矫饰之态。这种表达直抒胸臆，坦诚直白，但其中蕴涵的情感态度可谓庄重严肃到了极致。

爱情最重要的是坚贞，女主人公深谙此理，所以她在直接表明了“我欲与君相知，长命无绝衰”的愿望之后，并未平铺直叙、顺承而下，而是连举五种三组自然界不可能出现的变异，从反面“与君绝”落笔，表达自己矢志不渝的决心。“山无陵，江水为竭”，魏巍高山夷为平地，滔滔江水干涸枯竭；“冬雷震震，夏雨雪”凛凛寒冬雷声滚滚，炎炎夏日白雪纷飞；“天地合”，天与地合而为一，“乃敢与君绝”，我才敢将对你的情意决绝抛弃！她设想了“与君绝”的前提条件：从地理上说，山河消失，海枯石烂；从天时上说，冬雷夏雪，四季颠倒，一直说到天地混合，世界末日到来。而正常情况下在人们的心目中，高山是坚定不移的，江水是源远流长的，冬雪夏雷是自然而然的，天地是万世永存的。所以，她的这些设想离奇而荒谬，在现实生活中根本不可能发生，更不会同时发生。女主人公是明知如此，但她正是通过这种不可实现之事，把“与君绝”的可能从根本上加以排除，从而将其不可动摇的爱情决心表现得淋漓尽致，将其对爱情的生死不渝强调得无以复加。透过诗句，我们仿佛可以看到在爱的驱使下，诗的每一句仿佛都随着女子如地下奔突的岩浆般的情绪喷薄而出，仿佛能感到她内心激情的律动。她越说越激昂，越说越真率，越说越奔放、难以自抑，这就使得读者在体味爱情沧桑感的同时，更觉出了这份爱的重量。另外，在这一连五句的排比中，或三言，或四言，音节短促有力，读来语句跌宕，连贯而紧迫，也将女子如疾风迅雨般不可遏抑的爱情情感表露无遗。清代的张玉穀在《古诗赏析》中评论此诗说：“首三，正说，意言已尽，后五，反面竭力申说。如此，然后敢绝，是终不可绝也。迭用五事，两就地维说，两就天时说，直说到天地混合，一气赶落，不见堆垛，局奇笔横。”其评价可谓切中肯綮。

女子立誓的景象超凡脱俗、气势恢宏：高山巍峨，江水浩荡，冬雷轰鸣，夏雪纷纷，苍天空阔，大地浩渺，这些“山”“江”“雷”“雪”“天”“地”

的形象共同构成了一种宏阔、张扬、磅礴的意境，从中不难体会女主人公的精神世界之丰富及其爱情观之美好、纯正。

《上邪》不仅让我们真真切切地感知到真爱的美好，而且将一位情真志坚、忠贞刚烈的青年女子置于我们面前。在真爱面前，她果敢而张扬，只要能和相爱的人在一起，她不畏艰险，可以冲破任何阻碍。所以，这位女子，甚至可以称得上是爱情理想主义者，爱情至上主义者。

诗作中女主人公所抒之情极富浪漫主义色彩，其爱情情感犹如岩浆喷发不可遏制，犹如悬崖飞瀑，力挟千钧，气势雄壮，感人肺腑！全诗仅仅短短的三十五个字，所要表达的意思简单明了，一言以蔽之即“我要永远爱你”，然而，其坚如磐石般的爱情信念以及火焰般炽热的激情，给我们以强烈的心灵震撼。难怪此诗享有“短章中的神品”的美誉！

二　你我情浓，多情似火

——管道升《我侬词》赏析

我侬词

管道升

你侬我侬，忒煞情多，情多处热似火。
把一块泥，捻一个你，塑一个我。
将咱们两个一齐打破，用水调和，
再捏一个你，再塑一个我，
我泥中有你，你泥中有我，
与你生同一个衾，死同一个椁。

《我侬词》是元代大才女管道升写给丈夫赵孟頫的一首小令。管道升，浙江吴兴人，字仲姬。她28岁嫁给赵孟頫为妻，封魏国夫人，世称管夫人。赵孟頫本是宋宗室子弟，宋亡仕元，是元代文艺大家。他书画、篆刻、诗文无所不能，书法造诣尤高，后人誉为“赵体”，为我国古代四大书体之一。管夫人也是位出众的才女，书画、诗文样样精通，尤其擅长画“墨竹”。两人琴瑟和谐，被誉为“神仙眷属”。然而，即使两情相悦的夫妻也有唇齿相磨、“审美疲劳”的时候，管道升夫妇也未能幸免。夫妇婚后大约二十载时，赵孟頫志得意满、春风得意，有了第二春的感觉，再加上身边结交的不少名人雅士纳妾成风，自己也就心有不甘，产生了纳妾寻欢的念头。据《尧山堂外记》记载，赵松雪欲置妾，以小词调管夫人云："我为学士，你做夫人，岂不闻王学士有桃叶桃根，苏学士有朝云暮云。我便多娶几个吴姬赵女何过分！你年纪已过四旬，只管占住玉堂春。""桃叶""桃根"是大学士晋代王献之的两个爱妾；"朝云"是宋代大文学家苏轼在杭州通判任上所纳的一名小妾。词中说，"我"与王学士、苏学士同为学士，既然他们都纳了妾，"我"便多娶几个姬妾也不过分，更何况"你"年纪已经过了40岁，只管占住正房原配的位子就行了。词中赵孟頫有理有据有安抚，貌似天经地义、无可辩驳，纳妾之举势在必行。管道升看过这首词之后，心如乱麻。理智上，她知道中年的她真的已是"玉貌一衰难再好"，况且丈夫周围人等有谁不是姬妾成群？丈夫纳妾不仅不是什么错，做妻子的还应该张罗成全才是。但在感情上，自己的爱情园地实在不能容忍他人步入。所以，她怀着极其复杂的心情写下了这首词。词中她并不和丈夫"论理"，而是"言情"。幸运的是，管道升借助这首词，用自己的才情和智慧巧妙地化解了这场婚姻危机。

"你侬我侬"，用的是吴地方言，也就是管、赵二人的家乡话，意即"你呀我呀"。这种极其口语化的表达，感觉如同日常夫妻在面对面地互诉衷肠、甜言蜜语一般，两人情意绵绵、如胶似漆、卿卿我我的情状立刻呈现在读者面前。这样的开场无疑一下子拉近了与丈夫的情感距离。不仅如此，诗人继续倾诉衷肠，火热表白，"你我""忒煞多情，情多处热似火"，"我们"之间是多么多情啊。"忒煞"是"过于、太甚于"的意思，即"我们"的爱远远超出一般人，并且炽热如火。接下来诗人突发奇想，以捏泥人来比喻夫妻之间的关系。我们中华民族古老的创世神话就有"女娲抟土造人"的传说，儿童也大都有或多或少揉捏泥巴塑造形状的经历，所以这个比喻让读者倍感亲切。用水、土和泥塑人这本是充满童趣的游戏，泥的可塑性特征使得在揉捏、塑形泥巴的过程中一旦觉得不满意就可以从头再来。诗人着眼于此，说"我们"夫妻是天作之合，犹如是上天精心塑造了"我们"两个，让"我们"结成夫妻，为了让"我们"更加浓情，塑完之后，又将"我们"一齐打破，重新和泥，再捏一个"你"，再塑一个"我"，所以，"我们"是"我泥中有你，你泥中有我"。因此，现世的"我们"才如此"忒煞情多"。捏塑——打破——调和——再塑，这充满童趣的叙述，显示了诗人的诙谐、机智；用你中有我，我中有你来形容他们的伉俪情深，很容易令丈夫联想起二人共同走过的相濡以沫的岁月，感知到在二十多年的风雨同舟中，他们已经难分彼此、无法割舍、难以离弃。联系诗人面临的处境，自己青春不再，丈夫喜新厌旧，固然自己对丈夫一往情深，但这场爱情保卫战中自己胜算的把握有多大呢？事不由己，前途未卜。所以，透过这故作轻松的文字，我们分明能感到诗人的无限怅惘与辛酸。然而，智慧的诗人面对未知的结局仍继续她的“以情动人”，“与你生同一个衾，死同一个椁”：不管发生什么样的事情，我爱你的心永不改变，生生死死都会和你在一起。这种至死不渝的深情誓言怎能不让人深为感动？词中虽然没有明写反对丈夫纳妾，但此地无声早已经胜过有声了。

事情的结果《词苑丛谈》作了记载：“子昂得词，大笑而止。”词作如此痴情，多情，怨情，伤情，赵孟頫怎能不感动？

管道升在这婚姻危机来临的时刻，一不严声厉色甚至寻死觅活，二不逆来顺受、忍气吞声，而是以一种高雅通达而积极严肃的态度和情怀作了这首《我侬词》，动之以情，从根脉上解决了问题。

这全诗寥寥七十余字，却让人感觉到爱人之间的耳鬓厮磨、浓情蜜意如春风一般伴着喃喃吴语拂面而来，令人怦然心动。这首词语言直白，感情炽烈，视角别致，无疑是中国爱情诗中的惊艳之作。

管道升的《我侬词》由后人重新编词编曲，演绎出众多版本。当代著名音乐家李抱忱改编了这首词，重新谱曲、作词为《你侬我侬》，先后被刘文正、张德兰、罗宾、费玉清等名家演绎，传遍华人世界。

三　苍天不老，真爱不绝

——张先《千秋岁》赏析

千秋岁

张先

数声鶗鴂，又报芳菲歇。惜春更把残红折，雨轻风色暴，梅子青时节。永丰柳，无人尽日花飞雪。

莫把幺弦拨，怨极弦能说。天不老，情难绝，心似双丝网，中有千千结。夜过也，东窗未白孤灯灭。

“数声鶗鴂，又报芳菲歇”，词的首句写实与联想相结合：几声子规鸟叫传来，又在向人们报道美好的春光已然逝去。鶗鴂啼则春去的说法源自《离骚》中的“恐鶗鴂之先鸣兮，使百草为之不芳”，其中“鶗鴂”即杜鹃，亦称子规，啼声悲切，催人泪下，每至暮春时啼鸣，昭示着春天的完结，百草也随之凋零。因而，这一意象常带有凄切感伤的色彩。首句不作任何铺垫，凭空抛出几声子规鸟的悲鸣声，突兀新奇，同时又将情感倏地拉进哀婉忧伤的旋涡之中，毫无征兆，摄人心魄。“数声”不只是交代鸣声的次数，“数”的语气比“几”重，嫌怨益显，结合后句的“又”字不难发现，其中包含着对于这寥寥数声，“我”尚且怪其频繁的情感，惜春之心昭然若揭。后句中的“又报”，一方面表明“我”对“芳菲”的难舍、眷恋不止一年，结合全词来看，这实际上也暗示着“我”与心上人相爱日久，远非一年；另一方面与前句呼应，口气中满是无可奈何、挽留乏力的忧伤与感慨。“芳菲”指花草，亦指春时光景，在本词中“芳菲歇”意即花草凋零，美好的春光已到了尽头，暗示爱情遭到了挫折阻抑。

“惜春更把残红折，雨轻风色暴，梅子青时节”，前句叙事，后两句点明时间和环境：春意阑珊，梅实尚青，然而就是在这个季节，暴风裹挟细雨而来，摧残了花朵、果实。“我”爱春惜春不忍看其逝去，于是挑选残花折将回去，试图留住春天。“雨轻风色暴”一句点明了春日细雨、狂风的特点，既是实写景物时令，也暗喻阻抑爱情的破坏力量。“梅子青时节”补充说明时间，同时也以深感惋惜、埋怨责备的口气强调这风雨来得过早。梅子还未成熟，而风雨忽至，只能是落得一地酸涩的青果罢了，怜惜、不满之情交织倾泻。“惜春更把残红折”一句是前两句的结果，表现了“我”爱春惜春之心，“残红”即残花，象征遭受打击后坚贞依旧的爱情，“我”没有因其残败而弃之不惜，而是折下带回，加倍爱护，拳拳真情自然流露。

“永丰柳，无人尽日花飞雪”，园中柳树无人来赏，柳絮整日飘飞似雪。“永丰柳”语自白居易的《杨柳枝词》：“永丰东角荒园里，尽日无人属阿谁。”本喻家妓小蛮，后“永丰柳”泛指园柳，喻孤寂无靠的女子，在本词中借指爱情遭受打击的“我”。后句中“花飞雪”展现了一幅白絮纷飞，肆意飘散的场景，营造出孤苦无依、寂寥无人的氛围，曲折地表现了“我”此时的心境。“整日”则强调了这一场景持续时间之长，柳絮可能已弥漫园中，无边无际，给人以莫名的压抑哀愁之感，“无人”则为此场景更添一抹孤寂悲凉的色彩。“我”的爱情一如这永丰园的柳树，无人欣赏，又如那漫天飞舞的柳絮，无处着落、漂泊无依，想爱却难爱的苦痛含蓄流露。

词的上阕写暮春之景、惜春之情，借以烘托美好爱情遭受打击之痛，并含蓄抒发了对爱情的惋惜珍视之情以及真爱被摧残之后的惆怅和哀怨。

“莫把幺弦拨，极怨弦能说”，下阕首句好似自己劝告自己，说道：定不要弹拨琵琶的第四弦啊，否则心中那极度的幽怨全都通过这幺弦诉说出来了。“莫”字否定强烈，含有浓厚的感情色彩，表现了劝谏莫拨幺弦的急切与笃定。这也恰恰说明了“我”心中幽怨至深，再听不得哀愁之音的境况。“幺弦”即琵琶的第四弦，各弦中最细，成声尤为悲切。“幺弦”这一意象与上阕的“鶗鴂”同是凄切、悲伤的代名词，二者前后呼应，为词作蒙上了浓厚的感伤色彩。后句以“弦能说”写“怨极”，发语新奇，看似荒诞，实则恰是内心哀怨至极的真实写照，使“我”心中那不可提及、更无法触摸之痛得以畅快表达。

“天不老，情难绝”语气急转，是在“怨极”之后感情的迸发，上天不会老去，真爱永不断绝。此二句本是化用李贺“天若有情天亦老”之句，意义却不尽相同，较李诗更多了一份慷慨豪迈的气概、敢于抗争的勇气和矢志不移的坚定。

“心似双丝网，中有千千结”巧设比喻：我们二人的心就像两根丝线结成的网，其中牢牢实实地系有千万个结。双丝作网，必结结紧扣，将“心”比作“双丝网”设想奇特，比喻生新，突出表现了“我”对爱情的忠贞诚挚和坚定信心。此外，词人用民歌中谐音隐语的艺术手法把“丝”与“思”联系起来，两处思念相互缠绕，思念之绵长错杂、爱意之深沉缱绻，尽显纸上。“千千结”数字重叠，突出丝结之繁多，这成千上万个结将我们这对有情人牢牢系在一起，任凭谁想破坏都是徒劳的。这是全词的居要之言、警策之语，将词作的感情推向顶峰，痴情摇荡，震撼人心。

“夜过也，东窗未白孤灯灭”，将目光聚焦处境：春宵已悄然过去，这时东窗尚未放亮而那盏孤灯却已熄灭。感情从高潮猛然跌落，孤苦寂寥即刻聚拢，无尽的黑暗将“我”包围吞噬，大起大落，极富跳跃性，为情感赋上了一层悲壮之美。“夜过也”透露出“我”彻夜未眠的事实，其中包含着对时间流转的麻木和对现实境况的叹息。“东窗未白”表明太阳尚未升起，回应前句的“夜”且加强了黑暗效果，凸显孤寂氛围。“孤灯灭”则是对黑暗环境的第三层回扣，以“孤”写“灯”本就突出表明了光亮之微弱、黑暗之无尽，更何况这唯一的灯盏也已熄灭。在激昂慷慨之后归于黑暗沉寂，以此作结，可谓恰到好处，令人思绪飘飞，回味无穷。

词的下阕以吐露胸臆为主，兼用比兴，以简摹场景作结，意则与上文一脉相承，将此中真意挑明，感情急起遽落，扣人心弦。

纵观全词，词作由景入情，而后出情入景，景之孤寂与情之激昂相互衬托。语言既含蓄深婉、缠绵悱恻，又激越豪迈、敲击人心，呈现出韵高而情深、含蓄而发越的独特风格，感情丰满真挚，爱情遭挫的哀怨与坚贞不二的钟情淋漓满纸，荡人心腑。

四　恃宠撒娇，花美人美

——李清照《减字木兰花》赏析

减字木兰花

李清照

卖花担上，买得一枝春欲放。泪染轻匀，犹带彤霞晓露痕。

怕郎猜道，奴面不如花面好。云鬓斜簪，徒要教郎比并看。

“卖花担上，买得一枝春欲放”词开篇写道：春日的一天，“我”从街头卖花郎的百花竞艳的担子里买得了一枝含苞待放的花朵。词句没有铺垫、没有渲染，凭空抛出卖花担前买花这样一个画面，使词作陡然进入买花镜头，乍一读来突兀奇瑰，细细品来而又余味无穷，其巧妙的留白方式留下了足够的想象空间，引人遐思。“卖花担上”四字平淡无奇，但却包含了花朵之繁多、之娇艳等多方面意义。摆于街头叫卖的担中之花必得是新鲜采摘，以“挑花担”而非“以手持花”或“怀抱花篓”的方式来卖花则表明了花朵之繁多，花朵既繁则可能是多个品种，其颜色五彩缤纷，其形态各不相同。可见，词人在通俗晓畅、平实浅近的语言中悄悄蓄进了无限的深意与韵味。“买得”一词洋溢着词人得花后的欣喜与满足的童真心态。一个“得”字尤写女主人公的兴奋、骄傲之心情，仿佛这是经过一番辛苦而最终获得的，“买到”或“买了”都不能表达出这种心情的十之一二。“春欲放”中的“春”既指娇艳动人的花朵，又指缤纷灿烂的春天。词人以生花妙笔使“买得一枝”与

"春"不期而遇，"春"本来无形可像，无计可量，故而女主人公买得的这枝欲放的"春"实则是"花"无疑，然而若词句写作"买得一枝花欲放"则毫无悬念，更无韵致。所以，词人匠心独运，以"春"代"花"，对春而言，化抽象为具象，将其写得具体可感，对花而言则是化具象为抽象，增添了一抹神秘色彩与朦胧美。此外，"春"涵意广泛，既指眼前的春花、春景，又指不可捉摸的春意、春情，一个"春"字使词句境界阔大而韵味无穷。词人将丰富的画面、无限的含义以寥寥数字表达出来，将普通的生活场景写得妙趣横生、耐人寻味。

"泪染轻匀，犹带彤霞晓露痕"一句，则将镜头拉近花朵。"我"手持娇嫩欲滴的鲜花细细把玩，只见水珠轻匀附着，仿佛是花朵泣下的泪滴，花瓣竟是如此地红艳水嫩，这大概是红彤彤的霞光和清晨的露珠留下的痕迹吧。此句实写花苞凝露，虚写彤霞染就了花的颜色，分别从虚与实的角度描写了花朵的颜色与姿态。词人提笔写"泪"的时候，心中是满蓄情感的。"泪"本指花朵上的露珠，用"泪"而不用"珠""露"既赋予花朵以情感，道出了其被摘下的自我哀怜之情，又是词人爱花不舍之心的真实写照。"轻匀"从力度与均匀度上写水珠的附着情况，花朵的"泪水"轻轻地、均匀地打湿了自己的瓣儿，哀而不伤，为其增添了一份西子颦眉的楚楚动人之态而又不至于破坏了整首词的欢乐气氛。"犹带彤霞晓露痕"一句构思奇特、出语惊人，词人没有直接写花朵颜色鲜艳、水润动人，却婉转地以更打动人心的方式尽彰其意。"犹带晓露之痕"，从视觉上、触觉上写出了花朵鲜嫩丰盈之态，进一步回扣前文，而说其犹带彤霞之痕，则尽是驰骋词人之想象了。无论天边的霞光是怎样地鲜红艳丽，都不可能将其色彩点染到花朵上，而在词人眼中，在其笔下却实现了这一"不可能"。这是由爱花、惜花之心激发出来的美丽想象，也只有这样才能将她心中对花朵之娇妍的惊讶喜悦之情表达得淋漓尽致。

"怕郎猜道，奴面不如花面好"，下阕转而写人，这花儿是如此地美艳动人，若是郎君猜道"我"的脸儿不如花面好怎么办呢？女主人公并非真的害怕自己比不上花朵美丽，而是因在意和重视生出紧张。一个"怕"字道出了"我"对心爱郎君之评价的重视程度，婉转流露出对心上人的浓浓爱意，因为深爱与在意，所以希望自己在他眼中是最美的。此句明明是"我"在揣度郎心，却反其道而行之，写道"怕郎猜道"可见其聪慧狡黠。此时，女主人公机灵而又略带腼腆，自信而又稍显羞涩的可爱性格初见端倪。古往今来，文人墨客多喜以花喻人来表现人的美丽，而本词中却是将花与人放在一处比较，一句“人面不如花面好”不落窠臼，表现了一位自信可爱之少妇的微妙心态。“云鬓斜簪，徒要教郎比并看”紧承上文，“我”把鲜艳美丽的花朵斜簪到盛美如云的发间，偏要教心上人比评一番，究竟是人面美还是花面美。对于人面与花面究竟何者更胜一筹的问题，词作并没有给出明确的答案，但答案却早已了然于女主人公的行为和心态中。花儿簪戴发髻，花面衬人面，已然说明了在女主人公心中郎君定会作出花朵为佳人更添美丽的比较结果。“徒要”即“偏要”之意，一个“徒”字将女主人公自信率真、机灵大胆的性格特征表露无遗。此外，其恃宠撒娇之行为表明了郎君对她的娇宠怜爱，一对新婚燕尔夫妇的如胶似漆、你侬我侬之情在字里行间悄悄流淌。

词作上阕写花，下阕写人，以花朵为线索，通过买花、看花、戴花、比花塑造了一个天真烂漫、自信慧黠的少妇形象，语言通俗晓畅、明白如话、清丽自然，恰似出水芙蓉。也正是这通俗自然的字句才能将女主人公的自信与娇羞并存的性格、向爱人撒娇讨取夸赞的行为和新婚夫妇间的浓情蜜意，表现得痛快淋漓而又不会给人以矫揉造作之感，可谓用语神奇、独具一格。

五　盛景相聚，情思缱绻

——朱淑真《元夜》赏析

元　夜

朱淑真

火树银花触目红，揭天鼓吹闹春风。
新欢入手愁忙里，旧事惊心忆梦中。
但愿暂成人缱绻，不妨常任月朦胧。
赏灯那得工夫醉，未必明年会此同。

“火树银花触目红”，在繁华的街市上，千万棵树上都挂满了彩灯，黑夜里灯火辉煌，犹如绽放了满树的银花，光彩夺目、耀人眼球。“火树银花”化用唐代诗人苏味道《正月十五夜》的诗句“火树银花合，星桥铁索开”。按照民间习俗，在元宵佳节灯会上人们会将颜色各异、形态不同的花灯装饰在树上，灿烂繁华，远远望去仿佛是满树的银花竞相绽放。以“火树”“银花”作喻来描摹繁灯满树、灯火通明的景象，写出了其带给游人的强烈的视觉冲击和独特的审美体验。此外，火苗燃烧则起伏跳动，花朵绽放是一个生命跃动的过程，以“火”和“银花”来比喻花灯，把静态的灯盏写活，为其增添了一份活泼与灵性。“触目红”是“火树银花”给人带来的视觉体验，可谓是恰到好处地承接了前文，如此辉煌灿烂的灯火带给人的感受是直逼双目的，仿佛扑到了眼球上一样。“红”字再次对花灯的颜色作了回扣，写极了灯火满树的元宵佳节之盛况。

“揭天鼓吹闹春风”，锣鼓唢呐在春风中齐鸣，响彻云霄，仿佛要把天掀将下来，此句是从听觉上写元宵盛况。“揭天”显然是夸张的写法，然而也只有这样才能将震耳欲聋的喧天锣鼓声表现得贴切到位。“鼓”自然是作为乐器之一的鼓本身，而“吹”字则是取唢呐等乐器的弹奏方式来代替乐器名称，别具一格。若是前后都用乐器本身或乐器的演奏方式来写则没有这样新鲜独特、深入人心的表达效果了。接下来一个“闹”字将这种喧哗热闹推到了新的高度。“闹”一语双关，一方面是对元宵盛况的简练概括，另一方面则是以拟人的修辞手法写锣鼓唢呐要闹于春风，似与人同乐，欢享节日。与前文相比“春风”二字可以算作平常，却也不失巧妙地以其新生、活力与希望的寓意为整幅图景更添一抹亮色。

诗文至此，诗人以生花妙笔从视觉与听觉两方面勾勒出一幅张灯结彩、金鼓喧天的元宵图，为下文作铺垫。

“新欢入手愁忙里”，本句因其多重含义历来让人浮想联翩，说法不一。一说“新欢”又作“欢欣”，“入手”源于白居易诗“今年已入手”，新的一年里有很多事情要忙。一说“我”经过一番担惊受怕和忧愁苦闷，终于忙里偷闲，迎来了与初恋书生相会的珍贵时机。“愁”和“忙”在简明扼要地概括出了是从怎样的环境中才得到“新欢入手”的难得机会的。愁何？忙何？我们无从得知，唯一可知的便是这相会时机实在来之不易。本句颠倒语序，先果后因，突出了约会的难得性和珍贵性，因此“我”格外珍惜。诗句应是兼有两者之意，即欣慰感叹与初恋书生相会不易，在这相逢的喜悦中打算了新的一年将要忙的事。

“旧事惊心忆梦中”，回首过去的一年，有许多回忆都恍惚如梦，深触内心。“旧事”或是丈夫狎妓娶妾、庸俗无能，或是夫妻言论不和、志趣迥异，或是家人不解、孤立无援，总之，都是“我”不愿提及的伤心往事。在回忆和梦境中重现这些往事，依旧是惊扰心绪，心情久久不能平静。前后两句一新一旧对照写就，表现了女主人公的矛盾心情，往事之不堪回首更突出了今日欢欣相会的来之不易。

“但愿暂成人缱绻”是女主人公发自心底的无声呐喊，“我”不敢奢求其他，只希望能在这短暂的约会中相互交流缠绵情意。从“但愿”和“暂”两个词中，女主人公的虔诚谦卑之态度可见一斑。“我”不妄图谋求天长地久的拥有，不贪图朝夕相处的厮守，但求这片刻的两心相悦、两情缠绵。愿望何其卑微渺小，情感何其纯真诚挚！“不妨常任月朦胧”承接前句，如果真能如此，那么平日里对着朦胧暗淡的月光痛苦相思也不妨听凭自然了。元宵佳节的月光通常是清澈明亮的，那么此处的“月朦胧”显然是在佳节之外，即是平日月光之意。“不妨”与“常任”两词精炼含蓄，以求全退让的语气诉说着女主人公的惆怅无奈与抛却一切来换这一刻厮守的卑微愿望，读来使人潸然泪下。

“赏灯那得工夫醉，未必明年会此同”一句阐发了全诗的主题思想，“我”哪里有工夫沉醉于观赏这绚烂辉煌的花灯呢？须知这样的会面机会是多么难得啊！诗作开篇将元宵佳节的盛况写到极致而本句中却又说无心醉于灯火，紧接着后半句将真正的“醉翁之意”娓娓道来，原来是这佳期相会比这绚烂花灯更珍贵，更吸引人啊！再次回顾前诗，无论前面场景是多么繁华热闹、引人注目，一句“那得工夫醉”便已将全部感情瞬间移注到约会中来，前文越是热闹非凡，弥见在女主人公心中约会之珍贵。“未必明年会此同”，即使是片刻的缠绵，明年也可能不复拥有。本句朴实无华，直抒胸臆，前面所积累的失望怨怅情绪顷刻迸发，同时也说明了约会的无望奢求、不可复得，其珍贵自然是不言而喻的。

诗人写佳节盛况、旧事惊心、平日思念、再会难期都只为突出相会之难得与情思之缱绻。辉煌诱人之佳节盛况，只为反衬灯会不及约会；卑微退让的渺小愿望，不为博取同情，但求这一片痴情可以感动上苍，换得约会的片刻延长。诗作措辞巧妙，情意深远，蓄思含情，道人意中事，风格清丽委婉，余味隽永，读来使人感于其痴，而伤于其情。

六　海枯石烂，浓情依然

——彭斯《一朵红红的玫瑰》赏析

一朵红红的玫瑰

彭斯

啊，我的爱人像朵红红的玫瑰，
六月里迎风初开，
啊，我的爱人像支甜甜的曲子，
奏得合拍又和谐。

我的好姑娘，多么美丽的人儿！
请看我，多么深挚的爱情！
亲爱的，我永远爱你，
纵使大海干涸水流尽。

纵使大海干涸水流尽，
太阳将岩石烧作灰尘，
亲爱的，我永远爱你，
只要我一息犹存。

珍重吧，我唯一的爱人，
珍重吧，让我们暂时别离，
但我定要回来，
哪怕千里万里！

（王佐良　译）

如果说初恋是苦涩的咖啡，那么热恋就是香醇的烈酒，我们从 18 世纪英国浪漫主义诗人彭斯的《一朵红红的玫瑰》就能真切地感受到这种爱的浓重与炽热。

诗人沉浸在爱情的甜蜜中，浓情似火，但他并没有直接引吭高歌，而是在激情奔涌激荡之际，将这片撼人魂魄感情巨能，存储到一朵红红的玫瑰花中。

诗人一开头就把自己心爱的姑娘比作红红的玫瑰，这不是一朵普通的玫瑰，而是六月里迎风新绽的红玫瑰，它色彩亮丽、娇艳欲滴、迎风玉立，清风中散发着缕缕幽香。马上，我们会联想起诗人钟爱的那位姑娘：她青春美丽，有着姣美的容颜、婀娜的体态、醉人的芬芳。接下来，又是一个比喻：我的心上人像一首婉转悠扬、演奏和谐的曲子。美妙的乐曲令人沉醉其中，忘掉现实中的烦忧，无限舒畅，那么，那位美丽的姑娘呢？她一定不仅有美丽的容颜，而且温柔善良、善解人意，与之相处，一定令人如沐春风，乐而忘忧。诗人开篇便将恋人的音容笑貌美美地呈现在读者眼前，相伴而生的是诗人对心上人的痴迷与倾慕，我们仿佛能看到诗人的情感如海上的波涛般浩瀚汹涌、激荡澎湃。

第二小节，诗人一改之前委婉的借物抒情，采用了更加酣畅淋漓的直抒胸臆。心爱的人儿如此美丽可人，怎能不激起诗人强烈的爱恋和真挚的告白："亲爱的，我永远爱你！"将自己心中蕴藏已久的情话向心爱的姑娘直接做了表白。抽象的告白还不足以表达"我"满腔的真情，于是诗人由娓娓的倾诉转向激昂的誓言："亲爱的，我永远爱你，纵使大海干涸水流尽。"

第三小节，诗人紧承第二小节，只不过情绪上更进了一层，用夸张的手法进一步表达了自己对爱人的一番浓情：纵使大海干涸水流尽，纵然太阳将岩石烧作灰尘，只要我一息仅存，我依然爱你！这种海枯石烂、永不变心的坚贞不渝的高尚感情，发自肺腑，感人至深。爱一个人就需要彻底的牺牲，毫无保留的给予，没有世俗的名利，没有金钱的追逐，有的就是一颗无私、宽容、永无穷尽的真心浓情。

在第二、三小节诗人浓烈的激情如火山爆发一样奔腾汹涌，但到了第四节诗人笔锋稍转，稍稍收敛了情感的喷薄势头，而是以一种更为深情、内敛的笔触把诗歌推向了高潮。虽然诗人要和心爱的姑娘离别，但诗人坚信离别只是暂时的，而暂时的离别阻隔不了"你我"的真情，哪怕千里万里，"我"仍然要追寻我唯一的爱，回到"你"身边！至此，诗人的感情达到了顶峰，炽烈的感情如决堤之水，滚滚而下，不可遏抑，涤荡人的心田，如悬崖奔瀑，携万钧之力，一泻千丈，令人感佩不已。诗人这种笃实的承诺与誓言，把沉醉在爱情幸福之中的那种超越时空、超越生死的巅峰感觉描绘得淋漓尽致，不禁让人想起一千多年前我国汉乐府中的“绝世情歌”《上邪》：“上邪！我欲与君相知，长命无绝衰。山无陵，江水为竭，冬雷震震，夏雨雪，天地合，乃敢与君绝！”一样迸发着如火的激情，一样令人荡气回肠、惊心动魄。

这首诗明快奔放，诗人热烈的、温柔的、豪放的、温婉的情感都得到了极至的表现，将沉醉在爱情甜蜜中的恋人的至纯至真的炽烈感情表现得淋漓尽致。诗人以浓得化不开的情意与爱恋，向心上人倾诉着自己火热的衷肠，同时，向千千万万人的心田浇灌着爱的真谛——爱情是坚贞，是奉献，真正的爱情可以冲决一切阻碍，从而激励人们信守爱的坚贞与纯洁，在爱的求索之路上勇往直前，去收获爱的甜蜜与幸福。

七　为爱而爱，爱你不息

——白朗宁夫人《我是怎样的爱你》赏析

我是怎样的爱你

白朗宁夫人

我是怎样的爱你？诉不尽万语千言：
我爱你的程度是那样地高深和广远，
恰似我的灵魂曾飞到了九天与黄泉，
去探索人生的奥妙，和神灵的恩典。
无论是白昼还是夜晚，我爱你不息，
像我每日必需的摄生食物不能间断。
我纯洁地爱你，不为奉承吹捧迷惑，
我勇敢地爱你，如同为正义而奋争！
爱你，以昔日的剧痛和童年的忠诚，
爱你，以眼泪、笑声及全部的生命。
要是没有你，我的心就失去了圣贤，
要是没有你，我的心就失去了激情。
假如上帝愿意，请为我作主和见证：
在我死后，我必将爱你更深，更深！

（袁广达、梁葆成　译）

白朗宁夫人，是19世纪英国著名的女诗人，她的全名是伊丽莎白·巴莱特·白朗宁。伊丽莎白15岁时，不幸骑马跌损了脊椎，从此下肢瘫痪卧病在床24年。39岁那年，她结识了小她6岁的诗人罗伯特·白朗宁，爱情之花在他们之间绽放。迟到的爱情使她的生命凤凰涅槃般浴火重生——在与白朗宁相爱的第二个春天，她竟奇迹般地恢复了健康，并且就是在那一段相爱的日子里，她写下了组诗《葡萄牙人的十四行诗》。而女诗人之所以将其命名为《葡萄牙人十四行诗》，是因为丈夫将黑皮肤、黑眼睛的个头矮小的她昵称为“小葡萄牙人”。这组诗是他们崇高爱情的见证。《我是怎样的爱你》是其中的第43首，也是最为著名、传颂最广的一首。

“我是怎样的爱你？”开篇就是一设问句，其后就是诗人一系列八句对这一问题的回答，当然也是诗人直抒胸臆的爱的心声和炽热深情的绵绵情话。

伊丽莎白用排比和长句抒写出浪漫的纯情，一一细数她爱爱人的方式，也是从八个角度定义了自己心目中爱的内涵。

诗人直奔爱情的最核心的问题——爱的程度，即从爱情情感的存在状态入手。“我”爱你的程度，可以到达心灵所能及的深邃、宽广和高度——深至黄泉，高至九天，宽广至整个人世间，所以，从天的最高处到地的最深处，弥漫着的都是我对你的爱。何其深厚，可想而知。而且不止于此，诗人进一步以感恩的心态继续表达，这负载着满满的爱的灵魂，开启了她新的人生境界，开始去探索宇宙的奥妙和神灵的恩典，去认知这个世界，回馈这个世界。接下来，诗人继续剖析：我对你的爱永不停息，无论是白昼还是夜晚，如同白天的太阳和夜晚的烛光，如同每天必需的维持生命的食物，不可间断，不可或缺。并且，我对你的爱是如此纯洁、单纯，如在荣誉面前羞涩转身，不被外界的奉承吹捧所迷惑；我对你的爱是如此忠诚无瑕，像我的童年信仰，绝假纯真；我对你的爱是如此的勇敢，如同一个斗士为正义而奋争；我对你的爱是如此的热诚，就像以前我竭尽全力承受的孤独和疾病的辛酸。

青少年时期的伊丽莎白可以说是多灾多难的。15岁跌伤了脊椎，让一个活泼可爱的少女只能卧病在床对她来说已经非常不幸了，然而苦难依然接踵而至：先是家里的经济条件每况愈下，再是慈爱的母亲不幸去世，父亲的性格变得乖戾暴躁，把伊丽莎白的弟弟妹妹从身边赶走，亲情纷纷离她而去，尤其是她最亲近的弟弟爱德华因为陪她在海边养病，溺水而亡……总之，爱情来临之前，灾难步步紧逼着这个脆弱的生命。一次次的打击，无一不使她感到天昏地暗，悲痛欲绝。灾难发生后，伊丽莎白没有消沉，她用读书、诗歌创作来填补生命的空缺，同时她也变成了一个虔诚的基督徒，笃信上帝。作为一个虔诚的基督教徒，尽管她一心仰望着上帝，但仍阻止不住死神的步步逼近。死神的阴影笼罩着她，诗人时时刻刻等待着死亡，可就在这时候，诗人罗伯特·白朗宁闯入了她暗淡的生活，比死亡更猛烈的爱出现了并把她从死神手里拉回到充满阳光的生活中来。他们之间纯洁、热烈的爱情，也让她的生命涅槃重生，诗人重新感受到了生活的可爱，也不能不感激那个把新的生命意义给予了她的人！在爱人身旁，人间成了天堂，过去所有的苦难与折磨都成了现在自己爱情甜蜜的基石，生命洋溢着爱和生机。所以，诗人将这份爱视如上帝赐给自己的礼物，将心上人视如上帝至高无上，无可替代。

两人世俗意义上的巨大差距让她不敢面对这份情感，她经历了炼狱般的痛苦与忧伤，终于勇敢地接受了这份真情，所以，爱情对一般人而言是浪漫与甜蜜的象征，对于伊丽莎白而言，却不啻于一场为了奔向全新的人生天地而挣脱肉体和心灵双重禁锢的卓绝斗争。正因为如此，诗人的爱才如此地执着坚定：“只要上帝愿意，在我死后，我必将爱你更深，更深!”即使生命终止，我对你的爱也不会止息，而且会更加深厚。这样毫无保留的爱，至诚的纯情，让人深切感受到白朗宁夫人对爱情的期待、爱情到来后的欣喜以及对爱人生死相许的毅然与决然。

正如徐志摩所说：“这在文学史上是第一次一个女子澈透地供承她对一个男子的爱情，她的情绪是热烈而搏聚的，她的声音是在感激与快乐中颤震着，她的精神是一团无私的光明。”女诗人将自己对心上人的爱毫不隐讳地娓娓道来，以女性特有的细腻唯美的感受，深情描述着自己崇高的、纯洁的、不被世俗污染的爱，打动了无数人的心灵。

爱的最高境界就是为爱而爱，这其实也是爱情的本体。白朗宁夫人的这首《我是怎样的爱你》，表达的就是这样一种纯粹的爱情。它可以横跨时空的界限，可以超越生与死的边界，是那样的酣畅淋漓、缱绻多情，又是那样的撼人魂魄，激发人去探索，去追随。

八　情天爱海，激情飞扬

——拜伦《雅典的少女》赏析

雅典的少女

拜伦

雅典的少女啊，在我们分别前，
把我的心，把我的心交还！
或者，既然它已经和我脱离，
留着它吧，把其余的也拿去！
请听一句我临别前的誓语：
你是我的生命，我爱你。

我要凭那无拘无束的鬈发，
每阵爱琴海的风都追逐着它；
我要凭那墨玉镶边的眼睛，
睫毛直吻着你颊上的嫣红；
我要凭那野鹿似的眼睛誓语：
你是我的生命，我爱你。

还有我久欲一尝的红唇，
还有那轻盈紧束的腰身；
我要凭这些定情的鲜花，
它们胜过一切言语的表达；
我要说，凭爱情的一串悲喜：
你是我的生命，我爱你。

雅典的少女啊，我们分了手；
想着我吧，当你孤独的时候。
虽然我向着伊斯坦堡飞奔，
雅典却抓住我的心和灵魂：

我能够不爱你吗？不会的！
你是我的生命，我爱你。

（查良铮　译）

《雅典的少女》写于1810年，当时拜伦第一次去雅典，住在英国副领事遗孀色欧杜拉·马珂里的家里。马珂里有三个女儿，他与她的大女儿特瑞莎坠入爱河，产生了火热的恋情。当他不得不告别特瑞莎的时候，写下了这首《雅典少女》。这是一首激情洋溢、热情奔放的爱情诗，是拜伦写给恋人的临别赠语，也是他的真诚的内心独白。

“雅典的少女啊，在我们分别前，把我的心，把我的心交还！”两人情正浓时，却不得不面对离别，内心是何等的煎熬。爱恋在心头澎湃，不舍在心头激荡，所有的矜持与含蓄都是那样不堪和矫情，所以，诗人开篇头一句便开门见山，直奔主题。当诗人与恋人分别的时候，内心充斥着的是一种生命被掏空的感觉，整个人六神无主、失魂落魄，于是直接发出近似呐喊的哀求：“请把我的心交还给我！”情感率真而炽热，让读者一下子就感觉到一股不可遏抑的激情扑面而来。但是，不仅仅是心已经深深地被少女吸引，他整个人也早已被心上人的绝代风情所俘获，分别在即却久久难以离去。于是脱口而出的哀求过后，稍作思考的诗人立刻认清了一个事实，做出了新决定，“留着它吧，把其余的也拿去”，因为“它已经和我脱离”。诗人不舍得这么早就离开心上人，他想留在她身边，并愿意用自己的一切来换取这美妙、欢欣的相处时光。从“把我的心交还”到“把其余的也拿去”，诗人瞬间情绪的变化，彰显了他对少女的热爱与难舍之情，并且这种激情迅速转化为爱的誓言：“请听一句我别前的誓语，你是我的生命，我爱你。”诗人对雅典少女的爱已经与生命和心灵融为一体，发自内心，与自己的生命一样不可割舍，至高无上。在这里，诗人直抒胸襟，几近呐喊，其浓郁的爱恋如旭日东升般喷薄而出，气势磅礴。

能如此抓住诗人灵魂的究竟是怎样的一个姑娘？诗人接下来浓墨重彩地勾画出了一个美丽、热情、充满青春朝气的雅典少女的形象：她有着“无拘无束的鬈发”，“墨玉镶边的眼睛”，浓密的“睫毛”，“嫣红”的脸颊，“野鹿似的眼睛”，玫瑰一样娇艳的“红唇”，“轻盈紧束的腰身”。诗人将少女的容颜体态描摹得细致入微，足见其仰慕之情之浓厚。不仅如此，头发的飞扬、眼波的流转、睫毛的轻颤，她的一举一动、一颦一笑都是牵动着诗人多情的视线，触动着诗人敏感的神经，都是那样摄人魂魄，令诗人心驰神往、心颤不已。总之，她的美在诗人眼中无与匹敌，令他魂牵梦萦，难以自已。少女的美丽点燃诗人熊熊似火的热情，他情不自禁地要拥抱她、亲吻她，表达自己的倾心爱慕，爱的誓言再次奔涌而出："你是我的生命，我爱你。"直白的倾吐，直抵人心。

多情自古伤离别，情愈浓爱愈深，分离愈是痛苦，此时千言万语要倾诉却又无从说起，那就换一种传情的方式——把美丽的鲜花献给美丽的你。它们的鲜艳它们的芬芳，代表我对你的一片浓情与蜜意，代表着我绽放的爱情，请你收下，它胜过了一切的语言与承诺。爱情为我的人生带来了"一串悲喜"，为你忧郁悲戚，为你欣悦欢喜，它让我尝尽人生的百般况味，充实了我的人生，丰盈了我的生命。于是，诗人又一次将由衷的爱恋转化为直接的告白："你是我的生命，我爱你！"

最后一节，诗人照应开头，再次点出了离别，对心上人发出了殷切的叮咛："想着我吧，当你孤独的时候。"这既是对少女的殷殷期待，也是对自己即将面临的未来的设想：因为与心上人的分离，自己将陷入无限的孤独中难以自拔，孤独与思念将成为自己生活的全部，虽然"我"的躯体"向着伊斯坦堡飞奔"，但身处雅典的"你""却抓住我的心和灵魂"。拜伦酷爱希腊这个文明古国，其深厚的文化底蕴早已经深深俘获了他的心。并且拜伦不仅是才华横溢的诗人，而且是勇敢无畏的民主斗士，他常常痛苦于土耳其统治下的希腊人民的疾苦，并时刻准备着投身于希腊民族解放运动中。诗人将自己对雅典少女的爱恋与对希腊的深情眷恋相提并论，他们同样将诗人带入了美妙绝伦的精神秘境之中，同样俘获了诗人的灵魂，同样值得诗人为之奋勇向前，乃至献出自己的生命。诗人是这样写的也是这样做的，就在这首诗诞生13年后，他积极投身于希腊解放革命之中，并为此奉献了自己宝贵的生命。有这样的真诚与深情，"我能够不爱你吗？不会的！"这看似平淡的自问自答，里面饱含的却是诗人坚定的信念和无畏的决绝，平静中同样能让人感觉到他充溢的激情。这种激情再一次自然而然地转化成爱情誓语："你是我的生命，我爱你！"

诗作每节以"你是我的生命，我爱你"做结，反复咏唱，回环往复，直接而热烈地倾诉出了自己对雅典少女浓郁的爱恋，情感回旋激荡，激情四射。

这种爱的心声与誓言奔放热烈，充分展示了诗人对雅典少女特瑞莎坦诚、勇敢的爱恋之情。

总之，拜伦在这首《雅典的少女》中，将自己的满腔浓情倾注在字里行间，既有火一般的浓烈，又有水一般的温柔，营造了一方独特的充满激情与魅力的情天爱海，令人热血激荡、感奋不已。

九　脱俗挚爱，圣洁永恒

——叶芝《当你老了》赏析

当你老了

叶芝

当你老了，头白了，睡思昏沉，
炉火旁打盹，请取下这部诗歌，
慢慢读，回想它们过去的浓重的阴影；

多少人爱你年轻欢畅的时候，
爱慕你的美丽、假意或真心，
只有一个人爱你那朝圣者的灵魂，
爱你衰老了的脸上的痛苦的皱纹；

垂下头来，在红光闪耀的炉子旁，
凄然地轻轻诉说那爱情的消逝，
在头顶的山上它缓缓踱着步子，
在一群星星中间隐藏着脸庞。

（袁可嘉　译）

叶芝是20世纪爱尔兰最伟大的诗人。1923年，他“以其高度艺术化且洋溢着灵感的诗作表达了整个民族的灵魂”获得诺贝尔文学奖。爱情诗《当你老了》是1893年叶芝写给他终生倾慕的女性茅德·冈的，他当时29岁。1889年1月30日，叶芝第一次遇见了女演员茅德·冈，他描绘第一次见到她的感受：“她伫立窗畔，身旁盛开着一大团苹果花；她光彩夺目，仿佛自身就是洒满了阳光的花瓣。”他对她一见钟情，并且一往情深。茅德·冈不仅美貌动人，而且她痛心于爱尔兰人民受到的英裔欺压，毅然放弃了上流社会的生活而投身到爱尔兰民族独立运动中，并成为运动的领导人之一。叶芝对她怀有深深的爱慕之情，却一直遭到拒绝，茅德·冈嫁给了与她并肩战斗的麦克布莱德少校。叶芝写下这首诗23年后，麦克布莱德少校牺牲，叶芝再次向茅德·冈求婚，仍遭到拒绝，这使得叶芝一生中长时间地陷于这种痛苦中难以自拔，而这种痛苦也成了诗人诗歌创作的巨大动力和不竭源泉，《当你老了》就是其中最著名的一首。

开篇“当你老了”是一个假设性的时间状语，平易朴素，简单之至，却带着读者跨越了几十年的时间鸿沟，从人生的青春年华一下子跨越了时空壁垒来到了人生的垂垂暮年。接下来是具体的场景描述：心上人已经成为满头白发的老妇人，孤零零地坐在壁炉边，睡意昏沉。这里呈现的是一个寒冷、孤寂的环境，一位苍老、疲惫老妇。在燃烧的炉火旁，她迟缓地拿出诗人为她写下的那些诗篇，开始慢慢品读。诗集里记录的是关于她的一切，包括她年轻时曾迷倒众多追求者的温柔目光、深邃眼影。读那些诗人写给自己的火热文字，仿佛昔日重现一般，她看到了诗人笔下自己青春、美丽的过往。炉火，寒冷中带来温暖；诗歌，孤独中带来慰藉；炉火边读诗，接收到的是倾慕者传递出的爱的温暖与真情。而这种挚爱深情在美丽年华却被无情忽视，任其在幽怨中飞逝、凋零。诗句平缓的语调中有着难以掩饰的伤感。一个“老”字，涵括出整首诗歌的基本情感，深情、哀伤、凄绝、无奈，却又矢志不渝。

第二节，诗人以对比的手法继续书写忠贞不渝的爱。“多少人爱你年轻欢畅的时候，爱慕你的美丽、假意或真心”，心上人的美丽、青春吸引着众多世俗的人们，他们或真情或假意地爱慕着、追求着她，诗人情感的几乎被湮没，这注定了诗人爱情追求的艰难和曲折。紧接着诗人表白，“只有一个人爱你那朝圣者的灵魂，爱你衰老了的脸上的痛苦的皱纹”，“多少人”与“只有一个人”进行对比，诗人的爱是那样的与众不同：不仅爱恋人年轻欢欣时的甜美容颜，同样爱恋她饱经风霜、衰老痛苦的皱纹，更爱着恋人的灵魂，那是崇高的、圣洁的朝圣者的灵魂。诗人的爱不会因为容颜的改变、衰老的降临、爱情的艰辛而有任何的退缩，反而历久弥坚，历久弥新。

第三节，诗人想象着心中的爱人读诗歌时的景象：在炉火旁，恋人会

"垂下头来""凄然地轻轻诉说那爱情的消逝"。年老之时，孤独的她一定会凄然地回忆那一段逝去的爱情，喃喃诉说失去之后的无比遗憾。尽管诗人的倾心苦恋毫无结果，他却仍旧希望恋人会回忆起他对她的爱，追思那逝去的岁月，并会因之而忧伤悔恨。诗人在结尾部分强调，在遭拒绝后，他的爱无奈离去——"在头顶的山上它缓缓踱着步子"，"把脸庞隐藏在众星中"。"山"象征着宽容与坚韧，代表着爱的守候；"星"象征着执着与永恒，意味着爱的坚贞。诗人独自面对无果的爱，只能站在头顶的高山上，远远地看着深爱的人。之所以站在山上，是为了更清楚地看到爱人。明知不被接纳却又不甘离去，被拒绝仍然投之以深情地关注。却又因她的漠视，只好隐身众多的其他追求者当中。之所以隐藏脸庞，是因为他主动选择了独自默默地承受的爱情方式。多么真挚坚贞、唯美感人的爱情！

《当你老了》从题目到内容，没有华丽的辞藻，没有刻骨的思恋，但我们却能通过诗人的深情的遐想、执着的守候，清楚地感受到他无尽的思念、无限的伤感，感受到他那一颗坚定赤诚的心，一份魂牵梦萦的爱。这种唯美深厚的爱情情感，读来缠绵悱恻，情深意长，让人感慨无限、反思无限。

叶芝用平淡舒缓的语调诉说自己的爱情，语不惊人却撼人心魄，与"执子之手，与子偕老""愿得一心人，白首不相离"的铿锵誓言有着异曲同工之妙。现代流行歌曲中水木年华的《一生有你》也这样吟唱："多少人曾爱慕你年轻时的容颜/可知谁愿承受岁月无情的变迁/多少人曾在你生命中来了又还/可知我都陪在你身边。"它们以不同的方式向我们演绎着这种动人的恒爱之境。这爱，永恒，沉静，纯洁，高尚，可以跨越时间、空间的藩篱，万古长青！

十　以目传情，纯真痴情

——汪静之《伊底眼》赏析

伊底眼

汪静之

伊底眼是温暖的太阳；
不然，何以伊一望着我，
我受了冻的心就热了呢？

伊底眼是解结的剪刀；
不然，何以伊一瞧着我，
我被镣铐的灵魂就自由了呢？

伊底眼是快乐的钥匙；
不然，何以伊一瞅着我，
我就住在乐园里了呢？

伊底眼变成忧愁的引火线了；
不然，何以伊一盯着我，
我就沉溺在愁海里了呢？

“眼睛是心灵的窗户”，恋人的眼睛，传递、展示的情感内容更为丰富多彩，更是追求者感知对方情感世界的窗户。恋人间必然透过彼此的眼睛来窥探、意会对方内心深处的奥秘，所以恋人的眼睛也成为爱情文学重点描绘的对象。“湖畔诗人”汪静之从热恋中的男青年的感受出发，借女郎的眼睛来传达自身的爱情感受，真切而细腻。

恋人之间的情感交流方式多种多样，以目传情是其中常见的一种。这种方式，从眼神的碰撞到眼色的示意，到眸子的流转顾盼，到眼角眉梢的一颦一蹙，无不是双方心与心的碰撞、情与情的交流。这种情感的碰撞交流是内心的深刻剖白，是无声的对话，一个眼神虽不是有声语言，却恰似千言万语的随心传播，往往有“此时无声胜有声”之效。《伊底眼》就传达出了诗人的这种爱情感受。诗作表现热恋中的“我”情不自禁地感受着女郎的情绪，快乐着她的快乐，忧伤着她的忧伤，将坠入情网者的恋爱心态表达得淋漓尽致。

诗歌开篇第一节就把女郎的眼睛比喻成天上“温暖的太阳”。万物生长靠太阳，太阳给我们的生命带来了光与热，诗人将爱情的到来比作阳光照进了自己的生命。似乎怕别人不相信，接下来诗人又从反面说，“不然，何以伊一望着我，我受了冻的心就热了呢？”望，远视也，诗人把女郎的眼睛比作天上遥远的太阳，远远地“望着我”。然而她从远处一看“我”，其目光就如阳光般携带、传递着巨大的热量，照射进“我”的心灵，融化了“我”心中的坚冰，激活了“我”的生命，并升腾起巨大的能量，随之火热起来，充满了生机和活力。

第二节，诗人把女郎的眼睛比喻成“解结的剪刀”。结，名词，本指用绳、线、皮条等缩成的疙瘩，这里喻指由于内心需要得不到满足而在心中郁结的疙瘩、块垒。人的内心需要得不到满足时就会产生相应的诸如痛苦、哀伤、忧愁、愤怒、紧张、焦虑、恐惧、憎恨等的消极情绪。这些情绪都是内敛式、积聚性的，不加以纾解的话，久而久之就成了心中难以化解的结块，成为沉重的心理负担，心灵也就如同被囚禁了一般，失去了应有的轻松、开朗与自由。诗人的心灵也曾处于这种如镣铐拘禁般的郁结情绪中不能自拔，但“伊一瞧着我”，“我被镣铐的灵魂”就得到了解脱，“自由了”。瞧，目力集中于一点，仔细看。女郎对“我”的看似不经意的关注眼神，就如同有形的剪刀一般，剪开了已困扰“我”许久的苦恼之结。心结散开带来的是心灵的轻松、自在与畅快。

第三节，诗人把女郎的眼睛比喻成“快乐的钥匙”，即打开快乐之门的钥匙。之所以如此说，是因为“伊一瞅着我”，“我就住在乐园里了”。瞅，斜着眼看。一个“瞅”字，恋爱中女郎的羞涩、娇憨、活泼之态毕现。恋爱中的男女往往变得多愁善感起来，感情脆弱，经常被一些莫名的忧愁、感伤之类情绪所笼罩，而多愁善感的根源就在对方身上。“解铃还须系铃人”，所以恋人也是打开其心锁的人。而女郎打开“我”心锁的钥匙是如此简单、有效，她的小小的一个动作——“瞅着我”，“我”便不仅快乐起来，而且是住进了“乐园”，感到的是无穷无尽的快乐！

第四节“伊底眼变成忧愁的引火线了”，与前三节的开头的句式表达有了些许变化，字数增多，停顿增多，语调变得、深沉、舒缓，其所蕴含的情感也转为凝重、厚实，并且情绪也由欢愉转向了沉郁——“伊一盯着我”，“我就沉溺在愁海里了”。盯，注视，集中视力看。女郎的这种看，意味着对“我”的深情与执着。于“我”而言，她的眼睛犹如点燃“我”忧愁的引线，令“我”焦灼难耐，整个人也如沉溺于“愁海”中了一般，沉迷其中，无法自拔。此时，诗人已经真正走进了女郎的情感世界，甚至迷失了自我。至此，诗作戛然而止，给读者留下了广阔的遐想空间。

在这首诗中，诗人借女郎的眼神来传达自己的爱情感受，所以女郎眼神的变化——“望”“瞧”“瞅”“盯”，与其说是在刻画女郎眼睛的眉目传情、顾盼生辉，不如说是在表达诗人情感的心旌摇曳、情意缠绵。或者说，是在诗人的情感体验中描绘出了两人之间的情切切、意绵绵，缱绻无限。

整首诗歌每节结构大体一致，采用一种句式，先是比喻，然后用“不然，何以……了呢?”的反问句，只是若干词语在相同的地方作了调换，这种结构方式，一唱三叹，在迂回往复之间表现出诗人极其复杂的爱情感受，不仅一往情深，而且低回无限，同时也使得全诗富于节奏感和旋律美。

十一　忘情呼唤，如醉如痴

——纪弦《你的名字》赏析

你的名字

纪　弦

用了世界上最轻最轻的声音，
轻轻地唤你的名字每夜每夜。

写你的名字，
画你的名字，
而梦见的是你的发光的名字：
如日，如星，你的名字。
如灯，如钻石，你的名字。
如缤飞的火花，如闪电，你的名字。
如原始森林的燃烧，你的名字。

刻你的名字！
刻你的名字在树上。
刻你的名字在不凋的生命树上。
当这植物长成了参天的古木时，
啊啊，多好，多好，
你的名字也大起来。

大起来了，你的名字。

亮起来了，你的名字。

于是，轻轻轻轻轻轻地唤你的名字。

《你的名字》是一首新颖别致的爱情诗，诗人将坠入情网的抒情主人公对心上人如醉如痴的思恋，借用“你的名字”这一中心意象别出心裁地表现出来，无一爱字而浓浓的爱意伴随着绵绵情话如泉水汩汩而出，形神毕现地表达出了抒情主体的一片深情。

开篇第一节只有两行，“用了世界上最轻最轻的声音，轻轻地唤你的名字每夜每夜”，一下子就把读者带入了抒情主人公非常宁静痴情，忘我的、私密的情感世界。“你的名字”其实就是抒情主人公恋人的化身。因为某种原因，有情人相爱而不能相近，更不能相处，只能在心灵中苦苦相思。这种痛苦无奈的情绪积聚在心里无法疏解，怎么办？在这首诗里，抒情主人公用了一种方式——“唤你的名字”来加以解脱。这种呼唤，诗人不仅用了叠词“轻轻”摹写出了“唤”的温柔、深情之状，而且还“用了世界上最轻最轻的声音”来描述其方式。诗人将“轻”字反复叠用，传神地描摹出了思恋者以对方为念、生怕惊扰到对方的细腻心态。并且，诗人将表时间的状语“每夜每夜”置于句末，更加强化了其情思的真挚深沉与悠长缠绵。这种呼唤如在情人耳畔絮语，又如梦呓一般，抑或是独处时不能自抑的自言自语，情意绵绵，感人肺腑。这两句诗，饱蘸情感的汁液，字里行间流淌着抒情主人公的一腔似水柔情，其深情发自肺腑，凝重沉潜，感人至深。

第二节，赞美“你的名字”的灿烂，极富动感。“写你的名字，画你的名字，而梦见的是你的发光的名字”，因为痴迷以至浑然不觉地既“写”还“画”还“梦见”“你的名字”，心上人的名字对抒情主体仿佛有着勾魂摄魄的力量，足可见其用情之深、之专、之痴。并且，在痴情者的梦中，恋人名字会“发光”，这就将对方在自己心目中不可比拟、无法替代的至高地位表现了出来。接下来，诗人连用了七个事物来比拟恋人“发光”的名字，“日”“星”“灯”“钻石”“缤纷的火花”“闪电”以及“原始森林的燃烧”，它们同为发光体，诗人采用博喻的手法，将这些绚丽多姿的不同形象组合聚焦，共同指向一个意象——“你的名字”，淋漓尽致地抒发了抒情主人公对恋人不可逾越的倾慕与思恋。其至死不渝的恋情，在这里获得了具体而形象的表现。

第三节，抒情主人公无法遏抑心中的那份深情，终于付诸行动，更确切地说是在意念中付诸行动——把恋人的名字刻在树上，刻在“不凋的生命树上”。生命之树镌刻上心上人的名字，便成了爱情忠贞、庄严、圣洁的象征，因此也寄予了抒情主人公最为执着的守候和期盼。这是一份难以表露的却又摄人魂魄的爱恋，把恋人的名字刻在树上，盼望着当这株树长成“参天古木”时，恋人的名字也大起来。这种方式看起来有些空幻甚至有些幼稚可笑，然而，这是抒情主体对爱最诚挚的守望，最由衷的希冀——不惧岁月流逝，不惧世事沧桑，我心永恒！这样的情感看似水波不兴，却让人感到仿佛暗流涌动，甚至比石破天惊的海誓山盟来得更加汹涌澎湃。

最后一节，诗人把情感顺理成章地推向高潮。抒情主人公继续生发自己的意念，当这棵生命之树果真长成了参天古木时，“大起来了，你的名字。亮起来了，你的名字”。诗人看着那又大又亮的恋人的名字，再一次轻轻地唤她的名字。这里诗人连用了七个“轻”，看似过多的“轻”却饱含了作者不同的情感，每一个字都是对恋人的情意绵绵的爱恋，以至梦幻、痴狂。那时时刻刻的轻唤，那日甚一日的思念、痴想，充满了抒情主人公的心扉，也填满了他生命的年年岁岁、分分秒秒，其深情、其忘我、其执着，读来令人感叹不已，乃至潸然泪下。

全诗总共四节十八行，最显著的语言特色就是复沓手法的运用。第一节的“最轻最轻”和“轻轻地”的连用，第三节“刻你的名字”三次反复，最后一节七个“轻”字的连用，最为鲜明的是，在十八行的诗句中“你的名字”和“发光的名字”类语反复十四次之多。其次是回环手法的运用。诗作的首句和末句，构成了首尾的重复与呼应，既是贯通又是强调，这是全篇美学结构的大回环，第四节的首句“大起来了，你的名字”与第三节“你的名字也大起来”相回环，第二行“亮起来了，你的名字”，则与第三节相回环，等等。总之，诗人以其独到的语式和奇特的韵律作为情感的一抹绚丽的底色，以“你的名字”为核心挥笔泼墨，把这种痴情之恋描摹得行云流水、圆润流畅。

纵观全诗，这首诗以充满深情的呼唤落笔，以“你的名字”为中心意象，将恋人如痴如醉、忘我执着、念念不忘的爱恋表达得力透纸背，直贯人心，令人回味无穷。

十二 比肩而立，终生相依

——舒婷《致橡树》赏析

致橡树

舒婷

我如果爱你——
绝不像攀援的凌霄花，
借你的高枝炫耀自己；
我如果爱你——
绝不学痴情的鸟儿
为绿荫重复单调的歌曲；
也不止像泉源，
长年送来清凉的慰藉；
也不止像险峰，
增加你的高度，衬托你的威仪。
甚至日光，
甚至春雨。
不，这些都还不够！
我必须是你近旁的一株木棉，
作为树的形象和你站在一起。
根，紧握在地下；
叶，相触在云里。
每一阵风吹过，
我们都互相致意，
但没有人，
听懂我们的言语。
你有你的铜枝铁干，
像刀、像剑，
也像戟；
我有我红硕的花朵，

像沉重的叹息，
又像英勇的火炬。
我们分担寒潮、风雷、霹雳；
我们共享雾霭、流岚、虹霓。
仿佛永远分离，
却又终身相依。
这才是伟大的爱情，
坚贞就在这里：
爱——
不仅爱你伟岸的身躯，
也爱你坚持的位置，足下的土地。

《致橡树》是朦胧诗“三巨头”之一的舒婷创作于1977年的爱情诗。这首诗热情讴歌了两性世界中女性的独立人格，坦诚歌咏了自己的爱情理想，是一篇发自诗人肺腑的爱情宣言，至今仍有着振聋发聩的力量。

《致橡树》一诗，采取“木棉树”内心独白的方式，向“橡树”热情而坦诚地表达自己的人格理想以及要求比肩而立、终生相依的爱情理想。

开篇，诗人就连着用了两个“我如果爱你”引出自己的爱情观点。有了爱你前提之后，她用了六个否定性比喻针砭自己所反对、所不满的六种爱情观。诗歌先否定“攀援的凌霄花”那种“攀高枝式”的爱情，凌霄花的藤蔓只有攀缘于棚架、篱墙、树干才能生长，诗人通过凌霄花比喻一些女性凭借姿色攀附豪门，丧失独立人格及尊严，依附对方过着奢华的生活。这样的爱情，两性之间根本谈不上爱，所以诗人对这种女性的爱情观嗤之以鼻，不屑一顾，为了表达自己断然否定的态度，诗人用了一个程度副词“绝不”，态度干脆利落、掷地有声。“痴情的鸟儿”为了能躲避骄阳在大树的绿荫下而重复单调的歌曲，其歌唱并非为了自我，诗人以此比喻那些取悦男性而谋取物质丰裕生活的女子，他们承欢卖笑，低三下四地讨人垂怜，仰人鼻息，有何人格尊严和个人价值可言？所以诗人同样用“绝不”不容置疑地加以否定。接下来诗人紧承两个否定，用两个“也不止”表达“有但不仅限于”的双重含义，逻辑极其严密。“泉源”式的爱情，集中体现了女性的奉献与牺牲。毫无疑问，女性应该具有这种美德，因为爱情本质上就是一种奉献。但在中国长期男权社会中，女性的牺牲与奉献一直被片面强调，而其个体生命价值和欲求一直处于被忽略的地位，所以对这样的爱情观诗人用“也不止”委婉地表达了不满与部分否定。除此之外，诗人也不满于只为了衬托他人而忽略自我的“险峰”式“增加你的高度，衬托你的威仪”的爱情观。传统文化始终在咏赞日光、春雨，舒婷也不满于它们仅仅将阳光洒满大地、仅仅将雨滴滋润万物而从不考虑自己，因此，诗人从内心深处疾呼“不，这些都还不够”，爱情不能只是单方面的利己或利他，爱情必须是双向的交流与互动，需要有付出，也需要有回馈。

破然后立，诗人在排除了她所否定的爱情观后，直截了当、旗帜鲜明地亮出了自己的爱情观：“我必须是你近旁的一株木棉，作为树的形象和你站在一起。”“必须”一词，表达的态度何其决绝！橡树是一种木质紧实而高大的用材树，阳刚挺拔；木棉树又叫英雄树，是花树中最高大的一种，形象亦高大挺拔。两者旗鼓相当，同样以树的形象屹立于天地之间，“根，紧握在地下，叶，相触在云里”。根相握，叶相触，彼此分离又交融，情意绵绵，心意相通——“每一阵风过，我们都互相致意，但没有人，听懂我们的言语”。他们心心相印，相濡以沫，温馨而甜蜜。在心心相印中，双方并没有迷失自我，仍然保持各自独立的品格：“你有你的铜枝铁干，像刀、像剑，也像戟；我有我红硕的花朵，像沉重的叹息，又像英勇的火炬。”男性的橡树充满着阳刚之气，铜枝铁干凸现出男性的飒爽英武；女性的木棉洋溢着阴柔之姿，红硕花朵展示出女性的柔美多情。不难体会，木棉道白的口吻中洋溢着对橡树还有对自己的一种自豪与肯定，双方都不以消弭自我的个性而迎合对方，而是依然保持自己鲜明的特性。在生命的旅程中，他们能够同甘共苦——“我们分担寒潮、风雷、霹雳；我们共享雾霭、流岚、虹霓”，在世事的艰难困苦中，他们始终能够相互分担，同舟共济；面对生活的幸运欢愉，他们总是能够互相分享，欢欣鼓舞。这才是真正的爱情，“仿佛永远分离，却又终身相依”，他们在表面上“仿佛永远分离”，实质上他们却根叶纠结，“终身相依”。只有这样的爱情，才是诗人心目中渴望的爱情。所以诗人在结尾大声宣告：“这才是伟大的爱情，坚贞就在这里：不仅爱你伟岸的身躯，也爱你坚持的位置，足下的土地。”爱情首先要坚贞，诗人对坚贞有自己的理解，不只在于忠实于对方的“伟岸的身躯”，仅达到外貌的倾慕和形体的结合，而要更进一步在思想感情上达到完满的结合，站在同一个阵地，有同样的精神追求、生活信念。

舒婷的这首诗影响深远，在两性爱的世界里，两棵坚毅的树——木棉和橡树傲然挺立起来，并深深地植根生长着。比肩而立，终生相依的爱情理想也走进了千千万万个觅爱者的心灵。

综上所述，诗人以橡树为表白对象，完美地体现了现代性爱情应有的品格：热烈、诚挚和坚贞，相互独立又相互依存。诗中所传达出的爱情观，极富思想含量和艺术震撼力，在现代社会市场经济条件下尤其显得无比的厚重，引人深思。

第七章
离愁别恨曲，相思哀怨情

一　竟夕相思，爱意深沉
——张九龄《望月怀远》赏析

望月怀远

张九龄

海上生明月，天涯共此时。
情人怨遥夜，竟夕起相思。
灭烛怜光满，披衣觉露滋。
不堪盈手赠，还寝梦佳期。

“海上生明月”，诗作开篇由景写入，“海”与“明月”两个意象中间仅以一个“生”字相连，简单几笔勾勒出一幅皎洁的明月在深沉辽阔的大海上缓缓升起的壮丽图景，言简义丰，韵味无穷。“海”这一意象给人以浩瀚无际、苍茫渺远之感，其深沉与宽广令人不由得思绪万千，这也恰恰是游子、思妇生发无限感慨的契机。明月皎皎、光华如练，因而“明月”这一意象往往以其清冷的光辉令人感到孤独寂寞，相思之情油然而生。两个意象在颜色上一深沉一明快，在亮度上一光明一黑暗，二者相反相成，共同描绘了一幅意境雄浑阔大、情感缠绵悱恻的明月海景图，为下文的抒情做了铺垫。“生”即升起之意，但意义比“升”更加丰富，感情也更为细腻。“生”字除了展现升起的过程之外，更强调仿佛是大海孕育了明月，增强了二者之间的联系，将二者背后的相思惆怅之情有机地融合到一起。

“天涯共此时”抒发由上文的景象而生发的感慨：天各一方的你我同样在望着月亮，共同见证了这一时刻。本句与谢庄《月赋》中的“隔千里兮共明月”有异曲同工之妙，抒发了各在天涯的有情人共赏此景、同怀此情的些许慰藉。“共此时”是说“我”和“我”思念的人儿都在这一时刻抬头望月、共寄相思，这本是令人欣慰的事，然而前面的“天涯”一词却又在欣慰之外蒙上了一层挥不去、遣不散的浓重哀愁，这是一种何等辛酸的慰藉！

“情人怨遥夜，竟夕起相思”，诗的颔联直抒胸臆，以相思惆怅的口吻写道：有情人不禁要埋怨这漫漫长夜，怨它阻断了行程却勾起了相思，令游子思妇幽怨难眠，一整夜痴痴地怀想对方。“情人”是指有情的人。结合全诗来看，这对有情人由于种种原因正处在分离状态。“怨遥夜”细腻贴切地写出了天各一方而相思情切的有情人面对孤寂而漫长的夜晚，幽怨四起的真实状态。“夜”与“遥”不是截然分开的，“我”因夜“遥”而生怨，黑夜漫无尽头，不知象征希望的黎明何时才能到来而倍感惆怅，因怨而觉夜“遥”，凄伤哀怨塞于胸以至于觉得黑夜更加漫长，二者前后照应，彼此相关。此外“遥”字不仅仅是形容黑夜漫长无期，同时暗指二人相距遥远和相思绵长，诗人以“遥”而非“长”来形容夜，蕴蓄之意更加丰富，情感更加强烈。“竟夕起相思”中的“竟夕”意为一整夜，其相思之深切、幽怨之浓重可见一斑。“起”兼有“起身”和“生发”两重意思，一方面通过后文可以看出是指难以入睡起身徘徊，另一方面则是承接上文的铺垫，即是相思生发之意。颔联这两句诗洗尽铅华呈素姿，其真挚的情感有七分在朴实的文字中酣畅流露，打动人心，而又有三分婉转蕴蓄，使诗深沉悱恻、余味隽永。

“灭烛怜光满，披衣觉露滋”，颈联从细节展现难以成寐而起身后在屋内、屋外的一系列活动，吹灭蜡烛才发现清冷的月光将房间照得通透，踱出门外方觉天地万物尽笼罩在这清辉之中，“我”陷入了无尽的思念，不知不觉间，露水打湿了披在身上的衣服，方觉或许是伫立遐思的时间太长了吧。“灭烛”这一行为的目的显然是帮助“我”入睡，隐隐透出了成眠之难，同时与下文的“怜光满”形成对比。“光”即指月光，“我”本想熄灯入睡，熄灭之后才发现这满屋子尽是月亮的光辉，清冷明亮，让人睡意全无。一个“满”字紧承上文，写出了月光普照之状态。此外，月光这一意象蕴蓄着思念、忧伤之意，因而，“怜光满”之中还蕴含着满心思念之意。“披衣觉露滋”是写

“我”披衣出门后的活动与感受。身上披的一件衣服已经被露水打湿了，可见在屋外的时间之长，借此可见其对心上人相思之浓烈和相见不易的哀愁怨怅。

“不堪盈手赠，还寝梦佳期”，尾联凝聚着此前所有的思恋与惆怅，无可奈何地哀叹：“我想掬一捧皎洁的月光送给你却不能做到，还是回去尽力使自己入梦，祈求在梦中能再次见到你吧。”“不堪盈手赠”中不堪盈手的是这“天涯共此”的明月所照射出来的光辉，不能相赠的是“我”写在月光上的对“你”的铭心相思与刻骨爱恋。与爱人相去甚远，具象之物自然无法亲自送达，只有月亮是他们共有的，然而抽象的月光竟也无法手捧相赠，其失望与无奈是语言所不能表达的。于是，诗人反其道而行之，不是穷尽词汇表达此时的心情，而是不动声色地叙述自己愿望不能达成的现实和接下来的选择与做法，对自己的心情只字不提，其中究竟有几多相思、几许失望全由后人想象，言已尽而意无穷。“还寝梦佳期”显然与前诗相对，前文写夜中难以成眠，故披衣徘徊，而此句中却又将希望寄托在美梦佳期上，看似前后矛盾，细细品来，便会发现这其实是“我”深切的思念与会面难待这双重感情相互作用的结果。重新选择了此前否定的方式，又尽显其感伤失望。

全诗没有张扬浓烈的抒情，也没有歇斯底里的怨愤，而是三分显露七分蕴蓄，婉转含蓄地将铭心刻骨的相思与爱意表达出来，风格纡徐平淡，情思哀婉动人。此外，本诗通过一系列动作、细节描写将诚挚的思念与深沉的爱恋表现出来，情节丝丝入扣，感情层层推进，读来格外打动人心。

二　用情深处，反似无情

——杜牧《赠别二首（之二）》赏析

赠别二首（之二）

杜牧

多情却似总无情，唯觉樽前笑不成。

蜡烛有心还惜别，替人垂泪到天明。

“多情却似总无情”，明明一腔话语、满怀情绪，却压抑难言，默然无声，倒像是冷淡无情了。“多情”一词虽看似通俗浅显、平淡无奇，但却蕴蓄着此时“我”内心的千种离思、万般情绪，这个朴素的词语也因此承载着多重含义。首先，“多情”即重感情之意，“我”珍惜与恋人相处的每一刻，重视一朝一夕的团聚，不为其他，只因“我”非薄情寡性之人，不忍将情人割舍，不肯将牵挂放下。在此层面上，“多情”一词不仅辅助塑造了一个重情重义的“我”的形象，还展现了“我”与恋人之间诚挚厚重的情意。其次，“多情”一词亦即感情多元复杂之意。在离别之际，相聚的欢情、深沉的爱情、离别的愁情以及对分离的无可奈何之情、对甜蜜往事的依依不舍之情和对光阴荏苒的懊恼怅恨之情等等，一齐涌上心头，胸中不禁五味杂陈，于是吞声难言。从这一层面上看，“多情”是对离别时多种情绪、多样情感的概括，“多情”是离别时的一种真实表现。“却”字将话锋一转，继而写与之相对的分别时的另一种情感表现——似无情。离别之期渐近，心中有千言万语却不知从何说起，只能三缄其口，离情别绪满怀，怏怏不快，有情人沉默不语，于是有了似“无情”之言。“总”字加强语气，突出强调，承载着“我”对此时离别境况的感慨叹息，带有浓厚的感情色彩。诗人别开生面，写“多情”自“无情”写起，以“无情”反衬情深。“多情却似总无情”一句洗练自然，不务奇丽，不涉习俗，却恰切妥帖地写出了有情人分别时相顾无言、欲语还休的真实场面与真挚情感。

“唯觉樽前笑不成”一句以内心独白的方式写道：“只觉得对着酒盏却难作笑颜。”“唯”字引出并突显了分别时最为浓烈的、似乎是唯一的感觉——难以成笑。临别时，多重情感翻涌澎湃却难形之于言，“唯”字并非否定此时情感的复杂性，而是突出其无绪性，巧妙贴切地表现出了此时情思凌乱如麻、不可理析，只知笑颜凋零、愁容难展的强烈感觉。这也正是“我”此时抑郁低迷、没有情绪之状态的真实写照。“樽前”表明此时“我”身处饯别的筵席间，一个本该把酒话别而实际上却缄默不言的地方。“笑不成”以小见大，以具体代抽象，用难展笑颜来表现此时“我”内心的无奈感伤、悲凄不忍之情。

诗作一、二句以直达的语言表现了“我”对生活的敏锐感觉。前后两句相辅相成，各得其宜，看似词意浅露、略无余韵，实则涵义巧蓄、深情内流，细细咀嚼之后便会情不自禁地感其挚诚，动其真情。

“蜡烛有心还惜别”一句感慨道：蜡烛竟也这样有心，知晓分离不忍之意。“蜡烛”这一意象因其燃烧时不断滴落烛泪直至熄灭的特点而常被视为苦情、忠贞的象征，同时也被赋予了凄离、哀伤的情感。在本诗中，蜡烛既是

"我"与心上人分别场景的见证者，也是通晓人性、同悲同泣的知己，更是依依不舍、流泪惜别的"我"与情人的化身，在渲染气氛、表达情感的同时也对勾勒人物形象起到了一定的辅助作用。副词"还"表示没想到如此、居然如此之意，其中包蕴着难以言喻的苦楚与无奈。"惜别"即舍不得分别，"惜"字简约直达却突出了重点，临别前的感情是纠结复杂的，感伤、无奈、忧愁交织弥漫，然而最强烈的却是不舍，"惜"字正抓住并突出了这一突出情感。本句采取移情于物的艺术手法，使物象人性化，物与情彼此呼应，相得益彰。蜡烛本无心，原不能体会此时无休无尽的离情，然而此时"我"心中离情充溢，这种强烈的情绪不知不觉地影响着"我"对周围事物的感知与评判。移情于物、借物抒情不仅仅使诗作委婉含蓄、蕴藉多情，更是将离别之不忍写得缠绵悱恻、婉媚凄怆，悲伤不舍之情肆意流淌。

"替人垂泪到天明"承接上句，以拟人的手法写道：（蜡烛）为我们这对有情人一直流泪到天亮。蜡烛尚且整夜"流泪"，将要分别的有情人又岂能酣然入梦？"替"并非代替之意，而是"为、为了"，蜡烛为人垂泪从侧面反映了当时难舍难分、执手凝咽的情景。"到天明"强调时间之长，烛泪滴落了一整夜，这也意味着人也是时时流泪，直到黎明。诗人将这种浓得挥不去、散不开的别情移于蜡烛，但分别之痛依旧强烈难掩，不舍与悲伤扑面而来。

诗的后两句写蜡烛垂泪的日常场景及由此触发的奇特思绪，并找到一种与此时的意境最相和谐的语调——凄伤不忍，而后辅以典型画面将分别时的离索、愁情巧妙地表现出来。寓情于景，以物表情，真情自然流露，感人肺腑。

诗人从日常之琐碎小事及身边的普通景物切入，显得真切而富有生活气息。诗作不铺叙伤悲，不细摹离景，只是借蜡烛抒发强烈的不舍之情。离苦蕴蓄却又哀而不伤，形成了格调洒脱而情韵缠绵的独特风格。

三　独上高楼，离恨难寄

——晏殊《蝶恋花·槛菊愁烟兰泣露》赏析

蝶恋花

晏殊

槛菊愁烟兰泣露，罗幕轻寒，燕子双飞去。明月不谙离恨苦，斜光到晓穿朱户。

昨夜西风凋碧树，独上高楼，望尽天涯路。欲寄彩笺兼尺素，山长水阔知何处！

“槛菊愁烟兰泣露”，词的开篇聚焦于景物，用拟人的手法写道：栏杆旁的菊花上氤氲着一层轻烟薄雾，似乎被无限愁绪困扰着；兰花上露珠轻附，恰似她们泣下的泪珠。首句七字，凝练简洁而意义丰富，既点明了时间地点，又为全词奠定了情感基调。兰菊盛开，则其季节应为秋季，而秋天常被赋予思念的含义，这就不露声色地为后面情感的延展与抒发做了铺垫。“愁”“泣”二字则为本词奠定了哀伤叹惋、忧愁郁结的感情基调，情凄意切。菊花于百花凋落之后凌霜绽放，是孤独清冷的象征，且在诗词歌赋中常被用来传递相思怀念之情；兰花品质高洁，不流于世俗，却又因此而难逃寂寞，因而词人取菊兰两种意象，暗喻主人公的相思与孤寂。同时，词人将菊兰拟人化，移情于景，将主人公的主观感情转嫁到本无情感的客观景物上，委婉含蓄而又富有韵味。

“罗幕轻寒，燕子双飞去”，清秋的早晨，罗幕上荡漾着一缕轻微的寒意，燕子成双成对地飞走了。“罗幕轻寒”一句乃是细节描写，以“轻”字写“寒”，恰如其分地写出了初秋的气候特点。这是一种由视觉触发而弥漫全身的寒意，是现实世界真实存在的气温特点与主人公内心寒意的结合。这缕“轻寒”萦绕在罗幕之间，微弱隐匿，肉眼难辨，主人公竟能够细腻感知，想必是心中先有低落伤感之情，此时的心情与此刻的景物相呼应，而后将内心感情外化，把自己心中的低回惆怅融入其中。一个“寒”字也同时具有了描述环境、渲染气氛和表现人物情感的功能，内蕴多重，耐人寻味。“燕子双飞去”并非单纯写景，而是以巧妙的反衬手法衬托出主人公的孤独。燕子尚且能遵从自己的心愿，比翼齐飞，双双离去，人何以堪？燕成双而人分离，对比反衬之下孤单寥落之情尽显。

“明月不谙离恨苦，斜光到晓穿朱户”，此句依旧是移情于景，较之前不同的是不再将感情完全隐藏在景物中，而是部分流露。“我”哀怨地感叹道：“明月啊明月，你为何偏偏不知道离别的忧愁怅恨呢？你的清辉穿过朱红色的窗户，倾斜着进来，一直到次日清晨。”明月没有生命，自然也不会有情感，但是“我”却怨它不体恤自己满心的离绪愁苦，这看似无理取闹，实则是忧思至极，无可排遣的结果。本句抒情委婉，纡徐节制，其哀思怨怅却缓慢地弥散开来，在人们的心田漾起层层涟漪，形成了独特的艺术魅力。“斜光到晓穿朱户”一句暗指自己彻夜未眠，相思忧愁本就难以成眠，何况加之以清冷明亮的月光。本句既勾画出清冷的月光斜穿朱户的画面，又含蓄地表达了“我”整夜不曾入睡的事实。而且，这二者是彼此联系的，因月光而整夜难眠，因未眠而知月光到晓，此二者互为因果，使词的感情更加缠绵哀婉、打动人心。

“昨夜西风凋碧树”，下阕转而写次日清晨的所见所感。昨天夜里的西风吹落了碧绿的树叶，简单几笔，秋的萧瑟肃杀尽显。“昨夜”一方面点明了现在的时间是翌日清晨，另一方面隐约含有西风吹了一整夜之意。对于“西风”，词人未做具体描绘，而是曲径通幽，借碧叶满地的结果曲折反映了其风力强劲、劲厉肃杀的特点。“凋”即衰落之意，简练贴切，契合意境，着重凸显了西风使树叶凋零的结果，同时将其过程包蕴其中，使人乍读时惊于其用词纯熟，细细品来又感于其意蕴深沉多重。“碧”字言此意彼，虽是写树叶的颜色，然而词人的主要目的却是突出西风之强劲，继而抒发哀情。树叶尚绿，较之枯黄的叶子而言，生命力更为旺盛，即便如此，也被西风吹得如此狼狈破败，凋零满地，词在忧愁怅恨之中又多了一份无力抵抗与无可奈何的悲哀。

“独上高楼，望尽天涯路”一句由写景转入叙事，“我”独自走上高楼，极目远眺，望尽了路的那端也没有看见你归来的身影。“独”字兼写主人公外在形态上的形单影只与内心的孤独无依。登高望远，“高楼”强调了此时视野已经达到了最大范围，强调了所思之人实未归来的悲伤事实。“望尽天涯路”中“尽”与“天涯路”将主人公的痴心执着的品质表现得淋漓尽致，侧面烘托人物形象，同时也加重了后来思人未归的悲剧气氛。此句字里行间都洋溢着主人公的坚贞执着、痴心真诚，成为脍炙人口、历久弥新的千古名句。

“欲寄彩笺兼尺素，山长水阔知何处”，经历了彻夜不寐、登高远望等一系列事情之后，主人公想用寄去诗笺书信的方式来使对方知道自己的相思挂念，转眼间却又以无奈的口吻叹息道：“山路遥遥，水路迢迢，即使写了书信，又应该寄到哪里去呢?”前后两句一放一收，先肯定后否定，将美好的愿望与残酷的现实联系起来并形成鲜明的对比，强烈突出了欲笺万言心事，无奈锦书难托的失落怅然与幽怨愤恨。“彩笺”是指题诗的诗笺，

“尺素”指书信，前者记录了周围的景物变迁与主人公的心境变化，后者则是对前者的补充，记录了主人公难以借诗言明的深切思念或甜蜜私语，共同表现了其思之深、爱之切。“山长水阔”与上阕的“望尽天涯路”有着相似的寥廓高远的意境，表现了山高水远，阻隔重重，书信难以寄达，思念无处可托的惆怅失落。“知何处”是主人公经历过一系列的努力与失落后发出的绝望呐喊，简短三字，蕴含着最终迸发的真挚情感，将整首词的感情推向高潮。

这首词自出机杼，风格独特，有别于以往的闺怨词。风格上，摒弃了华丽旖旎、柔糜颓唐的缺点，其寥廓广远为词作增添了一抹亮色；感情上，不是一味抒发低迷失落之情，而是在思念惆怅之外更多了一份坚定执着；语言上，遣词造句朴素洗练，平实浅近，感人至深。这首词既继承了婉约词派词情深婉、意蕴多重的优点，又为其注入意境高远、情义坚贞的新活力，成为我国文学史上经久不衰的佳作。

四 情思无尽，生死不渝

——李商隐《无题·相见时难别亦难》赏析

无 题

李商隐

相见时难别亦难，东风无力百花残。
春蚕到死丝方尽，蜡炬成灰泪始干。
晓镜但愁云鬓改，夜吟应觉月光寒。
蓬山此去无多路，青鸟殷勤为探看。

这是一首表达离别相思的爱情绝唱，感人至深，且被后人谱成歌曲，众口传唱，经久不衰。

“相见时难别亦难”，开篇诗人就大诉其苦，连用两个“难”。前一个相见之“难”，可以理解为机会之少或难得，两人的相聚来之不易，隐隐流露出两人爱情所遭遇到的不寻常波折，同时也含蓄地表达了对爱情外在阻力的深深不满与怨恨；后一个别离之“ 难”字，可以理解为痛苦不堪。一方面是说正因为相见是那么不容易，诗人就愈益珍惜两人在一起的分分秒秒，以至分手时难分难舍；另一方面，作为一对痴心相爱的人，他们知道分手后所面临的必然是魂牵梦萦、难以摆脱的相思的煎熬，所以在即将到来的离别面前，他们感到的是深深的恐惧。由于外力的阻隔，一对情人已经难以相会。因为“相见时难”，所以“别亦难”——难以割舍、痛苦得难以禁受，离别之苦又甚于重聚之难。两个“难”将聚散分离的双重痛苦叠合在一起，在一开始就抓住了人心，同时也造成了诗句的绵连婉曲之势，将相见无期的离别之痛表达得低回婉转而显得分外的深沉和缠绵。“东风无力百花残”由抒情转向了写景。“东风”典出中国古代神话：五方天神里的东方神君，又名“青帝”，是司春之神，因东方主五行中的木，东风过处，万木葳蕤，百花竞妍，“东风”也就成了春的代名词。东风无力，百花凋残，渲染了一种凄婉悲凉氛围。“无力”其实是一种无奈，一种对现实无法抗拒的无奈——美好的春光即将逝去，人力对此是无可奈何的，而命运多舛，爱情也像这凋残的百花一样备受摧残，怎能不令人怅惘与惋惜！

颔联“春蚕到死丝方尽，蜡炬成灰泪始干”，此句延续了首联的主题，通过巧妙的比喻继续抒发“相见时难别亦难”的感情。句中的“丝”与“思”谐音，在一语双关中暗含了“相思”之义。小小春蚕，满腹情丝，痴痴吐之，将其有限的生命投入到日复一日的编织当中，丝尽而身亡，诗人以春蚕吐丝绵绵不尽暗合相思之人情思之缠绵缱绻；诗人又以蜡炬之“泪”与相思之泪相关联，蜡炬一腔热泪，默默长流，终其一生，直至成灰而泪干，暗合相爱之人忍受相思之苦的煎熬，彼此间的一片深情将终生以随，至死方休。“方”“始”二字虽为虚词，内涵却蕴藉深厚，真切地传达了相思之人在残酷现实面前的无可奈何。仔细品咂，此句分明又是相爱之人的忠贞誓言，相思之人虽明知无计回天，依然固守自己的爱情理想，矢志不渝，坚贞不屈，“方”“始”二字的镶嵌，更加强化了“到死”“成灰”誓言的情感强度。另外，“春蚕到死丝方尽，蜡炬成灰泪始干”，凄凉背后似乎还有一种爱在燃烧的热度在传递：春蚕吐丝是为人御寒，蜡烛成灰带给人的是光明，为爱而无私付出，给心爱之人送去光明和温暖，即使牺牲生命也在所不惜。这是何等的坚毅与决绝！

颈联“晓镜但愁云鬓改，夜吟应觉月光寒”，由于深陷相思之苦，诗人不由得设想对方的情形：清早揽镜自顾，惊觉鬓边青丝染霜，然后心生惆怅；晚上孤枕难眠，月下吟诗，也会因心情悲凉而觉得月光凄寒。诗句描摹出了一早一晚两幅场景，女子因饱受相思之苦，夜不能寐，黑夜里因痛苦而憔悴，以至于鬓发早衰，容颜憔悴，以致清晨又为花容憔悴、韶华逝去而痛苦。夜间的痛苦，是因为爱情的追求不得实现；次日为憔悴而愁，是为了爱情而希望永葆青春。总之，是为爱情而憔悴，而痛苦，而郁悒。这种痛苦，昼夜循环往复，彰显了主人公对爱情的坚贞与执着。下半句的“应”作“料想”来解，两人灵犀相通，诗人由己及人设想对方也和自己一样，夜不成寐，只能吟诗遣怀，在清冷的月光下，他们各自茕茕孑立，形影相吊，应该倍觉孤寒。对处于热恋中的人来说，想象心上人的生活场景本属平常，而诗人从身体冷暖到灵魂幽怨的想象，足可见他们相知至深，诗人对心上人眷恋之深，用情之真！

尾联“蓬山此去无多路，青鸟殷勤为探看”，借用神话传说，表达了诗人无望中的希望。“蓬山”即蓬莱山，传说中的海上仙山，此处借指心上人的住所。“无多路”意为相隔不远。心上人所居之地并不遥远，却咫尺如天涯，如仙山于凡人一般，纵然近在眼前也是可望而不可及的。出句传达出了诗人无限悲怆、绝望之情。“青鸟”，传说中为西王母传递信息的三足神鸟，这里借指信使。诗人为相思所苦，一定很想去看望心上人，哪怕只是得到她的音讯，但是，在逼仄的现实中难以实现，只能诉诸想象，求诸神灵，他央告青鸟：“她就住在蓬莱山上，离这里没有多少路啊，劳驾你代我去看看她吧！”“殷勤”“探”等字眼描绘的是一种小心翼翼之态，指互通信息也须在暗中进行，因而须倍加谨慎，此举更兼有设身处地地为对方着想，保护对方不受伤害之意。仔细品咂，对句分明也传达出了一种永不言弃的明知不可为而为之的执着，无奈之中仍燃烧着希望的火花。诗作结尾以美丽的神话传说作结，表达了对心爱之人的劝慰，哪怕是稍纵即逝的再次相见的一线希望，自己也决不放弃。同时，诗人在表达自己的恒心与决心的同时，也给诗作沉凝浓重的悲壮基调镀上了一层瑰丽迷人的传奇色彩。

这首诗，通篇扣住离情写相思，由会见的艰难引出别离之苦的难以忍受，再从别离转入生死不渝的爱情誓言，进而设想别后的岁月，并以互通信问的想望与自我宽慰作结。从头至尾都熔铸着痛苦、失望而又缠绵、执着的感情，言情丰富细腻而有层次，显示了诗人感情世界的波卷澜翻，意蕴深厚，令人沉醉。

五 爱如春花，相思成灰

——李商隐《无题·飒飒东风细雨来》赏析

无 题

李商隐

飒飒东风细雨来，芙蓉塘外有轻雷。
金蟾啮锁烧香入，玉虎牵丝汲井回。
贾氏窥帘韩掾少，宓妃留枕魏王才。
春心莫共花争发，一寸相思一寸灰！

这首诗写一位闭锁深闺的女子追求爱情而不得的失望与痛苦。

首联“飒飒东风细雨来，芙蓉塘外有轻雷”从眼前景致说起，春天的细雨伴着东风飒飒而来，芙蓉塘外，传来隐隐的雷声。诗人先描绘出了女子所身处的环境氛围：飒飒东风，蒙蒙细雨，阵阵轻雷。“飒飒”是拟声词，女子独居内室，百无聊赖，静静地倾听着室外沙沙的雨声，情绪也不禁潮湿、温润起来，相思之情也自然弥漫开来。“芙蓉塘”即莲塘，在南朝乐府和唐人诗作中，常常代指男女相悦传情之地。“轻雷”，既可指现实的雷声，也可以理解成是脱胎于《长门赋》中的句子“雷殷殷而响起兮，声象君之车音”，意指听到雷声疑是心上人归来，可见其思念之情之真挚、急切。东风、细雨、轻雷，皆涌动着春天的气息。春天，是万物萌生的生长季节，也是春心萌动的恋爱季节，如果所爱之人不在身边，这也往往是个让人相思断肠的伤怀季节。这两句诗景中含情，昭显着一个生机勃勃的春天依然来临，让人仿佛感觉到一股隐隐约约的生气要破土而出，既隐隐传达了生命萌动的春天气息，又带有一些凄迷黯淡的色调，烘托出主人公春心萌动和难以名状的迷惘苦闷。

颔联“金蟾啮锁烧香入，玉虎牵丝汲井回”，写女子独处的幽寂：春天已然到来，但房间里没有一点春的气息，还是这样寂寞、冷清，只有烧香的金蟾，在默默吐烟，院子里还是这般冷落，水井上吸水的玉虎辘轳，悄悄垂下牵丝。“金蟾”是一种蟾状香炉，“锁”指香炉的鼻钮，可以开启放入香料；“玉虎”，是用玉石装饰的虎状辘轳，“丝”指井索。女子目之所见，室内惟闭锁的香炉，户外是汲水的辘轳，都了无生机。这些景物衬托出了女子幽处孤寂的情景和长日无聊、深锁春光的惆怅。另外，香炉和辘轳，在诗词中常和男女欢爱联系在一起，所以它们同时又是牵动女主人公相思之情的东西。再加上“香”“丝”谐音“相”“思”，这些都告诉我们主人公之所以内心清冷寂寞、无动于春光，原来是为相思所苦。再进一步思考，诗人笔下的景物，金蟾虽坚香烟可出，井水虽深辘轳可汲，含义深刻，与女子幽闭深藏内心那种幽微情意暗暗萌动、不可禁锢极其相合，象征意味浓厚，同时也呼应了首联细雨轻雷所暗示的春意萌动。总之，这两句诗既表现出了女主人公深闭幽闺的孤寞，又暗示了她内心缠绵悱恻、不可遏抑的情丝。

颈联“贾氏窥帘韩掾少，宓妃留枕魏王才”，连用两个爱情典故。“贾氏窥帘”来自贾充女与韩寿的爱情故事，《世说新语》载：“晋韩寿貌美，大臣贾充辟他为掾（僚属）。一次充女在帘后窥见韩寿，私相慕悦，遂私通。女以皇帝赐充之西域异香赠寿。被充所发觉，遂以女妻寿。”“宓妃留枕”来自甄后与曹植的爱情故事，《文选·洛神赋》里李善注说，魏东阿王曹植曾求娶甄氏为妃，曹操却将她许给曹丕。甄后被谗死后，曹丕将她的遗物玉带金镂枕送给曹植。曹植离京归国途经洛水，梦见甄后对他说：“我本托心君王，其心不遂。此枕是我在家时从嫁，前与五官中郎将（曹丕），今与君王。”曹植感其事作《感甄赋》，后明帝改名《洛神赋》。句中“宓妃”即洛神，代指甄后。女子为情所困，移情于物，浮想联翩，由“烧香”引出贾氏窥帘赠香韩掾，由“牵丝（思）”引出甄后留枕，情思不断，外物皆着其情思意念之色彩。在女主人公的意念中，无论是贾氏窥帘爱韩寿之少俊，还是甄后情深慕曹植之才华，都是那样令人倾慕、向往。这两句诗表现出了女主人公追求爱情的愿望之强烈之奔放，如地下奔涌之岩浆，难以遏抑，急欲寻找宣泄的出口。

前三联，诗句反复描摹的是所思所爱之人不得见，女子为相思之苦所折磨，情思悠长，触目伤怀，痴想联翩。这种相思是那样地难以排解，于是尾联突然发生转折，诗人借女子之口，发出这样的喟叹——“春心莫共花争发，一寸相思一寸灰”，春心啊，千万不要像春花一样竞相盛开，免得徒为相思所苦，这相思如燃烧的蜡炬，在苦苦煎熬中会寸寸化为灰烬啊！这是女子在绝望、痛苦、压抑、悲愤相交织的复杂心灵困境中以沉痛的语气发出这样的警示之语，也是女子饱受相思之苦后的顿悟之语，还可以看作是无可奈何的悲叹，是劝别人别轻易动情，更是自叹自己为情所困、难以自拔。“春心”实指相思之情，将其与“花争发”作比，不仅赋予“春心”以美好的意味，而且显示了它的自然合理性。“相思”是抽象名词，前面是不能用数量词“一寸”来限定的，诗人由香销成灰联想出“一寸相思一寸灰”的奇句，以燃烧的蜡炬来比拟人的相思，借成灰来比拟相思无益的灰心绝望，化抽象为具象，两相映照中显示了美好爱情的毁灭。这两句诗写出了深锁幽闺、渴望爱情的女主人公相思无望的痛苦呐喊，充满了爱情幻灭之后的悲哀和强烈的激愤，自有一种动人魂魄的悲剧力量。

这首诗前两联描述环境景物，暗示女子情思萌动，情思绵绵；后两联描摹女子内心，则是情思郁结时的由衷独白与愤激呐喊。前两联寓情于景，情感惝恍朦胧；第三联用典，隐喻暗示，情感引而不发，至尾联则直白呼告，情感如岩泉喷涌，又如悬崖飞瀑，力挟千钧，摧心夺魄。诗作技巧之复杂隐秘、内涵之丰富幽微，令人品咂不尽，赞叹不已！

六　冷落清秋，多情伤别

——柳永《雨霖铃》赏析

雨霖铃

柳永

寒蝉凄切，对长亭晚，骤雨初歇。都门帐饮无绪，留恋处，兰舟催发。执手相看泪眼，竟无语凝噎。念去去，千里烟波，暮霭沉沉楚天阔。

多情自古伤离别，更那堪冷落清秋节！今宵酒醒何处？杨柳岸，晓风残月。此去经年，应是良辰好景虚设。便纵有千种风情，更与何人说？

多情、伤情的宋代大词人柳永是写情的铁笔圣手，而这首《雨霖铃》是其离情思恋词作中的压轴之作，传诵千年而不衰。

词的上片写恋人饯行时难分难舍的离情别意。“寒蝉凄切，对长亭晚，骤雨初歇”，开篇一个“寒”字，把离别的时间定在了寒意袭人的清秋。“寒蝉”寒冷的秋天里即将结束生命的蝉，天气寒冷，其叫声充满了生命短促的哀怨，听来便分外“凄切”。“凄切”二字，也定下了全词的基调。“长亭”点出送别的地点——路旁的亭舍，是送别远行人的地方，这也点出了词作送别的主题。时值深秋，且天色将晚，词人目之所见是万物萧瑟、暮色阴沉的景色，耳之所闻是骤雨滂沱过后寒蝉凄切的鸣叫，所见所闻无不凄凉、惨淡，一如主人公当时的心境。“都门帐饮无绪，留恋处，兰舟催发”，恋人在都门外长亭中摆下酒筵给他送别，怎奈二人愁肠满怀，即使是面对美酒佳肴，又哪里有心思享用？词人的思绪正专注于恋人，两人留恋之情正浓之时，撑船之人见天色将晚，不得不割断他们的情丝而“催发”。一个“催”字，词人以直笔写出了离别之紧迫，一对痴情人更觉难舍难分。“执手相看泪眼，竟无语凝噎”，听到船夫催发之声，一对痴爱之人一下子不知所措起来，只是下意识地抓紧对方手儿，凝视着对方，任泪水滑落。分别在即，该有多少话要说啊，可是，千言万语，万语千言，竟是不知从何说起。离别迫在眉睫，两人没有千言万语的道别、事无巨细的叮嘱，有的只是紧紧拉着的双手和互相注视的泪眼，哽咽无言。然而“此处无声胜有声”，我们分明能感受到他们之间流转着最深切的惦念与不舍。这两句通过人物的动作、神态描写，既写出了两人分手时的情状，同时也写出了他们之间极其复杂微妙的内心活动，多少情多少爱，多少昔日的甜蜜，多少离别的苦楚，都凝结于这“相看”与“凝噎”里了。“念去去，千里烟波，暮霭沉沉楚天阔”，“念”字，表明后边写的是想象，自然是意念当中的重重忧虑。“去去”，越去越远，不想去又不得不去，包含了无限凄楚。自己将乘一叶孤舟踏上去南方遥远的征程，漂泊在笼罩着无边烟波和暮霭的江面上，前途未卜。楚天辽阔，天地茫茫，没有心上人在身边，自己形单影只，孤苦伶仃，这种孤寂无依的感受又向谁倾诉呢？词人将恋人分别后的孤独凄凉、迷茫凄苦写得婉转悠长，不由人不为他们黯然神伤。

词的下片描摹想象中别后的凄楚情状。开头词人先抛开自己作泛论，提出一种很普遍、很广泛的现象——“多情自古伤离别”，意谓伤离惜别并不自我始，自古皆然，我亦如是。接着“更那堪冷落清秋节”，强调在当时的环境氛围下，多情的自己比其他多情伤别者承受的痛苦更多。接下来，词人以“今宵酒醒何处？杨柳岸、晓风残月”，继续描摹自己的哀伤：自己在凄凉的清秋时节里和恋人别离，是一个不知“今宵酒醒何处”的别离，自己前途未卜，连酒醒之时自己落脚何处都不知道，内心的悲愁不言自明。“杨柳岸、晓风残月”，除了不知“酒醒何处”，酒醒后自己将面对什么呢？不用费心猜测，只能是那清秋里的依依杨柳、清晨时吹出的袭人寒风和天边的一弯冷冷的残月吧！“柳”与“留”谐音。柳枝婆娑缠绕，用来写难舍的离情；晓风凄冷，写别后的心寒；残月破碎，用来写别后的难以团圆、相聚。一切景语皆情语也，这几句景语，将离人的凄楚惆怅、孤独忧伤，表现得十分真切，让人不由悄然动容。“此去经年，应是良辰好景虚设。便纵有千种风情，更与何人说”，这四句推想离别以后欢情不再的凄凉境况。词人继续推想今后漫漫人生路，自己将在茕茕孑立、郁郁寡欢和无尽的思念中度过，纵有良辰好景也形同虚设，今后漫长的孤独日子怎么挨得过呢？“便纵有千种风情，更与何人说？”即便对着良辰美景，能产生一些感受，但又能向谁去诉说呢？全文到这里戛然而止，虽是以问句收束，表达上却有一种慨叹的力量与效用，有力而又绵长，同时将词人的思念之情、感伤之意，传达得细致入微，感人至深。

《雨霖铃》也作《雨淋铃》，相传唐玄宗入蜀时因在雨中闻铃声而思念杨贵妃故作此曲，曲调自身就有伤情成分，而柳永的这首词以《雨霖铃》为词牌，以冷落凄凉的秋景作为背景，细致而精微地描画出了情人分别时的缠绵悱恻与难舍难分的离愁别绪，饱含爱而不得的伤痛，其情感内涵与词牌珠联璧合，不由人不为之折服。这首词传诵千年而不衰，不愧是柳词的压卷之作！

七　相思不减，憔悴不悔

——柳永《蝶恋花·伫倚危楼风细细》赏析

蝶恋花

柳永

伫倚危楼风细细，望极春愁，黯黯生天际。草色烟光残照里，无言谁会凭阑意。

拟把疏狂图一醉，对酒当歌，强乐还无味。衣带渐宽终不悔，为伊消得人憔悴。

“伫倚危楼风细细”，词的首句兼有叙事、写景，只此一句便将人拉入愁郁低迷的氛围之中。“我”登上高楼，身子倚靠着栏杆已站立了许久，细弱舒缓的春风从身旁习习吹过。“伫”写时间站立之久，“倚”字则表现了身体因长时间站立而引起的疲惫反应，也是为缓解疲劳而采取的方式。因此，“伫倚”二字虽简单平常，却写极了“我”的凭栏之久与怀想之深。“危楼”交代凭栏思念的地点，同时其中还暗含着“我”此时的情绪状态：“危”字突出强调楼阁之高，此时“我”独自登高凭栏定是想远离喧嚣热闹，独自思索缅怀，情绪自然是低落沉闷的。“风细细”将景物一笔带过，写微风习习的场景。“细”本是形容有形之物，而词人却化抽象为具象来形容无形无象的风，不但发语清新，避却庸俗，而且十分贴切地表现出了春风无痕的特点以及给人带来的缠绵缱绻之感，既是写景也暗寄心情。

“望极春愁，黯黯生天际”，伫倚危楼之上，“我”极目远眺，感物怀人的愁绪从遥远的天际迷蒙生发。“春愁”本指春天的愁思，这里指思念心上人的哀戚愁情。“望极”一词将视线引向远方，境界变得高远阔大，情丝也愈发绵长。“黯黯生天际”一句曲径通幽，别具匠心。思情愁绪本源自内心，而此处词人却说是在天边生发滋长，委婉曲折地表现了此时心中愁闷之绵远悠长、牵萦缱绻的特点，不知自何时何处生发，感之于心而不能述之以言，同时又与周围景致相呼应，为之赋上情感色彩。

“草色烟光残照里，无言谁会凭阑意”，前句写景，后句抒情。碧绿的草色，迷蒙的云霭掩映在夕阳的余晖中，默默无言，谁又能理解“我”独自凭栏而望时的心境呢？“草色烟光残照里”以白描的手法勾勒出一幅春日傍晚的大写意，茫茫青草向天际延伸铺展，远远望去，此时呈现在视野中的“草色”应是朦胧的青色；“烟光”即云霭雾气，迷蒙乳白；“残照”色彩嫣红而光线柔和模糊。此三者各自呈现出青、白、红的颜色，在色彩上形成鲜明对比，给人以强烈的视觉冲击，同时这三种颜色或事物都带有隐约、朦胧的特点，使人不自觉地由心底生发出淡淡的哀愁。此景恰与“我”此时惆怅低落、无情绪的状态相呼应。“无言谁会凭阑意”中既有对独自凭栏相思，静默无言之境况的感喟，又包含着对心上人不在身边，衷肠无处诉、心事无人晓的怅惘，怀想之情悄然流露。

“拟把疏狂图一醉”，下阕首句直接抒情：“我”打算放纵心情，粗疏狂放地尽情喝酒。“拟把”即打算之意，引出后文“我”在此情此景中做的排遣愁绪之事。“疏狂”意为轻疏狂放，不拘常规，此处是指“我”在忧愁苦闷的情况下为放松自己所做的颇带极端的反应，然而，越是背离常态则越见其相思之苦。“图一醉”以不做其他任何要求的口吻道出了“我”此时唯一的渺小心愿，悲伤无奈充斥其中，读之使人铭感五内。

“对酒当歌，强乐还无味”，继上句写道“对着美酒就要尽情高歌，勉强取得欢乐反而觉得毫无意味”。前句写排遣离愁的方式，后句写所取得的结果。“对酒当歌”语自曹操《短歌行》，即“把酒放歌，心情也会变得通畅豁达”，词作的情感旋律由低沉压抑稍稍上扬。“强乐还无味”一句紧接着又将情感猛地抛向低谷，与上句前扬后抑，大起大落，可见相思离愁积郁于胸，浓重强烈，无法排遣。在“还无味”的感叹中，失落无奈之情更是扑面而来，分离之悔、相思之痛溢于言表。

“衣带渐宽终不悔，为伊消得人憔悴”是全词的警策之语，将词作的感情推向了高潮。衣衫丝带渐渐宽松了，可“我”始终不曾为此而懊悔，为心上伊人日渐消瘦、虚弱憔悴也心甘情愿。“衣带渐宽”以委婉的方式写身体逐渐枯瘦的过程，“渐”着重强调了这一过程的动态性，这也恰好说明了“我”对心上人的思念并非如烟花般瞬间爆发却持续短暂，而是点点滴滴与日俱增，思之切、念之痛绵远悠长，格外动人。“终”字铿锵有力，表现出“我”相思成疾、为爱憔悴的坚定执着与不悔决心。“为伊消得人憔悴”中含有对自身状况的感叹，但更多的是丝毫不移痴情、不悔憔悴、不减相思的执念，诚如誓言。

词作上阕情景交融，登高望远，眼中尽是迷离凄伤之景，相思愁怨油然而生。然而，眼前的哀伤之景又与词人内心的忧愁息息相关。哀景、愁情彼此呼应，相思怀念之情浓郁弥漫。下阕直抒胸臆，为解相思之苦把酒强欢却更感无趣，郁郁寡欢，衣带渐宽却不曾言悔。词中有相思之苦、离别之痛，然而痛苦之后却是甘心憔悴而不改初心的坚定真诚，情感基调由低沉转为高昂。诗作中表现的忠贞不渝的人格、至死方休的坚持穿破低迷消沉之浓雾而熠熠生辉！

八　愁思销魂，瘦比黄花

——李清照《醉花阴》赏析

醉花阴

李清照

薄雾浓云愁永昼，瑞脑销金兽。佳节又重阳，玉枕纱厨，半夜凉初透。

东篱把酒黄昏后，有暗香盈袖。莫道不销魂，帘卷西风，人比黄花瘦。

“薄雾浓云愁永昼”，词作首句从室外景物写起：薄雾弥漫，浓云密布，“我”竟从早到晚烦愁了整整一天。“薄雾”氤氲缭绕，充塞于天地之间，挥不散、驱不走，给人以包围式的压抑感；“浓云”排布在高空，隐天蔽日，给人的压抑感则是倾盖式的。二者一浓一薄，相互配合，彼此呼应，从不同角度共同表现了此时“我”所感到的压迫抑制之感是无形而巨大的，是无处不在的。“薄雾浓云”在交代环境、渲染气氛的同时对烘托人物阴郁、不明朗的心情也起到了重要作用。“愁”字点明了此时“我”心中的主要情绪——相思离愁，简明直率，统领全篇。“永昼”即漫长的白天，而本词写作的时间是重阳节之际，本应是昼短夜长，显然，此时的“永昼”是“我”心理感知的结果而非实际。正所谓“欢愉嫌日短，苦愁怨更长”，所以“永昼”二字以白日难捱表现出了“我”忧思郁结、苦闷低落的情绪特点。

“瑞脑销金兽”一句转而写室内景物：瑞脑香在金兽香炉中缭袅飘出。“瑞脑”又称龙脑，是一种熏香的名称。“销”在《花草粹编》等作品中作“喷”，即烟气冒出香炉之状。香雾徐徐，“我”静自观之，此情此景在表现环境的冷清安静的同时也流露出“我”的无聊寂寞之情。

“佳节又重阳”点明时令，以乐写哀：不知不觉又到了重阳佳节了。一个“又”字嫌怨颇深，充满了与佳节格格不入的幽怨、寂寞、无奈之感。此句以游乐赏菊的美好节日气氛反衬“我”倍觉神伤的孤独和置身欢聚喧闹之外的寂寞之感。王维在《九月九日忆山东兄弟》中曾有“每逢佳节倍思亲”之语，说的是节庆之日人们对未能团聚之亲友的思念尤为强烈。所以，此时本应乐享佳节而实则寡居独处的“我”对远在他乡的丈夫倍加思念，美好的节日反引起了强烈的感伤思怀之情。

“玉枕纱厨，半夜凉初透”在时间上从之前的“永昼”大幅度跳跃，切换到夜晚。头沾玉枕，身卧纱帐，半夜时凉气开始浸透了整个房间和“我”的身体。“玉枕”是对枕头的美称，其中亦含有此时它带给“我”的独特感触：枕头虽华美，于秋夜之中却是冷凉如玉。这一意象不自觉给人以微微寒意。“纱厨”即防蝇蚊的纱帐，夏季清凉，到了秋季，目光触及，身体似乎可以感受到随之传来的寒气。词人在闺房众物品中选取这两种最能体现此时氛围与心情的意象进行简单组合，寂静寥落、孤独悲凉之感四散开来。“半夜凉初透”写今日悲凉独居的境况，同时也在无形之中与往昔夫妇团聚时闺房的温馨形成对比。夜半难眠，景寂身凉，“我”对丈夫的思念之深与索居之苦无须明言。

“东篱把酒黄昏后”，下阕首句叙事：在菊花边饮酒直到黄昏之后。“东篱”语自陶渊明的《饮酒诗》中的“采菊东篱下”，后成为词家诗人惯用的咏菊典故，泛指菊花圃。“把酒”写手持酒盏之状，即饮酒之意。“酒”是愁的象征，思愁别怨郁结于胸，无法排解，只得借酒来暂时麻醉自己、凝滞意识，以求得暂时的宽慰。“黄昏后”点明时间，昼将尽而夜未始，与“永昼”“半夜”联合起来便是整日整夜，表明了“我”无时无刻不被淹没在苦思、孤怨的洪流里。

“有暗香盈袖”对前句的“东篱把酒”之行为做了进一步补充：菊花的清香气充盈袖中，在艺术效果上为词作增添了一抹唯美凄伤的色彩，使词作更加清丽动人。此外，“盈”即充满之意，菊香清冽而非馥郁，只有久伫菊丛，方得花香盈袖，这也从侧面说明了把酒赏菊的时间之长。于是，一个独守空房的百无聊赖，无计消遣，只得杯杯把酒、遍遍赏菊的思妇形象活脱脱显现出来。

“莫道不销魂，帘卷西风，人比黄花瘦”三句一气呵成，表现了思夫妇人的孤哀愁怨，营造出凄清寂寥的深秋怀人氛围：莫要说不会丧魂失魄，秋风吹起帘卷，你会看见帘内妇人竟比那菊花还要清瘦啊！“莫道不销魂”是久经相思痴恋折磨的“我”发出的呼唤感慨，“莫”字加强了语气，使之有别于低徊诉说的表达方式，表现出希望丈夫了解并肯定这份炽热相思的迫切与笃定，爱之深、思之切尽含其中。“帘卷西风”写秋风瑟瑟之景，铺垫渲染，为后文的比喻蓄势。在这两句的环境与时令的烘托渲染之下，末句的比喻水到渠成，同时也有着更深厚的寄托。秋日的冷凉气候使得菊花茎纤瓣狭，虽不似春花般娇嫩雍容，却让人格外怜惜。“人比黄花瘦”比喻新奇传神，以细瘦的菊花比喻消瘦的思妇，生动形象，兼有菊花品性高洁之意，形神兼备，耐人寻味。菊无心事而人有相思，寸寸相思愁煞人，所以词人在譬喻之外强调又着一“比”字，强调“我”之消瘦孱弱更甚于菊花。句末的“瘦”与上阕的“愁”首尾呼应，思则愁、愁则瘦，相思愁情难遣以致伤秋病酒，日渐消瘦，在整体上加强艺术表现力和感染力，声情双绝。

词的上阕用白描的手法将诸多意象巧妙组合，“薄雾”“浓云”“瑞脑”氤氲萦绕，“玉枕”“纱厨”令人凉意暗起，这些景物共同配合，烘托环境气氛，暗示人物心情。永昼夜半，闺房内外，时间、空间大幅跳跃却切换自如，表现了相思愁闷无时无刻、无处不在的特点，蕴含着对丈夫的深沉爱意与痴痴思念。下阕兼叙事、写景、抒情，微妙的心理活动参与其中，笔触细腻，人物形象鲜明可感。词作取景朴素平常，用语通俗清新，抒情曲折深婉，譬喻意蕴丰富，款款深情在清丽的辞藻之中缓缓流淌，余味隽永。

九　一任慵懒，满腹新愁

——李清照《凤凰台上忆吹箫》赏析

凤凰台上忆吹箫

李清照

香冷金猊，被翻红浪，起来慵自梳头。任宝奁尘满，日上帘钩。生怕离别苦，多少事、欲说还休。新来瘦，非干病酒，不是悲秋。

休休！这回去也，千万遍阳关，也则难留。念武陵人远，烟锁秦楼。惟有楼前流水，应念我、终日凝眸。凝眸处，从今又添，一段新愁。

“香冷金猊，被翻红浪”词作开篇以对偶的方式对房中的物品进行描写：金色狮型铜炉里的熏香早已冷透，锦被胡乱地堆放在床上，仿佛翻涌的红色波浪。“金”和“红”本是代表热闹与喜庆的颜色，词人却反用其意，借喜气洋洋之物抒孤单清冷之情，其富丽鲜亮的颜色在冷寂的氛围中显得突兀而悲怆，与“我”当时的心境巧相呼应。词作首句便着一“冷”字，气氛陡然凝滞。“香冷金猊”与“金猊香冷”所述内容并无二致，所抒情感却略有不同，前者将“冷”字提前，着重强调，表明了“我”当时的状态是冷淡而慵懒的。“香冷金猊”不仅仅是景物描写，也从细节暗示情感，熏香是在意生活或享受生活的一种表现，香炉冷透是“我”慵懒倦怠，不愿精致生活之态度的一种体现，为下文铺叙别情埋下伏笔。“被翻红浪”语本柳永《凤栖梧》中的“鸳鸯绣被翻红浪”，但本词中的感情却与之眠花宿柳、双宿双栖的欢乐情感不同。一个“翻”字将锦被乱堆之景象写得极富动感，然而，这并非为了表现调皮喜悦而是为了展现我丝毫不愿整理、无力整理的懒散之态。

“起来慵自梳头”本句转入动作描写，借起床及起床后的行为动作表情达意。“慵”字直截了当地表现了“我”当时的状态，这是在前两句铺垫渲染之后的正面抒发，干净利落、直白有力。“自”即独自之意，独坐梳发，沉默不语，在“慵”之外更添一抹幽怨神伤之情。

“任宝奁尘满，日上帘钩”写“我”梳头时的所见及所感，任由这华贵的梳妆匣上落满尘埃，任凭那阳光照上帘钩。梳妆匣是每一个爱美女子所珍视之物，而属于“我”的这方却散落着灰尘，“满”字补充强调了尘土附着程度，足见其感伤离别、忧愁低落之情。“日上帘钩”一句为前文补充了时间，太阳已然升高，而“我”却正在懒洋洋地梳头，锦被也尚未叠起，进一步回扣并彰显了“我”的慵懒。

“生怕离别苦，多少事、欲说还休”一句，感情由慵懒转为伤离别，以悲伤无奈的口吻倾诉道：“我生怕触发离别的痛苦，有多少话迫切地想要说出来却又只得作罢。”“生”是程度副词，即“很、非常”之意，“生怕”取日常口语，贴切地表现了此时“我”认真地回避离别，丝毫不敢碰触的小心翼翼之态，愈是满怀小心，愈见其离别之痛。“多少事”即为许多事之意，较后者而言，“多少事”语气更加强烈，将无法阻止分离的无奈和万言心事不得表达的委屈表达得淋漓畅快。“欲说还休”落在纸上仅四字，而一“欲”一“还”却使“我”几次张口却又默然闭上的情景宛在目前。

“新来瘦，非干病酒，不是悲秋”先道出了“我”近来日渐消瘦的结果，紧接着否定了两种可能的原因：不是因为酗酒伤身，潦倒疲惫，也不是因为到了凋零的秋季而抑郁不快，多病消瘦。有的人因“日日花前常病酒”而日渐瘦弱，有的人则因“万里悲秋常作客”感时伤物，悲从中来而抑郁消瘦，而“我”非此二者。在“非干”与“不是”两个接连否定之后，显然，真正的原因是与丈夫分离的不舍与分别后一日深似一日的思念与眷恋，以不答作答，任由读者驰骋想象，委婉深沉。

上篇别从日上帘钩时香消烬冷、宝奁尘满、锦被乱堆、慵自梳头这几个方面来写别前的“慵”，词人写慵，实为写愁，通过写行为的慵懒倦怠来隐约表现内心的离愁别绪，含蓄隐约，耐人寻味。

“休休!”相当于今日所说的“罢了吧，罢了吧!”两个“休”字重叠，自成一句，短促凝练，情感强烈。心中不尽心事无人诉说，无限伤悲难以倾吐，思之深与念之苦郁结于胸，只能化作“休休”二字喷薄而出，感情大幅度跳跃，紧扣人心。

“这回去也，千万遍阳关，也则难留”，这次分别，即使唱千遍万遍的《阳关三叠》离别曲，也难以将他留住。“阳关”即指《阳关三叠》，是唐宋时的离别曲，演唱时使人心生伤悲，不忍分离，而此时即使唱千万遍也难以将他留住，对分别的无能为力和对丈夫的留恋不舍交织混合，催人泪下。

“念武陵人远，烟锁秦楼”引用两个典故，“我”想到心上人已远去他乡，只剩下愁烟笼罩着这空楼。“武陵人”有两层含义：一是指陶渊明《桃花源记》中避世隐居，捕鱼为业的武陵地方的人；二则源于刘义庆的《幽明录》，汉明帝时期，会稽郡剡县的刘晨、阮肇上山采药，迷不得返，遇两位仙女并分别与之结为夫妇，后来人们常借阮肇指情郎，词中的“武陵人”借指丈夫。“烟锁秦楼”源自刘向的《列仙传》，秦穆公将女儿弄玉嫁给将箫吹得出神入化的萧史并为他们建造了一座凤台，即秦楼。有一天，箫声引来了凤凰，二人乘凤离去，惟余烟锁秦楼。本词中的“秦楼”是指“我”的住所。前后两句，九字之中连用两个典故已是巧妙，更为巧妙的是这两个典故并非孤立，其间有着脉脉相通的联系。前者表现了“我”对丈夫远走他乡，迷途难返的担忧，后者表达了“我”希望自己与丈夫能像萧史与弄玉那样双双离去，永远相伴的愿望。焦虑担忧而又满心希冀，这正是“我”与丈夫分别时矛盾、复杂心理的真实写照。这两则典故看似各表其意，内在情感却息息相关，一脉贯通，缺一不可。

“惟有楼前流水，应念我、终日凝眸”，此时，词作的感情已由高潮时强烈的伤感与无奈转为淡漠无力的哀愁，感情的张力趋缓，以冲淡平和的笔调写道：“只有这楼前的流水应顾念着我整日凝目眺望。”“惟”本就蓄满了相思眷恋鲜有人知的酸楚，何况这唯一的见证者竟是无知无觉、无爱无恨的流水，其中的悲苦无奈可见一斑。

“凝眸处，从今又添，一段新愁”与前句顶针写就，在凝目深思的时候，从今以后又平添了一份新的愁思。这段“新愁”虽未明言，但结合全词不难看出乃是终日凝眸，痴痴盼归的愁绪。本句语调平缓无力、淡漠纡徐，却恰恰使得痴诚哀伤的感情如薄雾般氤氲萦绕，打动人心，以此作结，韵味绵长。

词作取材日常景物和生活琐事，却能够别具一格地抒发细腻的深情；语言平实浅近，接近日常口语，“以前俗之语，发清新之思”，将真挚纯洁的情感表露无余；感情由慵懒无聊的低沉阶段发展到伤离别的高潮，而后又复归凝眸思念的平淡，起伏变化，扣人心弦。其痴、其诚、其忧伤、其孤独交织萦绕，沁入读者的心田，感动久久回荡。

十 美丽错误，刻骨相思

——郑愁予《错误》赏析

错 误

郑愁予

我打江南走过
那等在季节里的容颜如莲花的开落

东风不来，三月的柳絮不飞
你的心如小小的寂寞的城
恰若青石的街道向晚
跫音不响，三月的春帷不揭
你的心是小小的窗扉紧掩

我达达的马蹄声是美丽的错误
我不是归人，是个过客……

这首诗在台湾被誉为“现代抒情诗绝唱”。它以美丽的“错误”为抒情达意的切入点，清灵俊秀，淡雅脱俗，其中表达出的缠绵柔情、刻骨相思打动了无数多情的、为情所困的人的心灵。

第一节开头“我打江南走过”，一下子就把读者带入了烟雨迷蒙、多情而又浪漫的江南，“走过”意味着“江南”于我而言，只是途经之地而非归宿，也暗合了结尾中的“我不是归人，是个过客”。“那等在季节里的容颜如莲花的开落”，“容颜”代女子，容颜如“莲花”喻女子的纯洁美丽、清新脱俗。“容颜如莲花的开落”是说女子在一季又一季的守候中无可挽回地憔悴下去。女子容颜的焕发与黯淡相应的是心绪上的热切盼望与失落忧伤，诗人将其与水乡的不同季节里莲花之娇艳与枯槁相类比，这位幽居的女性如深锁庭院的莲花一般，无人欣赏、无人呵护、自由开落、自生自灭，她韶华虚度，情无所依，何其悲伤！而一个“等”道出了其中的缘由：她与心上人分离已经很久了，娇美的容颜在日复一日的盼望与失望的交替轮回中日见憔悴，如花的凋零、枯蒿。尽管很凄苦、很无奈，她仍然努力地坚持着和期盼着，等待已经成了她生活的常态。

第二节是对上节少妇“等”的具体化和情景化。虽是阳春时节，草长莺飞，万物勃发，然而由于心上人仍未归来，所以在煦暖的东风里，她丝毫未感觉到柳絮漫天飞舞的春意，她的心“如小小的寂寞的城”，心门紧闭，寂寞如城，冷清萧瑟；又“恰若青石的街道向晚”，如傍晚时分的青石街道，清冷寂寞又悠长；还像“小小的窗扉紧掩”，充满了孤独与惆怅。心的寂寞，抽象难以言传，诗人借用三个比喻，将其表达得婉转细腻。诗人在描摹女子的内心时用了两个“小小的”，既让我们体会到了女子的柔美、敏感又坚韧的内心世界，又表达了诗人的一片怜惜、叹惋之情。“恰若青石的街道向晚”“你的心是小小的窗扉紧掩”两句是“恰若向晚的青石街道”“你的心是小小的紧掩的窗扉”的倒装，诗人这样表达，不仅使音韵柔润和谐，而且更好地表现了女子的刻骨思念及急盼爱人归来的情感。女子盼归的情感可谓热烈急切，但她的寂寞深深地隐在心底，她立在窗扉之后，隔着窗子，默默谛听着，盼望着“跫音”响起。女子的情感表现，极其含蓄内敛，极富东方情韵，也为全诗平添了几分古典气息。诗人对女子的这种情深而又自持的情态描绘，情感缠绵而富有韵致，读来令人顿觉有一股浓得化不开的哀婉和惆怅气息，挥之不去。在这一节中，诗人连用了“不来”“不飞”“不响”“不揭”四个否定词，它们互相呼应，相辅相成，既使得诗歌的音调和谐整齐，读来朗朗上口，又使得诗中的感情更加深婉、凄切。

第三节紧承前两节，等待中的女子正要结束又一天的期盼几近绝望的时候，突然听到了外面街道上传来“达达”的马蹄声。不难想象，此刻的她是多么喜出望外、情难自禁，她会迫不及待地打开尘封已久的紧掩的窗扉，满怀幸福地准备迎接心上人的归来。但是，马上之人不是自己要等之人，仅仅是个“过客”。喜从天降瞬间化作迎头一击，希冀和快乐马上灰飞烟灭，其内心该是何等的凄凉、惨淡！所以，过客的我“达达的马蹄声是美丽的错误”。“达达”是拟声词，既因其清脆衬出江南小城的清幽寂寞，又可以构成对幽居女子内心的叩击、唤醒。这“达达”的马蹄声，给在孤寂、悠长的等待中的女子带来了倏然而至的雀跃和畅快，所以美丽；而当发现这仅仅是一场误会后，它击破了一个女子娇羞的梦幻和痴情的向往，的的确确是一场伤害、一次错误。“美丽的错误”，这一富有张力的语汇，蕴藉深厚，既写出了由这场误会而引起的女子心中的波动和失落，也蕴含着诗人因为不能为她带来希望与安慰的歉疚与落寞。

这是一首抒情诗，诗人却仿佛在讲一个悲情的爱情故事：烟花三月的江南小镇，一位如莲花般清丽脱俗的女子伫立窗前，满腹心事。窗外花红柳绿、蝶飞鸟鸣，春光旖旎，她丝毫不为所动。她的心宛若孤寂的小城，没有和煦的东风，也没有飘飞的柳絮，她听不到青石街道上心上人的足音，因而多情而敏感的心灵也如窗扉紧闭、春帷不揭。她一心盼望着久别的心上人来到自己身边，憧憬着夫妻团聚的幸福，任他繁花似锦、春风荡漾，都和自己没有关系。她苦苦等待着，一天又一天。这一天，她又从朝霞满天等到日薄西山，正当她收拾好自己的心情，坦然接受又一次的失望的时候，忽然，幽深的小巷中响起了一声声“达达”的马蹄声，由远而近……这“达达”的马蹄声声声叩击在这位江南女子的心上，多么熟悉的声音啊！是远行的心上人回来了吗？老天垂怜啊！她的心狂跳不止，那颗已倦于等待的灰暗心境一下子变得明亮起来。然而来人非所盼，所有的美丽梦幻刹那间轰然破裂、倒塌。读来，让人不由得不动心乃至潸然泪下。

全诗共九行，九十四个字，清隽秀雅，诗人从自己的视角切入爱情主人公情感的肌理，用悠长缓慢、忧伤叹息的语调诉说着相思等待的苦楚，诉说着美人在逝水年华中爱而不得的忧伤，诉说着她杜绝红尘的痴情坚守。

这首诗脍炙人口，读者在感动、哀叹之余，不由得会思考：到底情为何物，如此让人辛苦、让人销魂？

十一　情到深处，爱到情痴

——夏宇《甜蜜的复仇》赏析

甜蜜的复仇

夏宇

把你的影子
加点盐腌起来
风干

老的时候
下酒

当火热的爱情步入婚姻的殿堂，至情至性的爱情化为日常。随着时光的流逝，随着生活琐屑的蜂拥而至，热恋时澎湃的激情化为生活中点点滴滴的期待与关爱，感天动地的誓言化为相濡以沫的恬淡与执着，一切绚丽归于平淡。当爱情步入婚姻，婚姻还有爱情的容身之地吗？甚至有人直接说，“爱情是婚姻的坟墓”，然而，诗人告诉我们，平平淡淡才是婚姻的真谛，婚姻中的爱情不但不会消失，反而获得了一个新的更高的起点。夏宇的《甜蜜的复仇》就表达了这样的意蕴。

第一节短短十三个字，情感却十分丰盈。初读诗，一股“独行独坐，独唱独愁还独坐”的幽幽怨气就迎面而来——我独自一个人形影相吊，连你的影子都捕捉不到啊！甜蜜的爱情，最幸福的日子莫过与爱人耳鬓厮磨、相濡以沫。然而现实情况是爱人或为了生计或为了自我价值的实现，长期奔波在外，“我”内心的渴求无可抒泄，沉甸甸的爱恋无处寄托，于是，因爱而不得而生怨，怨久而转化成恨，又无人可倾诉，郁积之情如何疏解？“我”突发奇想，“把你的影子/加点盐腌起来/风干”。这几句诗，乍一看到，果然有几分残酷的味道，复仇的意味。其实仔细咀嚼，这恨其实是源于深深的爱意，更准确地说是一种深深的遗憾，遗憾于美好的岁月却难以相聚相依。这“复仇”的方式乃是爱得痴狂、趋于极端的言说方式，而且仅仅是说说而已，或者仅仅想想而已。

想到你的“影子”，也就是回忆起关于你的点点滴滴。所爱的人不能相依相随，相伴左右的除了无尽的寂寞与孤独之外，还有的是对往日甜蜜生活的追忆和捡拾。所以，与哀怨之气相伴而生是对彼此情感的珍爱和痴迷。所以，昔日的相处的种种甜蜜一直是“我”回忆的主题、情感世界的源泉。然而韶华易逝，记忆也将面临时光的风化和侵蚀，怎么才能永久保鲜呢？是不是可以像保存蔬菜那样撒上盐腌制起来，然后风干，来延长它的保质期呢？这样的话，那些美好的记忆将长期地储存在“我”记忆的仓库中。这看似荒唐却又自然妥帖的想象多么奇妙：主人公以对爱人的“影子”进行“腌制”“风干”的方式来“复仇”，其结果却是将以往两人相爱的点点滴滴串成珠链，成为“我”记忆中的宝藏。

真正的爱情恪守的唯一准则是忠贞，执着地坚守，无悔地奉献。为了爱，“我”可以忍受所有孤独；为了爱，能够拒绝一切诱惑。“我”坚信，我们的爱不会因为时光的流逝而变质乏味，“我”将尽心守护“我们”爱的家园。

那么，到白发苍苍的时候，这些酸甜苦辣的往事将如下酒的菜肴一般，可供“我们”细细品咂、百般玩味——“老的时候/下酒”。这一节两行共六个字，把婚姻中的人儿对对方既怨恨又怀念、既酸涩又甜蜜、既无奈又柔情的错综感情表达得婉转精妙、细腻入微。

全诗十九个字，语言极简，情感却极为丰厚。将婚姻中爱情的百般况味表达得如此耐人寻味。诗的题目核心是“复仇”，但是全诗没有情感上的大起大落，也没有文笔上的浓墨重彩，然而读起来是那样的平淡柔和，品味起来又是那么令人悄然心动，甚至落泪。

莎士比亚说：“婚姻是青春的结束，人生的开始。”现实中爱情本来就是幸与不幸的集合体，面对漫长、坎坷的人生路，相爱的人要学会一种豁达与坚守，学会随遇而安，这样才能从容面对人生的风风雨雨，携手一生。就此而言，《甜蜜的复仇》与那首唱遍大江南北的《最浪漫的事》有异曲同工之妙：“我能想到最浪漫的事，就是和你一起慢慢变老，一路上收藏点点滴滴的欢笑，留到以后坐着摇椅慢慢聊。”

西晋陆机在《文赋》中说“诗缘情而绮靡”，英国大诗人华兹华斯也说“诗是强烈感情的自然流露”，这首《甜蜜的复仇》正是情到深处、爱到极点的别样表达。诗人以其敏感的心灵、细腻的笔触、饱蘸浓浓的感情汁液，将那份无法言说的珍惜诉诸笔端，为我们谱写出了这篇华美的爱的乐章。

十二　心事如莲，静默等待

——席慕容《莲的心事》赏析

莲的心事

席慕容

我
是一朵盛开的夏荷
多希望
你能看见现在的我

风霜还不曾来侵蚀

秋雨还未滴落
青涩的季节又已离我远去
我已亭亭 不忧 亦不惧

现在 正是
最美丽的时刻
重门却已深锁
在芬芳的笑靥之后
谁人知我莲的心事

无缘的你啊
不是来得太早 就是
太迟

诗歌以“我是一朵盛开的夏荷”起句，统领全诗，引起了下文莲花对于其心事的自述。莲花这一意象自古以来就是朦胧多义的，令人不自觉浮想联翩，既是亭亭玉立的少女的化身，又是洁身自好的人格的象征，还是婉约美好之爱情的恰切比喻。因而，诗歌采用“夏荷”这一意象就已注定了其风格清丽婉转，其情淡雅缱绻，其人娴静窈窕。“盛开的”一词限定了荷花目前的状态，不是含苞待放、瓣尖的嫩绿尚未褪去的花骨朵儿，亦不是朽瓣半谢、花落蓬出的残红，而是正值青春年华、迎风临水、傲然绽放的夏荷。首句以自述的口吻表达了一朵盛绽的荷花，抑或是像这荷花一样的姑娘，处在生命中最美丽的时刻之时的淡淡的得意、欣喜之情。同时，此句只摘取绽放夏荷作为描写的对象，刻意隐去了周围的环境，为读者留下了咀嚼品味、放飞想象的空间，使诗歌凝练明快却韵致无穷。

“多希望你能看见现在的我”一句继续抒情，正值美丽韶华的莲花以谦谨卑微的语气道出了心中无比强烈的愿望，一个“多”字将这种害怕惊扰却又渴望得到的矛盾心理表达得十分贴切。希望苦苦期盼、等待的人儿能看见“现在的我”，表达了“我”对现在风姿绰约、仪容美好的自己的满怀自信和想要把最美的自己展示给心上人的少女心态。

“风霜还不曾来侵蚀，秋雨还未滴落”进一步对前句的“现在的我”进行补充解释。霜和雨都是莲花的大敌，风霜夺其鲜活、散其芬芳、落其娇瓣，把她变为形容枯槁的残荷。对于如莲一般的少女来说，“风霜”和“秋雨”都喻指人生中的磨难，而这些磨难都会使她逐渐失去纯洁无瑕、天真烂漫的少女之心。此外，“风霜”也象征着带走韶华与美丽的无情岁月。由此可见，“风霜”和“秋雨”两个意象既是采用寓意重复的方式加强情感，同时，两个意象又各有侧重，并非简单的重复，从更广泛的层面上说明了少女将要面临的威胁，进一步突出了珍惜当下，趁现在遇见心上人的紧迫性及其企盼之热切。少女以祈祷甚至乞求的口吻说道：“我那心仪的人儿啊，在我还没有被生活的苦难折磨得面目全非，尚未被时间摧残得面容憔悴前，请快些找到我吧，让我为你展现我积蓄已久的美丽。”文字质朴干净，感情纯洁诚挚，读来格外动人。

“青涩的季节又已离我远去”与上句相对写就，从另一个层面上来阐释“现在的我”是最美的，现在的时刻也是最珍贵的。“青涩的季节”对荷花而言便是花蕾阶段，虽然鲜活、充满生机，但花瓣尚未绽开，香气不曾飘散，蜂蝶也还没有来嬉戏、夸赞。而处在这一阶段的少女稚气犹存、情窦未开，尚不能领悟爱情的美妙。“离我远去”则说明“我”已经从这“青涩的季节”中成长过来，历经蜕变，来到了人生中最美的阶段，不早，不迟。“远”字一方面以证明与肯定的口吻表现了“我”对自己褪去青涩，成长为成熟优雅的亭亭少女的自信；另一方面，青涩的季节既已“远”去，那么“我”达到美丽的巅峰也是此刻之事，暗示着美好的季节也即将逝去，于自信之外透着一股不易被察觉的淡淡的忧伤。

“我已亭亭 不忧 亦不惧”从正面对“我”目前的状态进行概括，“我”现在已亭亭玉立，不忧愁，也不恐惧。叙述口吻由方才的热切期待转变为洒脱淡然，经过漫长等待，在等待中蜕变，在蜕变后继续成长，“我”于成熟自信之外增添了一份优雅淡定。“不忧”是指不再担忧心上人是否能如期而至，目睹“我”在时间的长河中经过不断的修炼与提升而终于酝酿成的惊诧世人的沉静。“不惧”是指不再畏惧岁月的侵蚀与时光的摧残，不再害怕辛苦成长了一个季节的优雅敌不过一场风霜、一阵秋雨。无忧亦无惧的那种淡然与洒脱，表现了少女经过历练与洗礼后逐渐培养出的一种优雅淡然、无畏无惧、自信豁达的优秀品质。

“现在 正是 最美丽的时刻”一句直抒胸臆，“现在”与“正是”这两个词，一词一顿，强调了“现在”的难能可贵，过早则尚处青涩，过迟便物是人非。此句与前诗相呼应，从多个角度，以不同口吻多次强调、反复叹咏现在才是也正是最美丽的时刻，表达了将最美展示与心上人的拳拳期望。与前句不同的是，本句不再仅仅表达期待之心，还与下文形成鲜明强烈的对比。“重门却已深锁”一句使诗歌的感情与风格倏忽陡转，以绝望淡漠的语调说道，“我”一重又一重的心门将感情深深锁住，不再示与他人。诗歌的感情由热切期待、满心盼望转变为冷漠寂然、深锁心门，诗风也由温馨洋溢变为冷寂充斥。锁上一层心门已是失望，何况“重门”，一个“重”字表现了自己心意之决绝。在最美的时刻，而不是美丽弥散后，选择深藏心事。“却”字引起的转折与前诗形成鲜明对照，使读者瞬间笼罩在浓重的惋惜与怅然之中。以“深”来形容锁住心门的状态，强调了“我”不愿再痴痴盼望、苦苦等待，其失落怅惘与干脆决绝是不言而喻的。

“在芬芳的笑靥之后 谁人知我莲的心事”一句低徊诉说着：世人只知“我”花开绚烂、清香美丽，可是谁了解“我”执着等待被心上人发现并欣赏的心事呢？“芬芳的笑靥”将莲花比喻为笑靥为其增添了一抹可爱与灵性，同时，运用通感的手法以嗅觉写视觉，以“芬芳”来形容“笑靥”，兼写荷花的芬芳与美丽，彰显了其迷人魅力。“谁人知我莲的心事”以反问的口气表达了满腹心事不为人知，空有美丽不被欣赏的失落怅惘之情，抒情强烈，深入人心。

“无缘的你啊 不是来得太早 就是 太迟”，尾句以直抒胸臆的方式将这种“恨不相逢未嫁时”的无奈与相逢却总是擦肩而过的怨怅舒缓不失力度地表达出来。“无缘”是“我”经过煎熬等待之后而发出的感慨，饱含失落，却又无可奈何，只能慨叹无缘。“不是来得太早 就是 太迟”纯朴真挚、不加雕琢，看似徐徐说出，感情不起波澜，实则此时“我”内心正翻涌着久等不至的苦楚与有缘无分的失落，一股淡淡的忧伤萦绕读者心头，令人在悲伤之外多了一份心疼与惋惜。

诗歌以莲的口吻述说着一位正值美好年华的少女对心上人的痴心等候，对爱情的满心期待和对有缘无份的怅然。语言质朴干净、不饰雕饰，意念轻灵细腻、哀而不伤，抒情含蓄蕴藉、余味深长。诗歌字里行间流露着淡雅明净的古朴气息，夏荷与如夏荷般的女子在流光碎影里的静默等待也成为一道醉人的风景。

第八章
失落诀别曲，世间不了情

一　悲怆恋情，离思妙曲

——元稹《离思》赏析

离　思

元稹

曾经沧海难为水，除却巫山不是云。

取次花丛懒回顾，半缘修道半缘君。

这首诗是元稹悼念亡妻韦丛的。韦丛是名重当世的太子少保韦夏卿的小女儿，二十岁时下嫁给当时尚无功名的元稹，婚后与元稹同舟共济、共渡难关，两人感情甚笃。然而红颜薄命，结婚七年后韦丛撒手人寰。元稹痛失爱妻悲痛欲绝，曾陆续创作多首悼亡诗来表达对妻子的思念，最著名的就是《离思》五首，本篇是其中的第四首。

首二句“曾经沧海难为水，除却巫山不是云”，诗人用“沧海”之水和“巫山”之云两个至大至美的形象来比喻爱妻，并且用语皆有出处。“沧海”指浩瀚的大海，“曾经沧海难为水”从《孟子·尽心》篇中的“观于海者难为水，游于圣人之门者难为言”变化而来的，巧用暗喻，说妻是“沧海之水”，以突出其美丽宽容、心胸博大。沧海之水以其雄阔壮丽而令其他的江河湖泊相形见绌。诗人在这里运用了比兴手法，以“曾经沧海难为水”感发出亡妻在自己心中的地位，又以水喻情，表现出亡妻与自己的情感之深如同河水、溪流等无法替代“沧海”一样，含蓄而形象地表现出自己对已故妻子深厚之情。“巫山”指长江巫峡沿岸的“巫山十二峰”，其中的朝云峰分外秀美，传说为神女所化，巫山云雨景观天下一绝。诗人化用宋玉《高唐赋》里“巫山云雨”的典故。《高唐赋》序说，战国时代，楚襄王的“先王”（指楚怀王）曾游云梦高唐之台，“怠而昼寝，梦见一妇人……愿荐枕席，王因幸之”，此女即“巫山之女”。她别离楚王时说：“妾在巫山之阳，高丘之阻。旦为朝云，暮为行雨，朝朝暮暮，阳台之下。”楚王旦朝视之，果如其言，因此就为她立庙号曰“朝云”。宋玉所谓“巫山之云”——“朝云”，是神女的化身，说它上属于天，下入于渊，茂如松榯，美若娇姬。诗人说“除却巫山不是云”，表面意思是说，看过了巫山之云，相形之下，别处的云就黯然失色了。诗人同样运用了比兴手法，并巧妙地化用了楚庄王与巫山神女的典故，含蓄而深沉地兴发出亡妻在自己心中的地位。诗人把婉柔娴淑的亡妻，比作如诗如画的“巫山之云”，以突出其轻盈多姿、潇洒飘逸。这两个比喻，令人遐思无限、浮想联翩：这样一位带给诗人如此爱情妙境的妻子该是多么魅力四射，两个人的情与爱该是多么的令人艳慕，然而，失去这样的爱人与爱情又该是怎样的悲伤难捱！一个“沧海之水”使任何“水”平淡无奇，一个“巫山之云”让所有“云”黯然失色，这不仅仅表明亡妻在作者心目中的至纯至美，也深刻体现了诗人与亡妻之间的情意的深厚，甚至两人可以称得上神仙眷侣，其爱情简直可以惊天地泣鬼神了！在那个时代，文人如此直接歌咏自己与妻子之间的爱情，也足可见诗人对亡妻的情感之浓烈、思念之深切。

“难为水”“不是云”，是诗人痴情之语，这固然有元稹对妻子的偏爱成分，但足见诗人情感之真切、忠贞。两个否定之语仍不足以表达自己的忠贞不渝，诗人接着说，妻子去世后自己的生活状态，“取次花丛懒回顾”。“花丛”比喻众多美丽多姿的女子。自己信步经过“花丛”，尽管它们争奇斗艳，却懒于顾视，多情的诗人对于女色已经没有眷恋之心了。一个“懒”字既描写出了诗人懈怠慵懒、了无兴趣的心理状态，同时也是表明了他对爱妻的忠贞态度：其他“花”虽然多、虽然美，但“我”哪有心思眷顾？“我”心无旁骛，心里、眼里仍然只有一个“你”啊。

第四句即承上说明“懒回顾”的原因：“半缘修道半缘君”。这一句与第三句构成了倒置的因果关系，之所以“懒回顾”，一半是因为“修道”，一半是因为“君”——“我”恪守对“你我”爱情的忠贞。这里的“修道”可以理解为尊佛奉道，也可以理解为致力于品德学问的修养。然而，尊佛奉道也好，修身治学也好，对元稹来说都不过是心失所爱、悲伤无法解脱的一种感情上的转移，“修道”也是“缘君”，所以说的是两个原因，其根源是一个，即丧妻之后的忧思之情。另外诗人说“半缘修道”，以修道作为解药，以佛、道的弃绝现世疗救自己，让读者更觉其失去妻子后的创伤之深、哀痛之重。

一般悼亡诗大都诉说哀愁、强调自身的悲伤，而元稹的这首《离思》不止于此。诗人先巧用比喻，以“沧海”之水、“巫山”之云歌咏与亡妻爱情的瑰丽美好，气势豪壮、诗意壮阔，但觉其心中的悲歌不可遏抑、响彻云霄；而后以失“君”之后的“懒回顾”“修道”来表达内心无法排解的遗恨，语势舒缓、婉转深沉，但觉其心头的哀思丝丝缕缕，缠绕心头，挥之不去。总之，诗人将自己的悲怆恋情谱写成了一首情爱的颂歌、离思的妙曲，情真意切，率真哀婉，感人至深。

二　蓬山远隔，相会无期

——李商隐《无题·来是空言去绝踪》赏析

无　题

李商隐

来是空言去绝踪，月斜楼上五更钟。
梦为远别啼难唤，书被催成墨未浓。
蜡照半笼金翡翠，麝熏微度绣芙蓉。
刘郎已恨蓬山远，更隔蓬山一万重。

这首诗紧紧扣住“远别”来抒情达意，细腻地描摹出了主人公与相爱之人天各一方，相会无期的痛苦与哀伤。

开篇“来是空言去绝踪，月斜楼上五更钟”，以倒叙之笔先写梦醒后的惆怅与感叹：“当初离别之时曾相约再见，结果却是一句空话；自从分别之后，你就不见了踪影。一别经年，音信绝无，我无时无刻不在思念着你啊，以致夜不成寐。又是一个寂寞清冷、相思难耐的不眠之夜。拂晓时分，恍惚入梦，忽得相见，一觉醒来，但见窗外朦胧斜月空照楼阁，远处传来悠长而凄清的五更钟声。”前句是梦醒后主人公的一声叹息：“唉，你的承诺竟是骗人的空言，一去之后就杳无踪影！”诗人想起临别时分相约再次相见的诺言，但许诺难以实现，只能成为“空言”，一个“空”字，同时写出了诗人内心的空寂与无奈；除了诺言已成空，留给自己的还有“去绝踪”的眼前光景，音信踪影全无，一个“绝”字，写透了诗人内心的绝望与苍凉。“空言”“绝踪”两个词，把诗人从无奈到绝望的心态暴露无遗。后句则渲染氛围，一轮明月烘托出了主人公独守空房的寂寞，五更钟鸣，传递出主人公难以排遣的惆怅、感伤，诗句以环境的清冷空寂，烘托出主人公内心深处的孤独悲凉。

颔联“梦为远别啼难唤，书被催成墨未浓”与首联形成补充交错之势。前句写因为远别而思虑成梦，终于相见，不过只是在梦中。然而就是这虚幻的相聚，也充满了痛苦，梦到的仍是因为两人要远别自己情不自禁地悲伤啼哭，撕心裂肺却哭不出声来。醒来后，喉咙哽塞，仍旧痛彻心扉。梦为心声，这样的梦，正反映了主人公心灵远别伤痛之深切、相思之刻骨。多情之人最伤的是离别，最怕别离，相思之苦加上梦中短暂的欢娱和梦醒后的空寂悲戚，都郁结于心，无法排解，怎么来加以疏泄呢？为强烈的思念所催迫，他忽然起身来到书案前，奋笔疾书，一种无法阻遏的情愫让他信笔涂鸦，用文字来表达自己的情思。待书成之后，才发现原来因为自己心急情切，连墨都还没有磨浓。然而，墨浅淡，情深浓，笔短情长，这区区纸墨又怎能诉尽满腹相思？“书被催成墨未浓”，一个“被”字，点明了书写的被动性，直接的施动者是“情”，痴情浓情“催成”写出了迫切和热烈的笔墨文字，“书被催成”，让读者看到了主人公用情之深、压抑之重，以致神思恍惚，情难自禁。这样的细节描写，完全符合主人公当时的心境，并极富生活质感。

颈联紧承上联，“蜡照半笼金翡翠，麝熏微度绣芙蓉”，梦醒书成之际，仍愁绪满怀，茫然四望，只见残烛黯淡的余光朦胧地映照着金色翡翠的被褥，芙蓉帐里还依稀地透出麝熏的幽香。纵使对伊人满怀的思念难以自控，却无法唤得伊人回归。更因为与伊人天各一方，难以遏抑的情感想要倾诉却无人可诉、无人能懂，百无聊赖中诗人只能独自黯然神伤。我们仿佛看到这样的情景：主人公目睹眼前的记录着与心上人欢爱的帷帐锦被，依稀有麝香在室内弥漫，仿佛那日夜思念的人儿曾经来过，甚至还仿佛可以闻到飘散在被褥上的余香。一时之间，在朦胧烛光的照映之下，刚刚消逝的梦境仿佛变成了现实，似真似幻，整个人恍如还在梦中，痴痴地回不过神来。“金翡翠”“绣芙蓉”，指用金线绣成翡翠鸟图案、绣有芙蓉图案的帷帐或被褥。“蜡照”蜡烛照射，“麝熏”多指富贵人家的女子将名贵香料放在香炉中熏被帐、衣物。

可见，“金翡翠”“绣芙蓉”是往昔曼妙爱情的象征与佐证，而此刻诗人茕茕孑立、形影相吊，只是在恍惚之中仿佛看到芙蓉帐内昔日恋人身影，似乎嗅到往昔恋人身上那熟悉的味道。然而，这一切都是因为用情太深以致相思泛滥成灾而产生的虚幻的错觉。幻觉毕竟是幻觉，一经消失，随之而来的将是室空人杳的寂寥和怅惘，往事不可复寻的感慨。爱有多深，伤就有多痛，此中滋味何其凄清、惨淡！

尾联“刘郎已恨蓬山远，更隔蓬山一万重”，诗人用东汉刘晨重入天台山寻仙侣不遇的故事，点明真挚爱情遭遇阻隔的怅恨。东汉的刘晨和阮肇到天台山采药，后来迷了路，遇见两位年轻貌美的女子，与她们共同生活了半年之后返回家乡，发现自己的子孙都已经历七世了，这才知道自己遇上了仙女，等到再回天台山找她们时，早已不见踪影。李商隐以刘郎自比：“当年的刘郎，早已怨恨蓬莱的遥远，而我心中的你呵，更在那与蓬山相隔万千重的地方”。表明自己与心上人本来就存在巨大的阻隔，相会无期，现在会合的希望就更加渺茫了。“已恨”“更隔”，层递而进，突出阻力之大更甚于蓬莱仙境和人间的相隔，几乎无法逾越。

在这首诗中，主人公因远别而相思、因情真而成梦，那被思者于现实中绝踪，却到了梦中，在虚幻中两情相悦，幻境成真，终被晨钟唤醒，梦醒后情仍在蔓延生长，于是寓情于文字书信，最终又回归现实，感慨爱之艰难。诗人时而写梦，时而写现实，将梦境与实境杂糅，具体又朦胧，沉重又飘忽，在如梦似幻之中将深陷相思中人儿的满腹愁肠、一腔深情、满心痴迷表达得委婉曲折、动人魂魄。将红尘中男女情爱表达得如此缠绵细腻，真的是情深深意缈缈，韵味悠长，惹人沉醉！

三　追忆华年，爱已惘然

——李商隐《锦瑟》赏析

锦　瑟

李商隐

锦瑟无端五十弦，一弦一柱思华年。

庄生晓梦迷蝴蝶，望帝春心托杜鹃。

沧海月明珠有泪，蓝田日暖玉生烟。

此情可待成追忆，只是当时已惘然。

《锦瑟》是李商隐爱情诗中的巅峰之作，也是其中最难解、最扑朔迷离的一首。这首诗文字精致华美，情意缠绵朦胧，诗中写什么，为谁而作，他自己没有注说，用语又朦胧隐晦，所以对其题旨的研究，历来是仁者见仁智者见智，咏瑟说、追忆青春年华说、自伤身世说、爱国说、悼亡说，等等，众说纷纭，莫衷一是，甚至被称为诗歌中的“哥德巴赫猜想”。笔者认为这是一首悼亡诗，是诗人写给自己的妻子王氏的。

王氏是泾原节度使王茂元的女儿，她秀外慧中、善解人意，并且崇拜丈夫才学、人品，对诗人十分体贴爱怜，所以两人感情甚笃。李商隐一生奔走仕途，与妻子聚少离多，两人的爱情又饱受离别相思之苦。李商隐四十岁时，王氏突然患病去世，两人竟没有见上最后一面。痛失爱人与知己，对李商隐的打击是巨大的，他的诗风为之大变，由浪漫、痴情、追索变得意绪消沉、萧瑟、冷落，哀婉动人，《锦瑟》就是其中的一首。

首联诗人追溯已往情事，感伤之情油然而生。诗人痛失爱侣心灰意冷，“锦瑟”乃亡妻生时所用之物，睹物思人，心绪凄凉而茫然，于是发出这样的痴人痴语：“锦瑟无端五十弦”。“无端”，犹言“没来由地”“平白无故地”，锦瑟本来就有那么多弦，这并无“过错”，诗人却硬来埋怨它：“锦瑟呀，你干嘛要有这么多条弦？要有这么丰富的曲调呢？”这是因爱而怨，以怨寓爱，抒发自己生离死别之恨。接下来回答因何而生怨生恨，“一弦一柱思华年”，锦瑟每个弦所发之音都勾起与亡妻共同度过的美丽青春时光的回忆。锦瑟花纹华美，引发人多少美好的记忆，然而弹奏之人已经香消玉殒，一切美好又是那样不堪回首，诗句充满了失落与茫然。

现实是如此的残酷无望，诗人把目光从绝望现实的转向虚幻的梦境，寻求心灵的暂时性超脱。“庄生晓梦迷蝴蝶，望帝春心托杜鹃”，诗人连用两个典故，题旨更为晦涩迷离。“庄生晓梦”典故出自《庄子·齐物论》：“昔者庄周梦为蝴蝶，栩栩然蝴蝶也，自喻适志与，不知周也。俄然觉，则蘧蘧然周也。不知周之梦为蝴蝶与，蝴蝶之梦为周与？”是说庄周梦见自己身化为蝶，栩栩然而飞，浑忘自己是“庄周”其人了；后来梦醒，自己仍然是庄周，不知蝴蝶已经何往。诗人活用此典，他把庄子所做的梦说成是“晓梦”。“晓”为天明时分，晨光熹微可生愉悦之情，所以“晓梦”是美好的，却又是短暂的。“迷蝴蝶”，“迷”字说的是一种“痴迷”，是一种沉溺。当庄周梦为蝴蝶的时候，是美丽、快乐、多姿的，所以他很自然地沉溺在这种美好的感情中了。可是这种情感如同一个美好的短暂的梦，很快就醒了。以此类推，诗人所追忆的往事也应该是“适志与，不知周也”，快乐到忘我的境界了。然而快乐是“晓梦”，是过眼云烟，倏忽不再，转瞬即逝，留下的只是空茫。“迷”和“梦”，深切地传达出了诗人所感知到的一种人生的虚幻性：遥想与所爱之人共度的美好岁月，曾有过多少美好绮丽的人生理想，然而所有的美好在残酷的现实中被逐一击破，成为一个个泡影，回忆过往美好的相爱时光，让人产生如坠梦境之感，一切像发生过又像根本是自己的想象，真假难辨，何其哀伤。对句中又用了一个典故“望帝春心”，《华阳国志》记载，望帝是周朝末年蜀国的君王，名叫杜宇，他关心百姓的疾苦，大力发展农业，积极抗洪救灾。有一个叫鳖灵的人，因治水有功，望帝便禅位于他，自己隐居山林。不料鳖灵变坏，望帝复国未成，忧郁而死，其魂化为杜鹃，暮春啼哭，口中流血，其声哀怨、悲切。李商隐把这一典故加以改造，把望帝的复国之心说成是“春心”，爱恋之心。锦瑟繁弦，哀音怨曲，听来似含难言的冤愤，引起诗人无限的悲怆之感，如闻杜鹃之泣血哀鸣。一个“托”字，不但写了杜宇之托春心于杜鹃，也写了佳人之托春心于锦瑟，表达了情爱的缠绵。这种啼血的哀鸣让我们更切实地感受到了诗中那种被压抑却很强烈的追寻而不得的惆怅哀伤的情感。

颈联“沧海月明珠有泪，蓝田日暖玉生烟”，诗人仍旧接连用典。“沧海珠泪”出自《博物志》，说在南海外有鲛人，他们像鱼一样生活在海里，能织绡，哭泣时眼泪变成珠子。另外，珠生于蚌，蚌生于海，据说，每当月明之夜，蚌则向月张开，以养其珠，珠得月华，始极光莹。所以，月本天上明珠，珠似水中明月，如此，月、珠、泪浑然难辨，这样，诗人望月思人、斯人已逝的伤怀情绪便表露无遗。诗人以“沧海”喻茫茫的人世间，天地悠悠，过客匆匆，诗人的孤寂、沉痛之感十分明显。“蓝田”是地名，在今陕西省，以产玉著名。古人认为宝物都有一种一般目力所不能见的光气，所以在日光照耀下，蓝田所蕴藏其中的玉气冉冉升腾。但这种美玉的精气，远察如在，近观却无，可望而不可置于眉睫之前。诗人以此作喻，感慨自己曾经拥有过异常美好的爱情，但如今与爱人阴阳两隔，所有的一切都如云烟般消逝掉了，再也无法亲近，无法把握。字里行间透露出的是诗人无法言说的幻灭感和无助感。

尾联拢束全篇，“此情可待成追忆，只是当时已惘然”。“此情”二字内涵极为深厚，从上文可见：庄生梦蝶，极言感情之投入和痴迷，如梦如幻，空幻伤怀；望帝春心，极言感情之缠绵哀苦，逾生逾死，至死不悔；沧海珠泪、蓝田玉烟，写尽了内心受挫的情感压抑之苦、失爱之痛。这些情感，美好、短暂、虚幻、超脱、哀怨、悲伤、缠绵，所以这是一种不同平常的追忆，是一种痛彻心扉的生命体验，又是一种化入骨髓的精神的折磨和戕害，真切而残酷。而这种自己与亡妻生前之情，岂是现在追忆才感伤痛，在伊人离去的当时也已如此忧伤了。此句恨深而情痴，格调极其低沉悲怆，饱蘸一种凄凉落寞之情。

痛失爱侣，在李商隐的心灵深处留下了永久的伤痛，他深陷其中难以自拔。蚌病成珠，诗人将这种伤痛诉诸诗文，反复咏叹，又因其中的痛与伤难以言传，所以这首诗才如此地隐约迷离，难以索解，同时又是如此地动人心魄，感人至深。

四　幽明永隔，魂断梦随

——苏轼《江城子·记梦》赏析

江城子

苏轼

乙卯正月二十日夜记梦

十年生死两茫茫，不思量，自难忘。千里孤坟，无处话凄凉。纵使相逢应不识，尘满面，鬓如霜。

夜来幽梦忽还乡，小轩窗，正梳妆。相顾无言，唯有泪千行。料得年年肠断处，明月夜，短松冈。

苏轼十九岁时，与十六岁的王弗结婚。王弗秀外慧中，温柔贤淑，不仅是苏轼生活上的伴侣，而且是他文学上的知音，事业上的贤内助。她曾对苏轼的交友、为人处世进行过多次有见地的告诫、嘱咐，夫妻二人琴瑟和谐、恩爱有加。然而不幸的是，宋英宗治平二年（1065 年）五月十八日，年仅二十七岁的王弗突然因病谢世，先葬于汴京西郊，次年归葬故乡四川眉山。痛失爱侣，苏轼悲痛难当，长时间难以释怀。十年之后，即宋神宗熙宁八年（1075 年）正月二十日夜，当时在密州（今山东诸城）任太守的苏轼梦见了爱妻王氏，于是写下了这首千秋传诵的悼亡词，抒发对亡妻真挚的爱恋和思念以及生死永隔的哀痛。

上片开篇“十年生死两茫茫，不思量，自难忘”，一开始就为全词奠定了一种悲痛哀伤的调子。十年，在短暂的人生旅途中是算是很漫长的一段路途。然而，十年的岁月的流逝、生死两隔，并没有冲淡诗人对亡妻的一片深情。人说时间是治疗心灵创伤的灵药，一切痛苦都会随着年华的逝去而淡薄，而对深爱着亡妻的苏轼来说，它是失效的。昔人虽已逝，爱与痛依然，十年以后依旧心绪“茫茫”。“茫茫”二字，传达出了词人内心的孤独与失落、空虚与寂寞相混杂的凄苦之感。并且“茫茫”之前加了一个“两”字，推己及人，对方也与自己有着相同的孤寂凄苦之感。从中可见，词人在妻子病亡后十年仍然不能接受妻子已故去的事实，在他的感情深处，依然觉得妻子仍有情思地活着，并且和自己心心相印。在这里生者与死者，仿佛在相对而坐互诉衷肠一般。这只是词人臆造的幻境，却更可见夫妻二人生前相知相爱之深以及相思而不得相见之凄婉、沉痛。在两不相知、心绪茫茫的十年中，词人心理状态又是怎样呢？“不思量，自难忘。”事务的繁杂也好，自我寻求解脱也罢，虽然是“不思量”，不能够或者不愿去想亡妻，但怎能够不想起她、忘掉她呢？“自难忘”，道出了苏轼对王弗的始终无法忘怀。这是词人因为悲伤长久郁结于心而发出的深长的哀叹，其情深沉绵邈，凄哀至极。“千里孤坟，无处话凄凉”，词人与亡妻不仅生死相隔，而且亡妻之墓与诗人所在地有千里之遥，不能相依相伴，互诉衷肠。既言妻子独卧黄泉，无法向远在密州的词人诉说孤寂凄清，也言词人仕途坎坷，潦倒失意的悲苦心绪无法向远隔千里的爱妻倾诉。阴阳两隔，纵有满怀的深情、一腔的凄苦，也无法互相倾诉。那么假设两个人相见了又怎样呢？“纵使相逢应不识，尘满面，鬓如霜”，即使能够相见，她看见风尘满面、两鬓斑白的我，也一定认不出来是我了吧。这三句是诗人在向亡妻诉说自己的“凄凉”。“尘满面，鬓如霜”，短短两句六个字，便栩栩如生地刻画出了词人饱受沧桑、痛苦不堪的形象，写尽了妻子去世后词人生活之坎坷和心境之凄凉。死生异路，怎能重逢？这是词人太渴望见到妻子而又一次臆想出来的罢了。“纵使”二字本来表示让步，在这里却以退为进，使感情的发展更递进了一层，而随之而来的相逢而不相识的结局，更令人倍感心酸。

词的上片写尽了相思之苦，下片即转入写梦。

日有所思，夜有所梦，词人先写思后写梦，自然而顺畅。“夜来幽梦忽还乡”，梦是“幽梦”，“幽”字，描摹出了梦境之朦胧虚幻；“忽”字描摹出了词人归乡之快速、之突如其来以及多年夙愿终于实现后的喜出望外。梦可以超越时间、空间，跨越生死，轻而易举地可以实现愿望，但毕竟是虚幻不实的。仔细咀嚼，不难体味出字句中隐含的词人悲喜交加、百味杂陈的复杂感情。梦是思的外化与实现，梦中的主角必定是词人魂牵梦萦的妻子，她“小轩窗，正梳妆”，爱妻正在小轩中临窗梳妆。这句表面上看是词人在记梦，其实是他们夫妻当年相亲相爱幸福生活场景的再现。当年，妻子临窗梳妆而词人在旁边满心愉悦地欣赏，这种生活该是多么温馨、甜蜜，而这种美好的记忆深深地印在词人心中又在梦中复现。然而即便是在梦中，这种幸福也没有延续太久，接下来的是“相顾无言，惟有泪千行”，无言而泣的悲哀驱走了暂时出现的幸福。十年死别，思念至极，悲苦至极，一旦相见，千言万语却又不知从何谈起，只是互相打量着对方，任泪水肆意流淌。生活中太多的苦楚延续到了梦中，也促使词人回到了凄凉的现实中，“料得年年肠断处，明月夜，短松冈”。“料得”是料想、猜想，虽是推测之词，但词人的语气却又十分肯定。“年年”，是年复一年，既包括已经过去的漫长的十年，亦包括未来的无尽的岁月，表明了词人对亡妻的体贴与心疼。“肠断处”是指亡妻的孤坟，词人与亡妻则皆为“断肠人”。词人遥想长眠地下的爱妻独栖在月夜下荒坟中，日复一日，年复一年，该是多么孤寂、凄清，而念及此情此景的词人亦不免感同身受、痛断肝肠！在这里，梦中的一切灰飞烟灭，生死相隔、渺茫不见的深沉的悲哀又重新袭上了词人心头。至此，全词情感也发展到高潮。

全词围绕梦来叙事、抒情。梦前，词人与亡妻十年幽明永隔，相思而不得见，“无处话凄凉”；积思成梦，幽梦话凄凉却“唯有泪千行”；梦醒后，依然是孤坟千里外、冷月短松冈，更令人断肠！令人感叹：“伊人魂已断，空有梦相随！”

梦是虚幻的、缥缈的，然而梦中人出语悲苦、字字血泪，感情是那样真挚、深沉，凄婉哀伤，催人泪下！

五 离丧之痛，愁苦悲戚

——李清照《声声慢》赏析

声声慢

李清照

寻寻觅觅，冷冷清清，凄凄惨惨戚戚。乍暖还寒时候，最难将息。三杯两盏淡酒，怎敌他、晚来风急！雁过也，正伤心，却是旧时相识。

满地黄花堆积，憔悴损，如今有谁堪摘？守着窗儿，独自怎生得黑？梧桐更兼细雨，到黄昏、点点滴滴。这次第，怎一个愁字了得！

“寻寻觅觅，冷冷清清，凄凄惨惨戚戚”，词的开篇便不寻常，一连用七组叠词，表现清晨起床后的行为与心境：“我”一遍又一遍地苦苦寻觅，却依旧只寻得这冷冷清清的景象，心情不由得愈发凄凉悲伤了。“寻寻觅觅”写行为动作，对所寻找之物是回首嗅梅的少女情怀，还是向郎撒娇的甜蜜生活，抑或是心爱丈夫留下的身影气息，词人只字不提。这种剪切处理不仅凸显了寻觅这一动作，还给人留下了充分的想象空间，意在言外。“冷冷清清”写环境氛围，顺承前句，寻而无果，孤寂情怀得不到慰藉，失落之心无所安置，更觉身处之境冷清寥落。“凄凄惨惨戚戚”则是从情绪心境的角度出发，在前文的铺垫之下，悲凄、惨淡之情愫氤氲生发。七组叠字的妥帖运用，在形式上使词作朗朗畅畅，富于音乐美，调子由舒缓变为急促，有不吐不快之意，更显情之凄切悲苦；在内容上，三句依次写动作、环境、心情，由浅入深、由表及里，层层渲染，使得悲戚之情自然抒发。如此，前后十四字虽无一字言愁却愁情尽显，如泣如诉，哀婉动人。

“乍暖还寒时候，最难将息”从天气上分析悲恻愁戚的缘由：在这种天气忽暖忽寒、变化不定的时候是最难将养休息的。“乍暖”是因秋日清晨，朝阳东升，气温也随之升高。然而，毕竟是由夏转秋了，西风劲吹，夜晚温度骤降，故又言“还寒”，其中“还”通“旋”，即立即、马上之意。这种忽冷忽热的气温变化让人难以适应，调养身体也更加难了。此外，词人本出身官宦家庭、书香门第，婚后与丈夫赵明诚琴瑟和谐，怎奈靖康之变后，夫妻被迫南渡，继而，父亲获罪与丈夫病逝使词人的生活从幸福的巅峰猛然跌落。因此，“乍暖还寒”在写天气的变幻莫测的同时，实际上也是在感叹命运的起落无常。在郎情妾意的美满日子里，谁又能料到今日阴阳相隔的境况呢？“最难”进一步抒发了对于浮萍身世的无奈和漫漫前程的迷茫。

“三杯两盏淡酒，怎敌他、晚来风急？”一句通过对比衬托彰显风急天寒，暗寄心情：虽然喝了两三杯淡酒，但又怎么能因此而抵得住夜里寒风的吹袭呢？在本句中，词人隐去了饮酒的借以消愁的功能而突出其暖身御寒的用途。表面上，“淡”字写酒浓度不高，数词“三”“两”表现所饮不多，实则意在反衬风寒、愁浓：怨忿太深而寒风过急，酒竟失去了效用，仿佛是浓度过淡，所饮过少了。“怎敌”以反问的语气表现了无力抵抗、自甘不敌的深深无奈。“晚来风急”一句以“晚”和“急”写风加重了其寒冷强劲的特点，似有对强势者的怨怼之意。这其中也蕴含着词人对当时以渺小的个人无力对抗时代变迁之处境的无奈与叹息。

“雁过也，正伤心，却是旧时相识”，移情于物，虚实结合：正在伤心感怀的时候，大雁从空中掠过，似乎竟是“我”从前认识的那只。“雁过也”一句目及高空，境界随之变得高远阔大，情绪本应随之有所改善，然而后句“却是旧时相识”却又紧接着使其陷入回忆的凄伤低迷之中。“鸿雁传书”的说法早已有之，因而，“相识”是指今日所见到的恰是当初“我”与丈夫传信的那只。飞雁又回而人已故去，往昔的美好回忆徒添了今日的伤悲，哀愁益甚。

“满地黄花堆积，憔悴损，如今有谁堪摘？”，下阕与上阕一以贯之，即景会心，触目兴怀：秋菊凋零，花瓣堆积满地，又有哪朵尚且可以折、值得折呢？“黄花”即“菊花”，词人对花自怜，人与菊同伫秋风，黯然憔悴。“满地”“堆积”极写残瓣之多，铺展堆积，观之自是满眼凄凉、满心悲伤，情在词外而又状溢目前。“憔悴损”写菊，亦是写人，菊花残败，伊人憔悴，词人悯惜残菊亦是哀怜自己。“如今有谁堪摘”一句，从语气不难看出无花堪折的结果却是毫无悬念的，悲情愁绪不问可知。“如今”直言当下境况，强调今时今日，亦包含与以往盛放之日的对比，往昔的美好更显今日之不堪，表达了对当下凄凉处境的无助与怨怅。“堪摘”的前提有二：一是花美值得摘，二是簪花有人赏。如今，落英满地，丈夫故去，折摘菊花已没有了任何价值与意义，孤苦凄凉的情怀毋庸言表。

“守着窗儿，独自怎生得黑？”转而写人：“我”独自一人，无聊地对着窗户，怎样才能熬到夜幕降临呢？“守”字再现了对窗凝望深思的痴态，无所事事、无可寄托的孤独感油然而生。“独自怎生得黑”以白日的漫长表现出“我”寂寞难耐、怅惘惨淡的情绪状态，满纸凄苦，荡人肺腑。

“梧桐更兼细雨，到黄昏、点点滴滴”紧承前句，由窗内写到窗外：秋雨淅淅沥沥地打在梧桐叶上，滴答作响，直到黄昏。“梧桐更兼细雨”勾画出一幅秋雨梧桐图，悲凉凄美。“梧桐”这一意象常被用来形容爱情的零落和天人相隔的哀愁，带有浓郁的感伤色彩。“细雨”细密连绵，滴落不止，令人黯然神伤。这两种意象搭配组合，画面苍凉凄美，哀情宛转生发。此外，梧桐叶阔，秋雨滴落时往往发出更大的响声，更易挑起憔悴之人的敏感神经。“到黄昏”言秋雨持续时间之长，凄苦哀愁也随之累积良久，再难承受。“点点滴滴”特写秋雨，叠字重复，进一步表现出其滴落不尽，似乎无休无止之势；同时，本句以声衬情，秋雨啪嗒啪嗒地落在叶子上，也在一声声地敲击着“我”的心房，孤苦哀愁愈发浓重。

“这次第，怎一个愁字了得”，此情此景之下，诸多情绪涌上心头，无从说起，只能叹息感慨道：“这样的光景，怎么是一个愁字所能表达的啊！”“怎一个愁字了得”在情绪处理上化繁为简、避多就少，对于交织错杂，不可言说的国破之耻、家亡之痛、夫死之哀避而不谈，仅以“愁”字照应全篇，言已尽而意无穷。

词作通过写深秋的所见、所闻、所感，抒发了在国破家亡的时代背景下对亡夫的深沉怀念、对当今处境的无可奈何和对独居寂寞的愁怨自怜，感情复杂而深邃，风格沉郁而凝重。叠字重复的巧妙运用使词情在哀婉凄苦中兼有凄切凌厉，孀居之苦、离丧之痛强烈喷发，感荡心灵。

六　缘断离索，愁绪满怀

——陆游《钗头凤·红酥手》赏析

钗头凤

陆游

红酥手，黄縢酒，满城春色宫墙柳。东风恶，欢情薄，一怀愁绪，几年离索。错！错！错！

春如旧，人空瘦，泪痕红浥鲛绡透。桃花落，闲池阁，山盟虽在，锦书难托。莫！莫！莫！

“红酥手，黄縢酒，满城春色宫墙柳”，“你”红润柔软、光洁细腻的手捧出黄封的酒，又是一个万物复苏的季节了，盎然春意早已荡漾在城里的每一个角落，而那柳树却被宫墙阻隔，与满城春色不融。眼前的“你”一如这绿柳，于“我”而言可望而不可及。词的开篇由景色切入，选取有代表性的手、酒、柳等细节，使眼前之景与回忆景象相交融，勾起伤心往事，由此而抚今追昔、感慨丛生。“红酥手”从颜色与光泽角度写唐琬之手“酥”即光泽细腻貌，三字不抒情却含情，面对这样的红润细腻之手，谁人不生爱怜之情？词人对有关这双手的记忆不着一字，或是如今日一样手捧黄封酒而来，殷勤把盏，或是手腕轻摇，体贴磨墨，或是紧紧相携，共赏春色。而这些只是美丽而合理的猜测。词人对此戛然止笔，尽留与后人想象，只有这短短三字不动声色地记录下词人的怜爱之情，是怜手，更是惜人。“黄縢酒”宋代官酒上以黄纸封口，故又称作黄封酒，今时今日，唐琬一如以前一样将黄縢酒捧将上来，恍如昨日却绝非昨日。“满城春色宫墙柳”一句中景色前后对照，春日城中风光大好，而宫闱内的柳树却被高墙束缚。此句既是写景，又暗指“我”与唐琬之间隔了世俗、家庭之墙，不似从前亲密无间。酥手之红、酒封之黄与春柳之绿三种颜色对比鲜明，相互映衬，共同组成了这眼前景象。其驳杂的颜色正是词人多种情绪、复杂心态的真实反映。

“东风恶，欢情薄”，东风是多么的可恶啊，吹散了你我的融融欢情。本句感情陡转，由隐匿的淡淡忧伤突然转变为张扬宣泄出来的愤懑和怨怅，借东风抒发自己被迫与唐琬分离的不满与惋惜之情。“东风恶”一句赋予了东风感情色彩，东风本无情，其好坏皆由人意，吹来满城春色则好，吹散往日温情则恶。词人与唐琬伉俪情深却被狠心拆散，怨怼之情无处发泄，只能怪这东风无情。此外，“东风恶”一语双关，既指自然界的风，又暗指陆母的横加干涉。陆母既是二人婚姻的促成者，又是其无情拆散者。对此，以孝为先的词人不敢说、不能说，却又不能不想、不会不怨。“欢情薄”紧承“东风恶”，诉说着二人渐渐疏离，温情日淡的过程与欢情不复的结果，一个“薄”字蕴含了词人多少惋惜与无奈！“一怀愁绪，几年离索。错！错！错！”，杯酒入腹，勾起了几多离愁，怀想几年分别，此中滋味无处诉说，“我”只能抚膺长叹：“错！错！错！”“一”与“几”相对写就，不待多饮，一杯酒下去便使这多年的离情别绪统统涌上心头。前者写饮酒之少，后者写分别之久、思念之强烈，更突出了其感情之深切浓重。“错！错！错！”一句词人压抑多年的情感终于迸发，三字一字一顿，一顿一叹，一叹一痛。错者为何？是悔恨被拆散时的让步妥协，还是怨陆母的不明就里，词作并未提及。此时词人的感情犹如河流决堤、顷刻迸发，对于错者何事已无法承受，无力提及，只能不住地叹惋：“错、错、错，一切都错了。”这种留白的方式使词人的感情全部贯注到“错”这一强烈的情感上来，集中抒发，表现了最真实的心理状态，抒发了最强烈的情感，格外感人肺腑、震撼人心。

词的上阕由景切入，写重逢时触景生情，回忆往昔琴瑟和鸣的幸福生活，并由此迸发了被迫分离的怨恨与无奈之情。

“春如旧，人空瘦，泪痕红浥鲛绡透”，这春景依旧美如往日，而“你”却白白地瘦了，“我”仿佛看见了“你”终日以泪洗面，泪水洗尽胭脂，一次次湿透薄绸丝帕的场景。“春如旧”的言外之意显然是佳偶已非、温情不复。词人以省略和反衬的方式将这种物是人非的无奈含蓄而不失畅快地表现出来。“人空瘦”以体态反映情感，古来诗词作品中并不乏借形体消瘦来表现思念之情的句子，然而此处着一“空”字，则在哀愁思念之外多了一份心痛与惋惜，瘦则瘦矣，何况“空”瘦！“泪痕红浥鲛绡透”是“人空瘦”的原因之一，“红”是以其颜色代指脂粉，“鲛绡”泛指薄纱，因鲛人织绡的传说而得名，整句没有一个“哀”字，仅以白描的手法将泪痕、打湿的胭脂、浸满泪水的鲛绡这一系列意象组合到一起，构成了泪水渐流渐多、感伤越来越浓的渐变过程，哀伤之情溢于言表。

“桃花落，闲池阁”，词人又将笔锋转向了景物，“桃花落”也回扣了上阕的“东风恶”。花期已过，经东风吹卷，桃瓣如雨纷纷落下，那凋零了一地的不是花瓣，而是美丽如花的甜蜜往昔。“闲池阁”一句描绘了池塘楼阁寥落寂静之景象，寄寓了“我”与唐琬分离后的不愿游玩于池塘，不愿呆坐于楼阁的百无聊赖、无所适从的境况。池阁非人，安有忙闲之分？显然，此处的“闲”是指静寂，离别后词人绝迹于池塘、止步于楼阁而使这两处地方变得空寂闲静。此外，将“闲”字提到“池阁”之前更彰显了这一特点，景之情皆由人意生，由此可以窥见其分离后的失落怅惘之情。“山盟虽在，锦书难托”直抒胸臆，当初共同许下的永不分离的海誓山盟言犹在耳，锦文书信却无处托付。前句抒不被时间冲淡的诚挚深情，后句写有缘无分、痴情难寄之现实。

前后对比强烈，其感情愈痴，相守愈难，则越是打动人心，令人读来哽咽难言。念及理想与现实之间难以逾越的鸿沟，词人只能摇头悲叹“莫！莫！莫！”大概是莫打算、莫希望、莫奢求，简单三字是词人看不见希望，找不到出路的绝望呐喊与宣泄，字字泣血、催人泪下。

词的上阕写唐琬，表现了对二人以往美好回忆的眷恋和如今伊人日渐消瘦的怜惜与疼爱；下阕写词人自身的状态，离别之后词人无心玩赏于池阁，郁愤难遣。一惜一悔，一“错”一“莫”使其恋恋深情格外悲凄怆然，打动人心。在抒情方式上，词人由景切入，景中藏情，间杂往事，忆事抒情，最后情感达到高潮，顷刻迸发。上下阕联合起来，感情有张有弛、跌宕起伏，展现了其动态变化过程，真实而感人。

七　鸳梦破碎，心事难笺

——唐琬《钗头凤·世情薄》赏析

钗头凤

唐琬

世情薄，人情恶，雨送黄昏花易落。晓风干，泪痕残，欲笺心事，独语斜阑。难，难，难！

人成各，今非昨，病魂常似秋千索。角声寒，夜阑珊，怕人询问，咽泪装欢。瞒，瞒，瞒！

“世情薄，人情恶”，世态是多么凉薄，人情又是多么险恶。词一开篇情感便已达到高潮，女词人的哀伤叹惋之情扑面而来，倾泻直下。“世情”本是不可捉摸，是无所谓薄厚的抽象之物，但在被迫与爱人分离的“我”看来，是如此的稀薄与凉薄。“薄”字有两层含义：一则将其化抽象为具象，其形态如云一般有薄厚之分，而此时的世情是稀薄的；二则不难推测是世情稀薄之意，乃为凉薄。一个“薄”字同时从形态与情感色彩上写出了“世情”之特点。“人情恶”一句中以“恶”来写“人情”足见女词人心中怨怅之深切，情感上比前句更加浓烈，是其被迫与丈夫分离后无力挽回、无法释怀而在心底发出的歇斯底里的呐喊。“雨送黄昏花易落”一句转而写景，气氛稍缓，简单几笔便勾勒出一幅黄昏时候，雨水打落了片片花瓣，落红满地的凄婉图画。

本句选取了“雨”“黄昏”“落花”三种意象：雨水淅沥冰凉，打湿人心；黄昏迟暮，气息奄奄；落花憔悴，鲜活不复。三者都带有凄凉感伤的情调，组合在一起氤氲出一股并不浓烈却挥散不去的凄伤气氛。本句在感情上与前文一张一弛，表现了情感的起伏变化，更具真实感，也使词的气氛有紧张、有缓和，波澜不平。

“晓风干，泪痕残”一句将视角转向了女词人自己，晨风吹干了昨晚的眼泪，脸上只残留着斑斑泪痕。“晓”与前文的“黄昏”呼应，表现了时间的跨度，这非无意写就，而是有意为之。从昨日黄昏到今晨破晓，“我”所做之事便是不住地流泪，只有到了黎明借着晨风的吹拂才能稍稍止住，这其中不可遏制的浓重哀伤是不言而喻的。“泪痕残”或是新的泪水紧接而至、抹擦不尽，或是哀伤浓烈绵长、心情沉重而无力擦拭，泪痕残留在脸上。无论是哪种情况，都是出于分离的悲痛，足见其对丈夫的似海深情和痴心爱恋。“欲笺心事，独语斜阑”以倾情诉说的口吻写道：“我本想把心事写下来却不能办到，只能独自一人斜倚着栏杆，把要对你说的千言万语独自呢喃。”“独”字不仅表现了“我”形单影只的形象，更是展现了“我”自说自话的画面，一切情感皆在境中。“斜”字借肢体动作写内心情感，以慵懒无力的姿势反映了“我”极度忧伤以至于麻木的心情。“难，难，难!”，情感经过之前的一起一落达到了高潮，这是一个弱女子在封建社会的重重阻挠下的控诉与呐喊。再次厮守难以奢望，携手共话难以期待，甚至连将心事写给你看这一最谦卑的愿望也难以实现。蓄积已久的无奈与怨怼都在这三声叹息中爆发出来。

“人成各，今非昨”娓娓述说着“我们”都已各自成立新的家庭，被迫开始了新的人生道路，今日已非昨日更回不到昨日的无奈现实。“各”与“合”相对，在此处即各自成家，互不牵涉、各不相扰之意，意味着分离。以一个简单的“各”字代替分离的万种情绪，词人的感情显然是加以控制后的，读来低徊婉转、耐人寻味。“病魂常似秋千索”以比喻的手法写道：“我常年疾病缠身，身体似乎不胜风力，魂魄也总像那秋千那样来回摇摆。”“病”是整日痴心思念的结果，词人以一个字概括了相思成疾的煎熬过程，其不以为然的态度让人倍感疼惜。魂者飘忽不定，“病魂”一方面是指“我”常年生病，身体羸弱，飘飘然若魂魄一般；另一方面则表现了“我”除身体抱恙外，灵魂、心魄也不似从前健康。“病魂”一词看似夸张，实则写出了“我”与丈夫分离后抑郁终日、心力交瘁的真实状态。以“秋千索”来比喻“病魂”

形象贴切地写出了其来回摆荡、摇晃不定的特点，进一步回扣了前文身体之羸弱与心魂之无所依靠。

“角声寒，夜阑珊”一句又转而写景，“我”孤身立于茫茫夜色中，不知不觉已将近一整夜，角声不知从何处传来，钻入耳朵，霎时一股寒意贯穿全身。号角吹奏起来成音呜呜，如泣如诉，“角声寒”以通感的手法将听觉转化为触觉，以身体感受到的寒意来表现角声呜咽、为声令人悲怆的特点，听者不觉神伤，此时满心伤悲的“我”对这“寒”声格外敏感。阑珊即衰落、将残、将尽之意，“夜阑珊”即指黑夜正渐渐退去，黎明将要到来之际。夜尽破晓本寓意苦尽甘来、重获希望，然而本词中却恰恰相反，侧重表现了“我”独自一人在漫漫长夜中难以成眠、斜倚栏杆直到天亮。凄寒悲怆的“角声”与阑珊将尽的“夜”两种意象相互呼应，从听觉与视觉方面共同营造出凄怆悄然、寒意丛生的氛围。

“怕人询问，咽泪装欢”两句直抒胸臆，道出了“我”苦闷填胸、无所排遣却为了躲避他人的询问而止住泪水，强作欢乐之颜的委屈与无奈。“怕人询问”是因为“我”为之哭泣的是与前任夫君恩爱情深却被拆散，新嫁之后情义不减、相思日深的矛盾与无奈，这有违礼教，“我”不敢也不能向他人诉说。一个“怕”字将这种身处无处倾诉甚至怕人询问的环境中的无奈心态直观地表露出来。“咽”本指吞咽食物的动作，以“咽”来写回忍泪水的动作过程：其一，通过动作幅度之大来表现泪水充盈、难以回止，委婉地传达其哀伤之浓重；其二，“咽”与“流”相对，“流”是情绪的排遣，或是向他人展现伤悲以求安慰，而“咽”则是将情绪隐匿，选择自尝苦楚。“装欢”一词前承“咽泪”，其中“装”通“妆”，方才止住泪水后须得涂抹胭脂遮住泪痕，强颜欢笑，不在人前显露伤悲。词人不直言哀愁，而是通过“咽泪”“装欢”这一系列动作将这浓重得不可提及、无法承载的哀愁表达得真切感人，抒情委婉曲折，催人泪下。感情经过一系列酝酿一步步走向高潮，词尾终于爆发出“瞒，瞒，瞒！”的慨叹，独饮泪水也好，强颜欢笑也罢，瞒得过他人询问，瞒不过自己的内心。明知瞒不过而偏执为之，心中的委屈与苦涩终于再难承受，于是词人便将这满腹愤懑怨怅、孤独无助化作三声叹息喷薄而出。

本词抒情既有含蓄委婉，也有直抒胸臆，情感于婉约之外流露，于直率之中益显；由景写情，叙事抒情，感情逐步积累酝酿达到高潮；景物本无情，在词人的笔下却成为其伤怀感叹的触发点与催化剂，别具一格。真挚朴实的文字、凄伤悲怆的景象、由浅入深的伤感和独饮泪水的凄凉共同作用、相互交织，成就了词作独特的魅力，读来九曲回肠，使人融入其中而不觉潸然泪下。

八　含悲泣泪，哀婉凄绝

——纳兰性德《青衫湿遍·悼亡》赏析

青衫湿遍·悼亡

纳兰性德

青衫湿遍，凭伊慰我，忍便相忘。半月前头扶病，剪刀声、犹在银釭。忆生来、小胆怯空房。到而今，独伴梨花影，冷冥冥、尽意凄凉。愿指魂兮识路，教寻梦也回廊。

咫尺玉钩斜路，一般消受，蔓草残阳。拼把长眠滴醒，和清泪、搅入椒浆。怕幽泉、还为我神伤。道书生薄命宜将息，再休耽、怨粉愁香。料得重圆密誓，难禁寸裂柔肠。

青衫湿遍，词牌名，是纳兰性德的首创，语出白居易《琵琶行》中“江州司马青衫湿”之句，且专为祭奠爱妻卢氏而创。纳兰与卢氏夫妻伉俪情笃，卢氏的早亡使纳兰精神上受到极大的打击，他悲痛欲绝，柔肠寸断，此后他“悼亡之吟不少，知己之恨犹多”（叶舒崇《皇清纳腊室卢氏墓志铭》），写了大量的悼亡之作。这首词就是其中的第一首，也是最为生动感人的一首。

“青衫湿遍”，第一句话就表明了他悲痛的程度——因为太伤心眼泪太多，把所穿的青衫都湿透了。一个“湿遍”，让人感觉到汩汩的泪水喷涌而下，诗人悲痛难抑之状如在眼前。诗人因思念亡妻心痛不已，由谁来安慰自己呢？“凭伊慰我，忍便相忘”，往日妻子在时，自己但凡有什么不顺遂的事，都可以向她诉说，而她也总能用温婉的语调劝解、安慰自己，如今阴阳相隔，不能相见却无论如何难以相忘，“我”又如何能不伤感落泪呢？“忍便相忘”，怎么能够忘记你呢？一个“忍”字，一下子就将满腹悲怆升至情感的高峰——亡妻之痛，无法淡漠、无法掩饰、无法言说，只能任泪水肆意地奔流，这是何等的悲痛，何等的凄凉！“半月前头扶病，剪刀声、犹在银釭”，对妻子铭心刻骨的思念早已深深镌刻在“我”的心头，记得半月前妻子还在灯下勉强支撑病体，为“我”裁剪、缝制衣衫，怎么会想到，就此一病，转瞬之间，却已天人永隔了呢？回忆当时的情景，仿佛历历在目，剪灯花的声音如今似乎仍留在银灯旁，诗人思前想后，一切恍如隔梦。

“忆生来、小胆怯空房”，想当初妻子在世，一个人独守空闺尚且胆怯，这一句读来诗人如同在与妻子叙家常一般，饱含无尽的爱怜之意。下一句笔锋一转，“到而今，独伴梨花影，冷冥冥，尽意凄凉”：而现在，你却孤零零地奔赴黄泉，独自忍受冥间无尽的黑暗、凄凉，你怎能忍受得了，你孤独吗，你害怕吗？从中我们能感受到，诗人百般的不忍与心疼正在他内心激荡不已。梨花洁白，在暮春凋谢，因而在传统诗词中梨花常与泪花、寂寞、惆怅的心情相关。在纳兰性德诗词中，他常借“梨花”来指代美丽纯洁的爱情。在这句诗中，诗人既用梨花表达出爱妻卢氏楚楚动人、美丽寂寞的神韵，又借以抒发自己凄凉与哀怨的思绪，所以，“梨花影”有一种凄美的意味。想到胆小的你，如今却躺在那黑漆漆、冷寂寂的灵柩中，让“我”情何以堪？只能“愿指魂兮识路，教寻梦也回廊”：“我”真希望为妻子的魂魄指点归来的路径，好让她沿着小院的回廊走入“我”的梦境。面对妻子的逝去，纳兰不能承受精神的痛苦，唯有寄希望于梦境。然而，梦是没法掌控的，谁又能保证自己总能梦到妻子呢？相思而不得相见的凄凉与无奈的弥漫字里行间，读来令人心酸不已。

“咫尺玉钩斜路，一般消受，蔓草残阳”：你我近在咫尺，现在的处境及心情，也应该是同等地凄凉悲痛。当时卢氏的灵柩放置在双林禅院中，与明代埋葬千百宫女的“静乐堂”（即词中所谓“玉钩斜”）相距甚近。亡妻之灵便与这千百宫女之墓淹没在蔓草丛中，映照着一抹落日余晖。纳兰又把满腔的悲痛，寄托于梦幻之中“拼把长眠滴醒，和清泪，搅入椒浆”，绝望的他要把他的眼泪和祭奠亡灵的椒酒融在一起，洒到地上，来唤醒常睡不醒的卢氏，为此自己可以拚弃一切。诗人明知人死不能复生，却发出痴人痴语：“只要能将你复活，我纳兰便愿拼得一生泪水将你滴醒。”这是怎样一种爱情啊，惊心动魄却又让人哀叹不已。“怕幽泉、还为我神伤。道书生薄命宜将息，再休耽、怨粉愁香”，在这里词人的笔锋一转，站在妻子的角度想，又怕长眠地府的妻子醒来后还在为自己神伤，她一定会说，书生你太命薄，应该自己多多保重，不要再耽误于儿女情长了！作者此时已是陷入了梦幻遐想之中：“你要是复活了，一定又会为我伤神，劝我不要耽于儿女情长。”他们彼此灵犀相通、心心相通，这是何等温馨的爱情！纳兰与妻子之间的爱，静水流深，契合无限。

最后，作者又回到了现实之中，“料得重圆密誓，难禁寸裂柔肠”。人固有一死，诗人坚信死后定然能与妻子相守，重圆往日的誓约；可是等到再次聚首之前，词人还要在人世间苟活着，不知忍受多少伤感、凄凉的日日夜夜！想到没有爱妻陪伴之后漫长的凄清日月，词人怎能不肝肠寸断，悲痛不已呢？

这首词婉丽凄清、情深义重，从开头到结尾，句句声声都渗透着作者的凄楚，可以说是声声泪、字字血，感人至深！

诗人在妻子亡故直至其自己与世长辞的七八年的时间里，写了大量悼亡词。可以说漫长的哀伤和思念一点一滴地耗尽了他的生命，这些爱情悲歌直至他生命完结时才戛然而止。他的深情与痴情，让人唏嘘不已，感叹不已！

九　痴情眷恋，潇洒作别

——徐志摩《再别康桥》赏析

再别康桥

徐志摩

轻轻的我走了，
正如我轻轻的来；
我轻轻的招手，
作别西天的云彩。

那河畔的金柳，
是夕阳中的新娘；
波光里的艳影，
在我的心头荡漾。

软泥上的青荇，
油油的在水底招摇；
在康河的柔波里，
我甘心做一条水草！

那榆荫下的一潭，
不是清泉，是天上虹；
揉碎在浮藻间，
沉淀着彩虹似的梦。

寻梦？撑一支长篙，
向青草更青处漫溯；
满载一船星辉，
在星辉斑斓里放歌。

但我不能放歌，
悄悄是别离的笙箫；
夏虫也为我沉默，
沉默是今晚的康桥！

悄悄的我走了，
正如我悄悄的来；
我挥一挥衣袖，
不带走一片云彩。

《再别康桥》是大诗人徐志摩的最重要代表作之一，是一首别具一格的表达对昔日恋情无限眷恋和失落之痛的诗。诗人通过康河景物描写来表现对昔日恋人的痴情和眷念，通过与康桥告别来表达对昔日恋情的惜别之情，情景交融，韵味无穷。

“轻轻的我走了，正如我轻轻的来；我轻轻的招手，作别西天的云彩。”诗作开篇连用三个“轻轻的”，使我们仿佛感受到诗人像一股清风一样来了，又悄无声息地离去，而那至深的情丝，仿佛在招手之间，幻成了“西天的云彩”。诗人避开了一般别离诗的告别对象——人，而是告别“西边的云彩”，由人间转向天空，除了新颖别致、不落俗套之外，还给人清新飘逸之感。这四句诗，以舒缓的节奏、轻盈的动作来表达缠绵深挚的离别情意，恋恋不舍的同时又带着淡淡的哀愁。

接下来诗人描写了康河的美景："那河畔的金柳，是夕阳中的新娘；波光里的艳影，在我的心头荡漾。""柳"谐音"留"，在中国古典诗词中常用来传达离别之意。"金柳"，是夕阳给河边的垂柳镀上了一层耀眼的金辉；"夕阳中的新娘"是那"金柳"幻化的形象，这新娘的形象该是多么的光辉灿烂；新娘是爱情的结果，让人立刻联想到新嫁娘娇羞美丽的姿容，而这光辉灿烂的新娘形象又倒影在波光艳影里，这就又使得这一形象似柳非柳，似人非人，更具有了一种朦胧的柔美。而这一切，不仅仅是"荡漾"在康河里，更是"荡漾"在诗人的心灵中。诗人面对眼前景，不禁遐思无限，其如醉如痴的情状也如在眼前。

"软泥上的青荇，油油的在水底招摇；在康河的柔波里，我甘心做一条水草!"，诗人又把视线转向康河里的水草——"青荇"，《诗经·关雎》中有"参差荇菜，左右流之，窈窕淑女，寤寐求之……"反复强调一个采荇菜的姑娘引起一个男子的思慕，诗人在这里借用过来，用"青荇"来表达恋情。"油油"用来修饰河中水草，既写出了水草旺盛光润的样子，又写出了它们与水流相和悦的样态，极其鲜活，富有质感。并且，它们在水底快乐地"招摇"。"招摇"一词，曲尽其柔美、亲切、诱人的形态，是那样的无拘无束、自由自在，使得诗人的心旌也不由得随之"招摇"。青荇在康河的柔波中招摇，诗人的内心因那曾经美好的恋情而招摇，于是他甘心做一条水草，就是要和青荇亲密接触，表现出的情感仍然是痴迷、眷念和依恋。

康河成为诗人全部恋情寄托之所在，痴情致使康河化作最美的意象："那榆荫下的一潭，不是清泉，是天上虹；揉碎在浮藻间，沉淀着彩虹似的梦。"那榆荫下清澈的如清泉般的河水，是诗人眼中的五彩斑斓的虹，是诗人美好爱情梦想的象征。但天上虹又是"揉碎在浮藻间"的，巧妙地暗示了诗人爱情梦想的破碎。在这里，诗人的感情表现得极有节制，不是直抒胸臆，而是用一个美丽的意象"沉淀着彩虹似的梦"来暗示。众所周知，梦境是美好的，然而是短暂的，所以彩虹似的梦是美丽而短暂的，正可以恰切地象征了诗人没有成功的那段爱情经历。那段恋情是极其美好的，却是已揉碎在浮藻间的虹，是沉淀在潭底的梦。一个"揉碎"、一个"沉淀"，表明他曾经有过这样美丽的梦，也曾追逐过这个梦，或许还有过梦里的沉醉，但最后幻灭了，破碎了，只能是永远沉淀、深藏在心底！可见，"彩虹似的梦"既美丽又虚幻，含有诗人极其复杂的感情在里面：有对当年康桥之恋的甜蜜回忆，也有对恋情难以实现的痛苦沉思，更有故地重游、物是人非的幻灭感。

“寻梦？撑一支长篙，向青草更青处漫溯；满载一船星辉，在星辉斑斓里放歌。”曾经有过的彩虹似的梦破碎了、失去了，却又深埋心底难以忘却，因而诗人要“寻梦”，诗人知道好梦是难以重圆的，只能以这种重温旧梦的方式来排遣内心的无奈、酸楚和伤痛，他深知梦是难以寻找到的了，因而用了一个“?”。“向青草更青处漫溯”，是灵魂、精神、情感向那已经逝去的爱的追忆的无限靠近。“漫溯”极为真切地写出了诗人内心对失去的往昔爱恋的极力追忆。但这“漫溯”的“寻梦”由于不是对失去的梦的真的追寻，而只是故地重游的回忆或者说凭吊，所以诗人的心情是极为惆怅、痛苦和悲凉的。然而康桥边上的确漫溯到了他往昔的美好的记忆——“满载了一船的星辉，在星辉斑斓里放歌”。这两句写出了昔日恋情的美好、甜蜜与欢乐。然而当初愈甜蜜愈快乐，愈衬托出了现在的孤独、苦涩与凄凉，所以，仔细咀嚼，诗句中暗含着“寻梦”无果的悲凉、凄楚与无奈。

诗人的追忆情感达到了高潮之后，逐渐从梦幻中醒来，面对现实的他开始努力控制住感情的闸门，“但我不能放歌，悄悄是别离的笙箫；夏虫也为我沉默，沉默是今晚的康桥”。一个“但”字，让诗人满腔的激情戛然而止，情绪也由昂扬变为消沉；“不能”二字，让人感觉是外力的强力制止使诗人的恋情遭到挫折与遏抑。挫败感使诗人的情绪一落千丈，内心充满了无奈和沉郁之情，所以“不能放歌”。笙箫的声音是呜咽、凄楚的，其低沉幽咽的乐音比喻人的难言之苦是再恰当不过的了，然而现在连呜咽、凄楚的笙箫也没有了声响；夏虫的叫声是单调、孤独和寂寞的，连单调、孤独和寂寞的夏虫也沉默了；康桥曾经是特别热闹的，但今天的康桥一切都沉默了。周围被沉默所笼罩，然而所有的沉默都是因为诗人的“沉默”——他内心被苦涩、酸楚、哀伤全部占满了，也只有沉默是最好的情感表达方式。诗人把康桥的一切都视为灵性的存在，视为其纯真恋情的见证，如今他黯然神伤，康桥的所有生灵自然都会为他神伤、为他沉默了。

诗人“寻梦”并未有任何结果，不得不选择告别，“悄悄的我走了，正如我悄悄的来”，“走”时的惆怅、凄凉和愁绪正如“来”时一样，然而在“来”“去”之间，自己已经在心里经历了一次美好的回溯，对于寻梦的诗人来说，已经足够了。所以，“我挥一挥衣袖，不带走一片云彩”。“云彩”正如诗的开头“作别西天的云彩”一样，是诗人所深情眷念、痴情思恋的爱情的象征，和云彩告别，就是和自己的爱情记忆告别。“不带走一片云彩”，意味着让康桥这段梦绕魂牵的感情以最完整的面貌保存下来，让昔日的记忆、昔日的爱完好无缺。这是诗人潇洒、豁达个性的外化，也是自己痛定思痛之后的选择——把忧伤留给自己，给昔日恋人以美好的祝福。

徐志摩曾于1921年春天至1922年8月，在剑桥大学王家学院留过学，此间认识并爱上了年轻美丽的才女林徽因，产生了一段刻骨铭心的恋情，并因之与第一任妻子张幼仪离了婚。而林后来却选择了梁思成并结了婚。1926年秋徐志摩和陆小曼结了婚，婚后甜蜜生活不到一年，徐又陷入无限痛苦之中。1928年徐志摩再一次访问剑桥，在归国途中写下了这首脍炙人口的杰作。

这首诗，对昔日恋情进行了深情凝望、真情缅怀，写出了诗人对失落的爱情的痴情眷恋与真情告别，写得洋洋洒洒，多情而优雅，给人以清新飘逸的美感，令人百读不厌，回味无穷。

十　前缘难续，真情难断

——席慕容《前缘》赏析

前　缘

席慕容

人若真能转世
世间若真有轮回
那么我的爱
我们前世曾经是什么
你　若曾是江南采莲的女子
我　必是你皓腕下错过的那朵
你　若曾是逃学的顽童
我　必是从你袋中掉下的那颗崭新的弹珠
在路旁的草丛中
目送你毫不知情地远去
你　若曾是面壁的高僧
我　必是殿前的那一炷香
焚烧着　陪伴过你一段静默的时光

因此
今生相逢
总觉得有些前缘未尽
却又很恍忽
无法仔细地去分辨
无法一一地向你说出

前缘，即前世命定的缘分。佛教认为，人有前世才有今生。世人过去之世皆有生命，生命辗转轮回。并且，古人认为姻缘爱情在出世之前已由天意注定，不能改变，所以有“千里姻缘一线牵”之说，强调爱情需要缘分。而所谓最理想的缘分，也应该如张爱玲所说的“于千万人之中遇见你所遇见的人，于千万年之中，在无涯的荒野里，没有早一步，没有晚一步，刚巧赶上了”的那一种。然而，现实世界中男女相爱，虽然有很多必然因素在起作用，但总是有很多巧合，很多阴差阳错，很多偶然。所以，缘分于爱情，自古至今，总是那样神秘，那样难以把控。人们总是在感叹，在正确的时间遇见合适的你，何其艰难！席慕容的《前缘》就写了这样一种前缘难续、真情难断的爱情悲剧。

诗人在第一节，就发起了对宿命的追问：“人若真能转世/世间若真有轮回那么我的爱/我们前世曾经是什么”。人存不存在前生，无从知晓，但“我”宁肯相信人有前世，否则无法解释我们今生的相遇相爱。前世有缘才会有我们今生的相爱，但是，今生情缘的结局却是错过。于是在有缘无分的心痛恍惚中，诗人发出这样的追问，“我们前世曾经是什么”：我们究竟曾经有着怎样的情缘？

诗人接下来是以一连串的三个巧妙的比喻来设想前世的情缘因果：“你若曾是江南采莲的女子/我　必是你皓腕下错过的那一朵”，“你”是一个采莲的女子，“我”曾为“你”鲜艳地盛开过，但却被“你”无视地忽略，“我”的等待换来的仅是错过；“你　若曾是逃学的顽童/我　必是你从袋中掉下的那颗崭新的弹珠/在路旁的草丛中/目送你毫不知情地远去”，“你”也曾钟情于“我”，但因为“我”来得太早“你”并不懂珍惜，所以只能遗憾地目送无辜的“你”远去；“你　若曾是面壁的高僧/我　必是你殿前的那一炷香/焚烧着　陪伴过你一段静默的时光”，“我”曾经无怨无悔地牺牲着自己、默默地陪伴着“你”求索的人生，但却只是“你”视线之外的风景。诗人以一朵盛开的莲花、一颗崭新的弹珠、一炷焚烧着的香，来比喻期盼爱情的“我”。江南荷塘中的正值采莲季节盛开的荷花，应该怎样的袅娜娇艳，莲花出淤泥而不染，诗人以之作比，象征着其爱情追求的美好、纯洁与神圣；“一颗崭新的弹珠”，晶莹光滑，于贪玩、逃学的顽童而言，该是怎样的视如珍宝，诗人以之作比，表达了对两情相悦的爱情的期许与追求；“一炷焚烧着的香”，燃烧自己，为于静默中面壁静修的高僧去染成净，诗人以之作比，表达了对相悦者炽烈的爱恋。可见，“我”内心在涌动着爱的狂潮，却羞于表达，独自默默承受爱的煎熬与痛苦，矜持而自尊。总之，三个比喻含蓄而巧妙，把少女追求纯洁美好的爱情之心描绘得细腻而婉转，感人至深。

诗人设想的三种情形，都在诉说“你”“我”前世有缘，但结局是错失：“我”对“你”痴情一片，因为爱情，“我”苦心寻求和制造各种机会与你相逢结缘，但“你”无论是出于无心还是有意，“我”虔诚的爱恋总被忽视，一切的努力全都成空，得到的错过。落花有意流水无情，“我”虔诚的热情换来的是漠视与忽略，苦苦的等待换来的是匆匆的擦肩而过，前世对爱的追求愈执着愈热烈，今生的错失结局就显得愈凄凉愈残忍。这种错位与失落何其哀伤！

诗人借前世情缘情形的假设，来表达对现世相悦者炽烈的爱恋与无奈。“我们”爱情是在前世就注定了的，是逃脱不掉的命运安排，而交错而过的结局，也是因为宿命吗？因为心有不甘，“因此今生相逢/总觉得有些前缘未尽/却又很恍忽/无法仔细地去分辨/无法一一地向你说出”。前世已惘然，此生又相遇，难道又是重蹈覆辙？其实，诗人所设想的“我”为情所困、痴情付出的前世，正是今生“我”深陷爱情、不能自拔的现实本身，而面对爱而不得的现实，“我”既束手无策又百思不得其解。于是，在痛苦中思索答案，前世的冥想与今生的情缘相交错，刻骨铭心记忆便如梦幻般空虚缥缈。这恍惚难辨、无法述说的情愫，映衬出了“我”追求无着的落寞与凄凉，给人一种情何以堪的悲剧感，读来令人黯然神伤。

《前缘》将爱而不得的忧伤表达得柔肠百转、痴情悠远，其风格含蓄内敛、沉静淡雅，看似平淡的语气下却涌动着炽热的情感力量，具有极强的情感穿透力和感染力，又给人以余韵绕梁之感。

茫茫人海，浮华世界，有多少美好爱情在擦肩而过中失去最好的机缘。

生活本是聚散无常，人生原本难以掌控，不管是怎样的爱情结局，让我们把它看作一切都是宿命。对命运不要过多抱怨，即使错过了也心存感恩与美好。这就是席慕容在这首诗中要告诉我们的吧。

十一　相爱无望，宁死不渝

——席慕容《白鸟之死》赏析

白鸟之死

席慕容

你若是那含泪的射手
我就是 那一只
决心不再躲闪的白鸟
只等那羽箭破空而来
射入我早已碎裂的胸怀

你若是这世间唯一
唯一能伤我的射手
我就是你所有的青春岁月
所有不能忘的欢乐和悲愁
就好像是最后的一朵云彩
隐没在那无限澄蓝的天空

那么 让我死在你的手下
就好像是 终于能
死在你的怀中

爱情，是人世间最美妙、最缠绵又最说不清、最道不明但又亘古不变的情怀，所以难怪元好问发出这样的千古一问：“问世间、情为何物，直教生死相许？”对于爱情是什么？千百年来，人们苦苦思索，却无人能解，甚至有人直接说，爱情是一种毒，而且中毒之后无药可救。这种说法虽然极端，但的的确确，爱情可以给人带来让人心醉的甜蜜，也可以给人带来使人心碎的痛苦。佛说，人间最苦莫过于放不开、求不得。席慕容的这首《白鸟之死》，就写出了这样一种放不开且求不得的爱情悲剧——白鸟与射手的爱情。

“你若是那含泪的射手/我就是 那一只/决心不再躲闪的白鸟”，诗人开篇的假设就给诗中的爱情定下了悲剧的基调。故事的主角也就是爱情的双方——一个“射手”，一个“白鸟”。射手，应该是位英俊健壮、射术超群的青年猎人；白鸟则应该是羽翼洁白、体态轻盈、自由翱翔的小生灵。他们一个是猎人，一个是猎物，原本是一对天敌，处身于两个完全不同的世界，相生相克，本就没有相爱的机缘与条件。然而那源自心灵深处的爱恋无法抗拒，他们相爱了，并且爱得辛苦，爱得心碎，爱得痴情入骨，爱得奋不顾身。所以，相爱的双方陷入痛苦的绝境之中，一方“含泪”搭弓举箭，另一方“决心不再躲闪”。他们的这种爱情，让人顿生感叹、悲悯之心。

第二节情节继续推进，“只等那羽箭破空而来/射入我早已碎裂的胸怀”，一只准备振翅饮箭的白鸟，赴死的决心已定，何况因为心上人她早已心碎。诗人进一步使用假设，“你若是这世间唯一/唯一能伤我的射手/我就是你所有的青春岁月/所有不能忘的欢乐和悲愁”，“我”之所以可以为了爱情即使是失去生命也在所不惜，只是因为所有的青春岁月、所有的时光，因为有了爱情、有了“你”才有意义。“白鸟”这只轻柔的意象，它象征陷入爱情无力挣扎的人，被爱情的苦痛折磨的人，甘愿为爱情奉献出自己的一切的人，当然，也是在爱情宿命里无法逃脱悲剧命运的人。“我们”彼此是真心相爱，但是，既然爱着“我”“你”是痛苦的，但看着“你”痛苦“我”是绝望的，今生也许只有以死来解救“你”的痛苦，解脱“我”的痛苦，那么为“你”牺牲自己，“我”是心甘情愿的，也是幸福的。这就是白鸟的爱情逻辑吧。生命诚可贵，但若能以生命换取一份令人魂销骨蚀的爱情，换取心上人的幸福，死又何妨？

“那么 让我死在你的手下/就好像是 终于能/死在你的怀中”，死于“你”的手下，是“我”爱情的最好归宿，于“我”而言，如同“我”渴望的死于“你”的怀抱，没有什么遗憾，更没有什么怨怼仇恨，“就好像是最后的一朵云彩/隐没在那无限澄蓝的天空”，就如同美丽澄蓝的天空隐没最后一朵云彩，安然而平静。将爱的伤痛留给自己，只希望对方能保有美好的回忆，真可谓是一种温柔至极的大爱。

趋利避害是人的本能，所有生命在灾难面前都知道应该闪避，应该逃离，除非内心里藏着的一种渴望而决不容许自己退避。如果渴望本来就绝不可能属于自己的东西，那么渴望就成了奢求。如果这种奢求存在于爱情中，那么这种爱情就是痴恋。白鸟之于射手的爱情，就是这样的痴恋。其言凿凿，其情烈烈，其誓旦旦。这是何等炽热的情怀，是何等纯真的爱恋！在这里，爱情不单是美好纯净的，更是悲壮和惨烈的！

诗人通过一系列比喻，写出了一位痴情女子对所爱之人幽怨的诉说，诉说自己爱情中的彻骨忧伤，表达的是对心上人的矢志不渝的爱恋，看似平静淡然，却有一种深沉凄美的激情在震荡。读者从这位痴情女子的浪漫的情怀中，感受到的除了感伤，更多的是爱情的澄明与无畏。

在这首诗中，席慕容将爱情双方比作猎手和猎物。世人谁都不愿成为他人的猎物，而诗中的白鸟甘愿作心爱之人的猎物。这就是爱情的准则—— 牺牲、奉献。这种爱情，以牺牲自己的自由与生命为代价，美艳而悲情，却是如此感人肺腑、动人心魄，引起无数读者情感上的共鸣。

席慕容曾说："我一直相信，世间应该有这样一种爱情，绝对宽容，绝对的真挚，绝对的无私和绝对的美丽，假如世界无法找到这样的爱，就让它永远地存在我的诗里，在我的心中。"诗人则始终不渝地坚持心中那份理想的爱情主义，所以诗中那种决不躲闪的热情和忠贞，那种敢于承受爱情巨大威压的勇气，在娓娓的叙说中，显示出一种对爱情的亘古不变的一往情深，也使得这首诗如此震撼人心。

十二　昙花幻影，美妙一生

——普希金《致凯恩》赏析

致凯恩

普希金

我记得那美妙的一瞬：
在我的面前出现了你，
有如昙花一现的幻影，
有如纯洁之美的精灵。

在绝望的忧愁的折磨中，
在喧闹的虚幻的困扰中，
我的耳边长久地响着你温柔的声音，
我还在睡梦中见到你可爱的面影。

许多年代过去了，
狂暴的激情驱散了往日的梦想，
于是我忘记了你温柔的声音，
还有你那天仙似的面影。

在穷乡僻壤，在囚禁的阴暗生活中，
我的岁月就那样静静地消逝，
没有神性，没有灵感，
没有眼泪，没有生命，也没有爱情。

如今灵魂已开始觉醒：
于是在我面前又出现了你，
有如昙花一现的幻影，
有如纯洁之美的精灵。

我的心在狂喜地跳跃，
为了它一切又重新苏醒，
有了神性，有了灵感，
有了生命，有了眼泪，也有了爱情。

（戈宝权　译）

被誉为“俄罗斯诗坛的太阳”的亚历山大·谢尔盖耶维奇·普希金（1799—1837）是19世纪世界诗坛的一座无人能够逾越的高峰。他擅长写爱情诗，《致凯恩》是其爱情诗作中最迷人的一朵奇葩。

《致凯恩》是普希金献给一位名叫安娜·彼得洛夫娜·凯恩的女子的爱情诗。诗歌创作于1825年。1819年普希金20岁时，他在彼得堡艺术科学院院长奥列宁的家中第一次遇见了凯恩，并为她的美貌所折服。那时，19 岁的她却已成了一位 52 岁的将军的妻子。凯恩也对普希金深有好感。1825 年，普希金被当局下令囚禁在他父母的领地米哈伊洛夫斯科耶，身边只有年老的乳娘相伴。恰巧这年夏天，凯恩来这里的亲戚家做客，与普希金再度相见。此时的凯恩音容未改，美丽依旧，诗人爱的激情重又燃起，两人在一起散步、聊天，度过了一段非常美妙的时光。凯恩临离开米哈伊洛夫斯科耶期间，普希金对其想念日切，可谓梦绕魂牵，每日里数封书信表达对她与日俱增的思念，絮絮回忆与凯恩度过的分分秒秒。7 月的一天，分别在即的普希金将《叶甫盖尼·奥涅金》的第二章和这首诗赠给了她，向她表达了自己的爱情。所以这首诗有着浓郁的诗人本人的情感自传的色彩。

诗的第一节写诗人当年在彼得堡遇见凯恩时的美妙情景。诗歌以“我记得”开篇，同时也犹如开启了悠扬动听的爱的咏叹调，把读者带入诗人与凯恩的最初相会，写了诗人爱情的萌生。普希金对凯恩一见钟情来说，她是如此美丽，如“昙花一现的幻影”“纯洁之美的精灵”，美得让人目眩神迷，美得让人几乎如堕梦境。

第二节写那一瞬间给诗人留下的长久的记忆，这个“幻影”一样的美女的出现，使得整个世界在这“美妙的一瞬”发生了天翻地覆的变化，她是爱的天使，给诗人留下的不仅仅是“美妙的一瞬”的惊喜，而且这位天使以她“温柔的声音，可爱的面影”支撑着他应对彼得堡“喧闹的虚幻的困扰”，对犹如“纯洁优美之精灵”的凯恩的梦绕魂牵的思念，帮助他抵挡“绝望的忧愁的折磨”，抗击着人生毁灭性的打击。凯恩成了诗人的守护神，对凯恩的思恋成了诗人生命的支撑。

第三节写爱的淡忘。不堪回首的流放岁月无情地将诗人推入了人生和情感的低谷，黑暗和惊惧笼罩着他的生命。初次相见后最让诗人铭记的是凯恩“温柔的声音”与“可爱的面影”，在流放的岁月里，他忘记的也恰恰是凯恩“温柔的声音”“天仙似的面影”。生活中常常有这种情况，格外珍重与格外想念的却常常感到难以复原最初的模样，越想记住的东西，越追究细节的具体，越感到记不清楚，仿佛是忘记了一般。这种苛责令诗人凭借想象使心目中的凯恩更加完美，所以，原先现实中的“可爱的面影”已经变成此时幻觉中的“天仙似的面影”，那样的美妙绝伦，犹如仙人。其实诗人如同在说，“我”无论如何努力，也难以忘记“你”的“嗓音”“面容”，忘反而更想当初之想，忘反而更爱当初之爱。

第四节写没有爱的生活。在绝望的阴暗的流放生活中深居穷乡僻壤，他的心灵与躯体同样地遭受了囚禁，生活黯淡无光，任凭时光流逝，了无生机，“没有神性，没有灵感，没有眼泪，没有生命，也没有爱情”，为下文写爱情使他涅槃重生做了铺垫。

第五节写再次见到凯恩，又一个美妙瞬间的到来。六年之后再次见到凯恩，她依然清纯可爱，美艳绝伦，诗人那曾经惊鸿一瞥的心动，那曾经一见钟情的喜悦，又重新涌上心头。是神圣的爱情，让他“灵魂已开始觉醒”，爱和美的力量唤醒了沉睡的心灵。

第六节写爱的再次拥有。“我的心在狂喜地跳跃”，意外的相逢、甜蜜的相处，让他的心灵狂喜雀跃，一切冷却了的、死亡了的东西又重新在他的心中复苏，生活“有了神性，有了灵感，有了生命，有了眼泪，也有了爱情”，诗人终于拨开阴霾唤回了生命，唤回了眼泪，唤回了爱情，重获新生。

从初识到重逢，凯恩一直是别人的妻子，所以，诗人对凯恩的爱是一种不以占有对方为目的的爱，爱得不计名利，摒除肉欲，超凡脱俗。诗人明知自己与凯恩的爱情是短暂的，凯恩也不可能与诗人朝夕相伴，这次分手很可能就是永别，但是他仍将美好、崇高与神性赋予了凯恩和他们之间的爱情。在这首诗中，凯恩的形象被理想化了，“昙花一现的幻影”，“纯洁之美的精灵”，她超越了生活中的凯恩，而成为超尘绝世之美的化身，成了生命和灵感的源泉，而他们之间的爱情也超越了世俗，具有了一种神性，成了一种灵感，乃至整个生命的源泉。所以，这首诗自内而外，散发着一种高雅的品质，一种温柔的格调，洋溢着一种令人无比温暖和感动的、高贵的人性之美！

总之，普希金的《致凯恩》散发着来自诗人灵魂的香气，直接拨动着人们的心弦，打动着人们内心深处最柔软的地方，不愧为爱情诗卓绝的典范！